ハヤカワ文庫 SF
〈SF1677〉

ディファレンス・エンジン

〔上〕

ウィリアム・ギブスン&ブルース・スターリング
黒丸　尚訳

早川書房
6346

THE DIFFERENCE ENGINE

by

William Gibson and Bruce Sterling

Translated by
Hisashi Kuroma
Published 2008 in Japan by
HAYAKAWA PUBLISHING, INC.
This book is published in Japan by
arrangement with
MARTHA MILLARD LITERARY AGENCY
through JAPAN UNI AGENCY, INC., TOKYO.

THE DIFFERENCE DICTIONARY

by

Eileen Gunn

Japanese translation rights arranged with
Linn Prentis Literary

目次

第一の反復　ゴーリアドの天使　5
第二の反復　ダービイ競馬日　135
第三の反復　裏取引屋　185
解説／伊藤計劃&円城塔　397

第一の反復
ゴーリアドの天使

FIRST ITERATION　The Angel of Goliad

合成映像。英仏海峡横断飛行船〝ブルネル卿《きょう》〟号の護衛機によって、光学的にエンコードされたもの――一九〇五年一〇月一四日、シェルブール郊外の空からの景色。

大邸宅、庭園、バルコニー。

バルコニーの錬鉄のカーヴを消去、現れるのは幌《ほろ》つき車椅子《くるまいす》と、それに乗る人。車のスポークのニッケル被膜が落陽を映して輝く。

車椅子に乗る人、すなわち邸宅の持ち主は、関節炎気味の両手をジャカード織機で織った生地に載せている。

その両手を構成するのは、腱《けん》と組織と関節のある骨。時間と情報の静かなる過程をへて、人細胞の中の糸が織りあわさり、一個の女性になっている。

その女性の名前はシビル・ジェラード。

女性の下方には、手入れをしていない形式通りの庭園があり、葉のない蔓《つる》が、白塗りの剝《は》げかかった壁の木製の四目格子《トレリス》にまとわりついている。病室の、開け放った窓から吹きこむ温かな風で、女性の項《うなじ》のほつれた白髪が揺れ、石炭の煙やジャスミンや阿片《あへん》の臭《にお》いが運びこまれる。

女性の瞳《ひとみ》は空に、巨大で抗《あらが》いがたい優雅さをもつシルエットに据えられている――この女性の生涯のあいだに、空を飛ぶにいたった金属だ。その壮麗さに先立って、小さな無人飛行機たちが、赤い地平線を背景に急降下し風を切る。

まるで椋鳥《むくどり》みたい、とシビルは想う。

飛行船の明かりや四角の金色の窓が、人間の温かみを伝えてくる。シビルは、生命体の機能である比類のない優雅さで、遠い飛行船の音楽を、ロンドンの音楽を、やすやすと想像する――乗客たちは歩き回り、酒を飲み、ふざけあい、もしかしたらダンスをしているかもしれない。

想《おも》いが勝手にうかんできて、心がそれなりの遠近を織りなし、感情と記憶から意味を組み立てる。

シビルはロンドンでの暮らしを想い起こす。想い起こす自分は、とても昔の自分であり、ストランド街を進んで、テンプル・バーの雑踏を押し分けていく。押し進むうち、〝記憶〟の街が、周囲におのずと広がる――やがて、ニューゲイトの壁際で、吊《つ》られた父親の影が落ちかかり――

そこで〝記憶〟は向きを変え、光のように素早く屈折して、別の横道にはいる――そこでは、いつも夕方――

それは、一八五五年一月一五日。

ピカディリーにあるグランヅ・ホテルの一室。

椅子が一脚、後ろに傾けられて、カット・グラスのドア・ノブの下にしっかりと支《か》ってあった。もう一脚には衣類がかけてある――女性用の房飾りのついた短いマント、泥がこびりついた厚手ウステッドのスカート、男性用のチェック柄のズボンにモーニング《カッタウェイ》・コート。

層板楓《かえで》材の四柱式寝台《フォア・ポスター》の寝具の下には、ふたつの人影があり、遠く、冬の鉄の手に捕らえられたビッグ・ベンが十時を告げた。大きくて耳障りな蒸気オルガンの音色、石炭に熱せられたロンドンの息吹。

シビルは氷のようなリネンのあいだに足をすべらせて、フランネルにくるみこまれた陶器の湯たんぽの温かみに近づけた。その足先が男の脛《すね》に触れてしまう。その感触で、男が深い沈思黙考から醒《さ》めてしまったようだ。そういう人間なのだ、このダンディなミック・ラドリーは。

シビルがミック・ラドリーと出会ったのは、ウィンドミル・ストリートの奥にある、ローレンツ・ダンシング・アカデミーだった。知り合った今になって想えば、この男、むしろレスター・スクエアにあるケルナーの店か、いっそポートランド・ルームズに似合っている。いつも考えこんでいて、策を練っており、頭にうかんだ何かについてぶつぶつ言っている。抜け目ない、抜け目ない。それが心配だ。それに、ミセス・ウィンタホールターのお気にも召すまい。というのも、〝政治的な殿方〟の扱いには分別と慎《つつ》ましさが必要だからであり、ミセス・ウィンタホールター自身はそういう素質をふんだんにもっているつもりだけれど、自分のところの娘たちがそういう素質をもっているとは一切認めようとしないからだ。

「もう遊び女《め》の真似事はなしにしろよ、シビル」

ミックが言う。ミックらしい物の言い方。抜け目ない頭で考え抜いたことなのだ。

シビルは、毛布の温かな端で顔を半分隠すようにして、ミックに笑みを向けた。この笑みが気に入られているのはわかっている。悪戯娘《いたずらむすめ》の笑みだ。本気で言ってるはずはない、と想う。今のをジョークにしてしまおう、と心に決めて、

「でも、あたしが悪戯な遊び女じゃなかったら、今こうしているかしら……」

「もう悪ぶる必要はないんだ」

「あたしがおつきあいするのは、紳士だけだって知ってるでしょ」

ミックは可笑《おか》しげに鼻を鳴らし、

「じゃあ、俺《おれ》も紳士だってのかい……」

「とってもパリッとした紳士」

そう言って、シビルはミックの機嫌をとり、

「道楽者の一員よね。あたし、急進貴族は好きじゃないの。唾《つば》を吐きかけてやりたいくら

いよ、ミック」

シビルは身震いするけれど、みじめな気分ではない。こうして、ちょっとした幸運にめぐりあっているからだ。大御馳走《ごちそう》やらホット・チョコレートがたっぷりとあって、最先端のホテルの清潔なシーツにくるまれているのだ。ピカピカの新築ホテルだから、集中スチーム暖房があるけれど、絶え間なくボコボコとかガンガンとかいう、渦巻き飾りで鍍金《めっき》の放熱器などを交換に出せるものなら、うまく火を起こした煖炉《だんろ》の輝きのほうを喜んで選ぶ。それに、見場のいい殿方なのだ、このミック・ラドリーは。そこのところはシビルとしても認めざるをえない。服装は洒落《しゃれ》ているし、懐が豊かで気前がいいし、変態じみたことや獣《けだもの》めいたことは要求されたことがない。これが長続きするものでないことは、シビルも承知している。というのも、ミックはマンチェスターから来た旅の人であり、もうじき去っていくからだ。けれど、つきあっていて得だし、置き去りにされるときは、もっと得ができるかもしれない。すまないという気分にさせてやればいい。気前がいいことだろう。

ミックが、ふわふわした羽毛の枕《まくら》にもたれかかって、手入れの行き届いた指先を、巻き毛を額になでつけた髪型の頭の下にさしいれた。絹の夜着《ナイトシャツ》の胸からずっと、レースが泡立つよう――ミックは上物しか身に着けない。今のミックは、ちょっとお喋《しゃべ》りしたいらしい。ある程度時間がたつと、男性はたいていそういうものだ――たいていは奥方についてだけれど。

けれど、ダンディ・ミックの場合は、いつも政治のこと。

「なるほど、貴族連中が嫌いなのかい、シビル……」

「いいでしょ」とシビル、「あたしなりに、訳があるんだから」

「そうだろうな」

ミックがゆっくりとした口調で言い、そのとき投げかけてきたミックの視線が、冷ややかな優越感をたたえていたので、シビルは身震いしてしまう。

「それ、どういう意味よ、ミック……」

「君が政府を嫌う理由は知ってるよ。君の番号を握っているからね」

シビルはまずびっくりし、それから怖くなった。ベッドで体を起こす。口の中に冷たい鉄のような味を覚える。

「君はカードをバッグにいれてるだろ」とミック、「あの番号を、知り合いの悪判事のところにもっていったんだ。政府の機関《エンジン》にかけてもらって、君の中央警察裁判所《ボウ・ストリート》ファイルを印刷してもらった。ラッタッタと、ちょいの間さ」

そこで薄笑いをうかべ、

「だから、君についちゃ何でも知ってるんだぜ、お嬢さん。君が何者か、とか——」

シビルは白を切りとおすつもりで、

「で、何者だというわけなの、ラドリーさん……」

「シビル・ジョーンズではないよね。君はシビル・ジェラード。機械打ち壊し《ラッダイト》煽動者《せんどうしゃ》、ウォルター・ジェラードのお嬢さんだ」

この男、シビルの秘められた過去に押し入ったのだ。機械だ。どこかで回って、歴史を紡ぎだす。

今度はミックがシビルの顔を見つめ、眼にした表情に微笑《ほほえ》みかける。そしてシビルは、以前ローレンツで、混《こ》み合ったフロアの向こうからミックが最初に見つめてよこしたときの、あの表情を想い出した。飢えたような表情だ。

シビルは顫《ふる》える声で、

「あたしについて、いつから知っていたの……」

「二度目の夜以来さ。俺《おれ》が将軍と一緒に旅しているのは、知ってのとおりだ。重要人物の常で、あの人には敵が多い。将軍の秘書兼実務担当としては、見知らぬ人間について危険を冒すようなことはしない」

ミックが残酷で器用な、小振りの手をシビルの肩に置くと、

「君が誰《だれ》かの手先ということも考えられたからね。これも務めさ」

シビルは尻込《しりご》みして身を引き離し、

「非力な娘を探るなんて」

ようやく、そう声を出して、

「まったく見下げ果てた奴《やつ》よ、あんたは」

そう悪態をついても、ミックは動じる様子もない――まるで判事か貴族かのように、冷たく無情で、

「探るといってもね、俺は政府の機械類を自分なりの素敵《すてき》な目的で利用するんだ。お巡りの手先なんかじゃないから、ウォルター・ジェラードみたいな革命家を見下すことはない——今はあの人が急進貴族にどう言われていようと、ね。君の父上は英雄だったんだ」

枕《まくら》の上で体の位置を変え、

「俺の英雄——それがウォルター・ジェラードさ。あの人がマンチェスターで、〝労働者の権利〟について演説するのを聞いた。驚くべき人だった——俺たちはみんな、喉が嗄《か》れるまで歓声をあげたものさ。昔懐かしいヘル＝キャット団——」

ミックのなめらかな声が、がさつなマンチェスターのお国言葉になっており、

「ヘル＝キャット団って、聞いたことあるかい、シビル……。もう昔のことだけど」

「街のごろつきでしょ」とシビル、「マンチェスターの荒っぽい若い衆」

ミックがしかめ面になって、

「俺《おれ》たちゃ同志だった。若者の友愛ギルドさ。父上は、俺たちのことをよく知ってた。俺たちを支援してくれる政治家だった、と言ってもいい」

「父のことを言わないでくださらない、ラドリーさん」

ミックが苛立《いらだ》たしげにかぶりを振って、

「あの人が裁判にかけられて、吊《つ》るし首になったと聞いたとき——」

その言葉がシビルの肋《あばら》の奥で氷のようになるまま、

「——俺も仲間も、松明《たいまつ》やかなてこを取って、大暴れしたもんさ——。あれはネッド・ラ

ッドばりの働きだったぜ。もう何年にもなるけど――」

夜着の前をそっとつまみ、

「この話は、滅多にしない。政府の機関《エンジン》は、昔からの記憶をもっているから」

今になって、シビルにもわかった――ミックの気前良さや、優しい言葉、シビルに向けた不思議なほのめかし、秘密の計画やら向いてくる運やら、印のついたカードやら隠してある切り札やら。シビルの蔭《かげ》で糸を引き、自分の玩具《おもちゃ》にしていたのだ。ウォルター・ジェラードの娘とあれば、ミックのような男にとって気のきいた勲章になる。

シビルはベッドから抜け出ると、パンタレットにシュミーズという姿で、凍りつきそうな床板を横切っていく。

手早く、黙ったまま、山になった自分の着衣をえりわけていく。房飾りのついた短いマント、上衣、大きく歪《ゆが》んだ鳥籠《とりかご》のようなクリノリン・スカート。じゃらじゃらいう白い胸当てのようなコルセット。

「ベッドに戻《もど》れよ」

ミックがものうげに言い、

「癇癪《かんしゃく》なんて起こすなよ。外は寒いぜ」

かぶりを振ってから、

「君が想ってるのとは違うんだよ、シビル」

シビルは何とあってもミックのほうを見まいとして、窓際でもがくようにしてコルセットに体を入れる。窓の、霜がこびりついたガラスが、街路のガス燈の下からの輝きを薄めてくれている。シビルは素早く、慣れた手首の返しで、コルセットの背中の編《あ》み紐《ひも》を引きしぼった。

「あるいは、君が想っているようなことだとしても」

ミックがシビルを見つめながら言葉を継ぎ、

「ちょっとした、程度の違いがある」

道向かいでは、オペラがはねた——外套《がいとう》とオペラ・ハットの紳士階級だ。背中を毛布で覆った辻馬車《つじばしゃ》が、黒いマカダム道路の上で脚を踏みならし、身震いしている。白く跡になった郊外の清潔な雪が、どこかの貴族の蒸気ガーニーの輝く車体に、まだこびりついていた。女どもが、群衆相手に商売にはげんでいる。気の毒な女たち。こんな寒い晩に、襞飾《ひだかざ》りのシャツやダイアモンドの飾りボタンをつけた人間の中から、優しげな顔を見つけるのは、さぞかし大変だろう。シビルは、動揺し、腹立たしく、ひどく怯《おび》えた気分で、ミックに向きなおり、

「私について、誰《だれ》に話したの……」

「だあれにも」とミック、「我が友人たる将軍にすら話してない。それに君を密告したりもしない。ミック・ラドリーが軽はずみだとは、誰にも言わせないよ。だから、ベッドに戻《もど》りな」

「厭《いや》よ」

そう答えて、シビルはまっすぐに立ち、裸足《はだし》が床板に凍りつきそうになりながら、

「シビル・ジョーンズなら、あなたとベッドをともにするかもしれない——けれど、ウォルター・ジェラードの娘は、誇り高き人物なんですから」

ミックはびっくりして、眼をぱちくりさせる。細い顎《あご》を撫《な》ぜながら、しばらく考えこみ、それからうなずいて、

「悲しいかな、俺《おれ》にとっては損失だな、ミス・ジェラード」

ベッドで上体を起こし、大仰に腕を振ってドアを示すと、

「それなら、スカートを着けて、真鍮《しんちゅう》ヒールのドリー＝ブーツを履くんだな、ミス・ジェラード。君も君の誇りとやらも、出て行ってもらおう。けど、君が出て行くとなると、残念だよ。賢い娘には使い途《みち》があるのに」

「そうでしょうとも、このゴロツキ」

シビルはそう口にするが、ためらってしまう。ミックには別の切り札がある——ミックの顔つきで、それが感じられる。

ミックが笑みを向けてよこし、瞼《まぶた》を垂れると、

「パリに行ったことはあるかい、シビル……」

「パリ……」

シビルの吐いた息が、宙で白くなる。

「ああ」とミック、「魅惑と活気の街さ。ロンドンでの講演旅行が終わったあと、将軍の

次の目的地なんだ」

ダンディ・ミックがレースの袖口《そでくち》をつまむようにしながら、

「今言った使い途が何なのか、まだ教えない。けど、将軍は底知れない策略の人だ。それにフランス政府は、ある問題をかかえていて、専門家の手伝いを必要としている」

そこで勝ち誇った笑みをうかべ、

「でも、こんな話は退屈なんだろうね……」

シビルは両足を交互に踏みかえながら、

「私をパリに連れていってくれるのね、ミック」

ゆっくりとそう口に出し、

「それって掛け値なしに、小汚《こぎた》ないいかさまじゃないんでしょうね……」

「正真正銘。信じられないって言うなら、コートにドーヴァー・フェリーの切符がはいってるぜ」

シビルは部屋の隅にあるブロケード張りの肘掛《ひじか》け椅子《いす》に歩み寄って、ミックの大外套《おおがいとう》を引き上げた。抑えがきかないほど体が震えるので、その大外套をはおってしまう。上質の黒っぽいウールだから、まるで暖かな現金にくるまれたようだ。

「右の前ポケットを見てごらん」とミック、「カード＝ケースだ」

ミックは楽しげで自信たっぷりだ――シビルが信じていないことが、おかしくて仕方ないみたいに。シビルは凍えた両手を、両方のポケットにつっこむ。深くて、フラシ天で裏張りしてあって――

左手が、硬くて冷たい金属の塊をつかんだ。引き出してみると、危なっかしい小型の連発式《ペパボックス》デリンジャーだ。象牙《ぞうげ》の握りがつき、鋼の撃鉄や真鍮《しんちゅう》の薬莢《やっきょう》が複雑に輝いて、シビルの手ほどの大きさなのに重い。

「悪い子だ」

そう言って、ミックが顔をしかめ、

「戻《もど》しておきな、いい子だから」

シビルは、それがまるで生きた蟹《かに》だったかのように、そっと、それでいて素早く、しまってしまう。もう一方のポケットに、赤いモロッコ革のカード＝ケースを見つけた――中身は、ミックの名刺、機関《エンジン》点刻の顔写真《カルト・ド・ヴィジート》、ロンドンの列車時刻表だ。

それに、硬くクリーム色の羊皮紙の一片に刻みこんだもの――ドーヴァーから出るニューカメン号の一等乗船切符だ。

「だとしたら、切符は二枚あるはずでしょ」

シビルは言い淀《よど》み、

「本気で私を連れていくつもりなら」

ミックがうなずいて、その点は認め、

「それに、シェルブールからの列車の切符もな。それぐらい、お安い御用。下のロビイ・デスクから、電信で取り寄せればいい」

シビルは、また身震いして、外套をさらにしっかりと体に巻きつける。ミックが、それを笑って、

「そんな渋い顔をしなさんな。まだ遊び女みたいな考え方をしてるな——もう、やめろって。豪勢な考え方をするようにしてくれ、そうでないと使いものにならん。もう、君はミックの女なんだ——上流階級の人間さ」

シビルは、おずおずと口を開く。

「私がシビル・ジェラードだと知っている人と、つきあったことが、ないの」

もちろん、これは嘘《うそ》だ——エグレモントが、シビルを破滅させた男が、いる。チャールズ・エグレモントは、シビルが何者なのか、よく承知していた。けれど、もはやエグレモントは関係ない——今は別世界の人間だからだ。鹿爪らしい顔の御立派な奥方と、御立派な御子様方と、下院の御立派な議席とがある。

それに、エグレモントとのときは、シビルも遊び女をしていたわけではない。とにかく厳密には違う。程度問題だが——

自分が言った嘘で、ミックが喜んでいるのがわかる。嬉《うれ》しがっている。

ミックがピカピカの葉巻ケースを開いて、両切り葉巻を取り、連続マッチの油じみた炎で火をつけると、部屋じゅうにチェリイ・タバコの甘ったるい匂いがたちこめる。

「で、俺《おれ》の前では、ちょっと気後れするってのかい……」

ややあってミックがそう口を開き、

「ま、俺としては、そのほうが好みだな。知っていることのほうが、たかが銭なんかよりも、君を魅《ひ》きつける力が強いってもんじゃないか」

ここでミックは半眼になって、

「大切なのは、何を知っているかだろう、シビル……。土地や金より、生まれより、情報さ。すごく洒落《しゃれ》てる」

シビルは一瞬、ミックの気楽さと自信に憎悪を覚えた。激しく、心の底からの、まぎれもない憤慨だったが、シビルはその感情を抑えこんだ。憎悪が揺らぎ、純粋さを失い、羞《しゅう》恥《ち》に変わった。ミックを憎くは想う――けれど、それはミックが本当のシビルを知っているからにすぎない。ミックは、シビル・ジェラードがどこまで身を堕《お》としたか知っている。かつては、どこの紳士階級の娘にも負けず劣らず、尊大に取り澄ました、教育のある娘だったことを知っている。

父親が有名だったころから、自分がまだ少女だったころから、シビルはミック・ラドリーのような人間を見知っている。ミックがどんな男の子だったかわかっている。見すぼらしく、怒りに満ちた少年工で、低賃金で雇われ、父親が松明《たいまつ》の下で演説すれば、そのあと群がり集まり、父親の命じることは何でもやってのけた。鉄道線路をずたずたにし、ジェニー紡績機のボイラー栓を蹴《け》り外し、警官のヘルメットを父親の足許《あしもと》に献《ささ》げる。シビルは父親と、町から町へと、それもたいてい夜中に逃げ回り、住むのは地下室や屋根裏、どことも知れない貸し間。急進警察からも、他の陰謀家の刃《やいば》からも姿を隠していた。そして、ときおり、自分自身の熱狂的な演説で意気が高揚しきると、父親はシビルを抱きしめて、全世界をシビルにくれると真面目に約束してくれたものだ。シビルが、緑あふれて静かなイングランドに紳士階級らしく住めるのは、蒸気王が倒れたとき。バイロンや、その仲間の産業急進派が全滅したとき――

けれど、縛り首の縄が父親の息を封じ、沈黙させた。急進派の支配は続きに続き、勝利に次ぐ勝利によって世界をカードのように混ぜあわせた。そして今や、ミック・ラドリーは世に出ていて、シビル・ジェラードは堕《お》ちてしまっている。

シビルは、ミックの外套《がいとう》にくるまったまま、その場に立ちつくしていた。パリ。その約束には心魅かれる。それを信じる気になってしまうと、その裏には稲光にも似たときめきがある。無理やり、ロンドンでの暮らしを捨てることを考えてみた。みじめで、卑しく、見すぼらしい暮らしなのはわかっているけれど、どん底というわけではない。失うものが、ないわけではないのだ。ホワイトチャペルに借りている部屋があるし、飼い猫のトービもいる。ミセス・ウィンタホールターのような人もいて、尻軽娘《しりがるむすめ》と政治的な殿方との密会をとりもってくれる。ミセス・ウィンタホールターは遣《や》り手《て》婆さんということになるが、上品だし頼りになる。そういう人物は、めったに見つかるものではない。それにシビルは、常連の紳士二人を失うことになる。チャドウィク氏とキングズリー氏だ。それぞれ月に二度会ってくれる。つまりは定期的な収入ということであり、お蔭《かげ》でシビルは街に立たずにすんでいる。けれども、チャドウィクは、フラムに嫉妬《しっと》深《ぶか》い奥さんがいるし、あるとき魔がさして、キングズリーからは一番いいカフリンクスをくすねてしまった。勘づかれているらしいのは、わかっている。

それに、どちらの紳士にしても、ダンディ・ミックの半分ほども金離れが良くない。

シビルは無理やり、できるだけ愛らしい笑顔をミックに向け、

「あなたって悪《ワル》なのね、ミック・ラドリー。私の首ねっこをつかんでいるのは、わかっているくせに。最初は腹を立てたかもしれないけど、私だって、そう莫迦《ばか》じゃないから、闇《やみ》紳士《しんし》を見ればそれとわかるもの」

ミックが煙を吐《は》き出し、

「実に賢い娘だ」

感じ入った様子でそう言い、

「天使のように世辞を言う。でも、俺《おれ》はそんなのにだまされないからな。いい気にならないように。とはいえ、まさしく俺が求める娘っ子ではある。ベッドに戻《もど》りな」

シビルは言われたとおりにした。

「おやおや」とミック、「君の足ときたら、氷の塊のようじゃないか。どうして可愛いスリッパを履かないんだね」

断固としてコルセットを外しにかかり、

「スリッパと黒の絹ストッキングだな。黒の絹ストッキングを着けると、娘っ子はベッドでとっても洒落《しゃれ》て見えるものさ」

ガラスを上板にしたカウンターのはずれから、アーロンの店の店員がシビルに冷たい眼を向けてくる。きちんとした黒の上衣に、磨きあげたブーツを身に着けた男で、偉そうに背筋を伸ばしている。何かがあるのに勘づいている――臭《にお》いでわかるようだ。シビルはミックが支払いをすますのを待ちながら、両手を前にスカートの上で組み、取り澄ましてはいるけれど、ボンネットの青い房飾りの下から、横眼で様子をうかがう。スカートの下には、クリノリンの枠のあいだから丸めこんだショールがはいっている。ラドリーがトップ・ハットを試着しているあいだに掠《かす》めたものだ。

シビルは品物の掠め方を知っている――独学で身に着けたものだ。ただもう図太くなくてはならない、それがコツだ。肝っ玉が必要だ。右も左も見てはいけない――とにかくつかみ取って、スカートを上げ、詰めこんだら移動する。あとは背筋をぴんと伸ばして立って、賛美歌でも歌いそうな顔で淑女めかしていればいい。

店員は、シビルへの関心をなくした――今は、波紋模様の絹のズボン吊りをいじる太った男に眼を向けている。シビルは素早く自分のスカートを検《あらた》めてみた。膨らみは外に出ていない。

若くて痘痕《あばた》面の売子が、インクで汚れた拇指《おやゆび》で、ミックの番号をカウンター上のクレディット機械に入れた。ザッ、カチャ、真っ黒な把手《とって》のついたレヴァを引くと、それで完了。店員はミックに、印刷された売上票を手渡してから、紐《ひも》とぱりぱりの緑の紙とで包装する。

カシミアのショールひとつぐらいなくなっても、アーロン父子商会が困ることはない。たぶん勘定機関《エンジン》は、照合するとき気づくだろうが、それが大損害になるわけではない――そうなるためには、この豪華売場は大きすぎるし贅沢《ぜいたく》すぎる。ギリシャ風の列柱、アイルランド産水晶のシャンデリア、百万もの鏡――どの部屋もどの部屋も金箔《きんぱく》張りで、そこ一杯に、ゴムの乗馬靴、フランス産の石鹸《せっけん》、ステッキ、傘、刃物類。さらに、錠前のおりたガラス・ケースに詰め込まれているのは、銀の皿に象牙《ぞうげ》のブローチ、発条《ぜんまい》式の可愛い金色のオルゴール――。それでも、ここはチェーン店化した十余の店舗のひとつにすぎない。それにもかかわらず、シビルも知っているとおり、アーロンの店は本当に洒落《しゃれ》た店ではない。紳士階級の場所ではないのだ。

でも、頭さえ良ければ、イングランドでは、金でどうとでもできるのではないだろうか。いつの日かアーロン氏も、ホワイトチャペル出身の、髯をはやした老ユダヤ商人でしかないけれど、貴族の地位が与えられ、道端に蒸気ガーニーを待たせ、その車体には家紋を印《しる》すようになるのだ。急進議会は、アーロン氏がキリスト者でないことなど、気にもしない。チャールズ・ダーウィンにだって貴族の地位を与えたほどだ。ダーウィンは、アダムとイヴが猿だと言ったのに。

フランス風のお仕着せに身を包んだ昇降機運転士《リフトマン》が、ガチャガチャと音をたてて、シビルのために真鍮《しんちゅう》のゲートを引き開けてくれた。ミックも、買物の包みを小脇にかかえてシビルに続いて乗りこみ、二人で降りていく。

二人はアーロンの店から、ホワイトチャペルの人混《ひとご》みに足を踏み出した。ミックが外套から取り出した街路図を調べているあいだ、シビルは、アーロンの店の正面の端から端まで動いていく文字を見上げた。機械仕掛けの帯状装飾になっており、鉛枠にはいったベヴェル＝ガラスの板の奥では、色を塗ったたくさんの小さな木片が、遅い蒸気画像《キノトロープ》のように順番にカチャカチャと回って変わり、アーロンの広告を描いていく。**あなたの手動ピアノを改造して、**うごめく文字がそう提案する、**ケストナーのピアノラにしませんか。**

ホワイトチャペルの西の空には、建設クレーンが林立し、鋼鉄の骨組みには霧から保護するための鉛丹《えんたん》が塗ってある。古い建物には建築足場が取付けられているが、取り壊して新しい建物に場所を譲らないものは、どうやらそのままの姿で改築するらしい。遠くからは掘削の空気吹き出し音が聞こえてくるし、舗道の下からは震えるような感触が伝わってくる。巨大な機械が、新たな地下路線を切り開いているのだ。

けれど、ミックが急に左に折れ、何も言わずに歩いていく。帽子を一方に傾け、市松模様のズボンが大外套の長い裾《すそ》の下ではためく。シビルはその歩調に合わせるために、急ぎ足にしなくてはならない。数字を書いた金属バッジをつけた、汚れた少年が、交差点の汚れ雪を掃除していた――ミックは足取りを乱すことなく、その子にペニー貨をほうってやり、ブッチャー・ロウと呼ばれる小路にはいっていく。

シビルは追いついてミックの腕を取り、黒い鉄の鉤《かぎ》からぶらさがった赤と白の獣肉を通りすぎていく。牛肉も羊肉も子牛肉もあって、汚れたエプロンがけの太った男たちが、売り物をがなりたてている。ロンドンの女たちが籐籠《とうかご》を腕に、大勢詰めかけていた。召使や料理人、それに家に亭主をもつ立派な女性もいる。赤ら顔で藪睨《やぶにら》みの肉屋が、ふたつかみもある蒼《あお》い肉を手にシビルの前に立ちはだかり、

「どうも若奥さん、うちの上等な腎臓を旦那《だんな》に買っていって、パイなんかどうかね」

シビルは、首をすくめて、その男をさけるように歩いた。

駐《と》めた手押し車が舗道際にあふれ、そこでは呼び売り商人が声を張り上げている。商人の別珍の上着は、飾りボタンが真鍮か真珠だ。各人が番号のついたバッジをつけているけれど、その丸々半分はインチキだとミックは言う。呼び売り商人の秤《はかり》や物差しがインチキなのと同じだそうだ。舗道の上にきちんとチョークで描かれた正方形の中に、毛布や籠が広げてあるけれど、ミックは商人たちが萎《しな》びた果物をふっくらさせる手立てや、生きた鰻《うなぎ》に死んだ鰻を混ぜこむ手口を説明してくれる。ミックはそういうことを知っているのが嬉《うれ》しいようなので、その様子にシビルは微笑みをうかべ、そのあいだにも、物売りは箒《ほうき》や石鹸《せっけん》や蠟燭《ろうそく》について叫び声をあげ、しかめ面の手回しオルガン弾きは両手でシンフォニイ・マシーンを回し、素早く軽快な、ベルやピアノ線やスティールの狂騒を街路にあふれさせる。

ミックは、木製の脚に板を載せたテーブルのそばで足を止めた。店番は喪服《ボンバジーン》を着たすがめの未亡人で、薄い唇から短い陶製のパイプが突き出している。店に並べてあるのは、たくさんの小壜《こびん》にいれた、何やら粘りけがありそうな物で、シビルは売薬らしいと想った。

というのも、小壜のひとつひとつに青い紙きれが貼《は》ってあり、そこにぼんやりと野蛮な赤肌インディアンの姿が描いてあるからだ。

「で、こいつは何だね、母さん」

ミックが尋ね、手袋の指先で赤い封蠟《ふうろう》のついたコルクを叩《たた》く。

「石油《ロック・オイル》でさね、旦那《だんな》」

店番が答え、パイプの軸を口から離して、

「バルバドス・タールとも言いますがね」

その、のろのろした訛《なま》りは耳障りだが、シビルは憐れみを覚えた。この女性は、かつてどこの辺鄙《へんぴ》な土地を故郷としていたにせよ、そこからどれほど遠くに来ていることか。

「そうかね」とミック。「もしやテキサスのものじゃないかい……」

「『健やかな香油』」と未亡人。「『天然の秘密の井戸から発し、健康と活力の素《もと》をもたらす』。野蛮人のセネカ族がペンシルヴェニアの広大なオイル・クリークから掬《すく》いとったものでさね、旦那。一壜三ペニーで、保証つきの万能薬」

この女性、今は妙な表情をうかべてミックの顔を見上げている。瞼《まぶた》を閉じるようにしているために、色の薄い瞳《ひとみ》が網状の皺《しわ》にまぎれ、ミックの顔をどこかで見憶《みおぼ》えているかのようだ。シビルは身震いした。

「じゃあ、またな、母さん」

そう言って、ミックが微笑《ほほえ》む。その微笑みで、どうしたわけかシビルは、前に知っていた風俗取締官を想《おも》い出した。砂色の髪をした小男で、レスター・スクエアとソーホーを持ち場にしていた。娘たちは、そいつを〝アナグマ〟と呼んだものだ。

「何なの……」

シビルは尋ね、立ち去りかけるミックの腕を取って、

「あの人が売ってるの、何なの……」

「石油さ」

ミックが言い、シビルが見つめていると、鋭い視線を、背中を丸めた黒服の女に投げ、

「将軍に聞いた話では、地面から湧《わ》き出してくるんだそうだ、テキサスでは――」

シビルは面白そうだと想って、

「じゃあ、本当に万能薬なの……」

「気にするな。それに、お喋《しゃべ》りもここまで」

ミックが眼を輝かせて小路を見つめ、

「一人いるぞ、どうすればいいか、わかってるな……」

シビルはうなずき、市場の雑踏を縫って、ミックが見つけた男に近づきはじめる。その男というのはバラッド売りで、痩《や》せて頬《ほお》がこけている。髪が長く脂じみており、鮮やかなポルカ＝ドットの布地でくるんだシルク・ハットをかぶっている。両腕を曲げて、両手はお祈りをしているかのように組み合せ、くしゃくしゃの上衣の袖《そで》にはずっしりと、ばらばらになった長い束の楽譜《シート・ミュージック》を載せている。

 バラッド歌いが唱え、年季のはいった辻売《つじう》りらしく、

「『線路は神なる真実より作り、千歳《ちとせ》の岩にぞ据える。線路は愛の鎖に固め、動かざること天なる神の御座《みくら》のごとし』だよ。綺麗《きれい》な曲なのに、たったの二ペンスだよ、お嬢さん」

「『サン・ジャシントの大鳥』はある……」とシビルは尋ねる。

「手にはいる。手にはいるよ」と売り子、「で、それは何だね……」

「テキサスの大きな闘いについてなの。偉い将軍の」

 バラッド売りが眉《まゆ》を上げる。瞳《ひとみ》が青で、狂ったように鮮やかだ。飢えのせいか、それとも宗教か、あるいはジンかもしれない。

「するってえと、クリミア戦争の将軍かね。フランス者かね、そのジャシントさんは……」

「違う、違う」

 シビルは憐《あわ》れむように微笑みを向け、

「ヒューストン将軍よ、テキサスのサム・ヒューストン。その曲なら欲しいの、どうしても」

「今日も昼すぎには、新しく仕入れてくるがね、お嬢さんのその曲も捜しておくよ」

「友だちの分もあるから、少なくとも五部は欲しいわ」とシビル。

「十ペンスで六部だが」

「じゃあ六部。昼過ぎに、この場所でね」

「仰せのままに、お嬢さん」

売り子が帽子のつばに手を触れる。

シビルはそこを去って、雑踏にまぎれる。やってのけた。まずくはなかった。これなら慣れることもできそうだ。それに、バラッド売りがどうしても売り払うことになったとき、いい曲で買った人たちが楽しめるようなもの、ということも考えられる。ミックがいきなり、シビルのすぐ横に擦り寄ってきた。

「なかなかだった」

ミックもそう認める。大外套《おおがいとう》のポケットに手をいれると、手品のように、アップル・ターンオーヴァーを取り出した。まだ熱く、砂糖をまぶして油紙にくるんである。

「ありがとう」

シビルはそう答える。びっくりしたけれど、嬉《うれ》しくもある。足を止めて姿を隠し、盗んだショールを取り出すことを、ずっと考えてはいたのだが、そのあいだもミックの眼にさらされていたのだ。シビルのほうからは見えなくても、見張られていたのだ。それがミックのやり方だ。二度と忘れないようにしよう。

二人で、一緒になったり離れたりしながら歩き、サマセットをずっと行ってから、ペティコート・レーンの巨大な市場を抜ける。夕方が近づくにつれて、いろいろな照明が灯った。白熱套《ガス＝マントル》の輝き、カーバイドの白いぎらつき、汚らしい油脂ランプ、屋台が売る食べ物のあいだで瞬く獣油蠟燭《じゅうゆろうそく》。ここでは喧騒《けんそう》が耳を聾《ろう》さんばかりだが、シビルはさらにバラッド売りを三人騙《だま》して、ミックを喜ばせた。

ホワイトチャペルの大きく明るいジン酒場《パレス》の、けばけばしい金紙壁には魚尾ガス噴射が輝いているところに着くと、シビルは失礼して女性用の厠《かわや》に行く。そこの悪臭たちこめる区切りにはいって、安全にショールを取り出せた。とても柔らかくて、何とも愛らしい菫《すみれ》色《いろ》。賢い人たちが石炭から作る、不思議で新しい染料の色だ。シビルはショールをきちんと畳むと、コルセットの上から詰め込む。これで安全。それから外に出て、お目付役を捜した。ミックはテーブルについていた。シビルのためには、小ジョッキの蜂蜜《はちみつ》ジンを注文してくれてある。シビルはミックと並んで腰かけた。

「よくやってくれたよ」

そう言って、ミックが小さなグラスをシビルのほうにすべらしてくれる。店は賜暇中《しか》の クリミア兵士で一杯だ。兵士たちはアイルランド人であり、それにまつわりつく街娼《がいしょう》たちが、ジンで鼻を赤くしてキイキイ言っている。この店には女給がおらず、その代わりに、大柄で逞《たくま》しい雇われバーテンダーが白いエプロンを着けている。バーの蔭《かげ》には大棍棒《だいこんぼう》が用意してある。

「ジンなんて、娼婦の飲物よ、ミック」

「誰でもジンは好きさ」とミック、「それに君は娼婦じゃないだろ、シビル」

「遊び女、悪ぶり」

シビルは鋭い眼でミックを見つめてやり、

「じゃあ他に、何と呼ぶのよ」

「今の君はダンディ・ミックと一緒なんだ」

椅子《いす》ごと後ろにもたれかかり、手袋を着けたままの両手の拇指《おやゆび》をウェイストコートのアームホールにつっこみ、

「女冒険家なんだよ」

「女冒険家……」

「まさしく、そのとおり」

ミックが背筋を伸ばし、

「そういう君に乾杯だ」

ジン＝ツイストをすすり、厭《いや》そうな顔で舌の上に転がしてから呑《の》みこんで、

「君はやめといたほうがいい——この店、テレビンで水増ししてないなら、俺《おれ》はユダヤ人てことになる」

そして立ち上がる。

二人で店を出た。シビルはミックの腕にぶらさがり、足取りを遅くさせるようにしながら、

「〝冒険家〟というのが、あなたなの、ミック・ラドリーさん……」

「そういうことだよ、シビル」

ミックが低く答え、

「そして、君は俺の弟子になる。言われたとおり、謙虚に従うんだ。技術をいろいろ身に着ける。そうして、いつかは組合にはいるんだ、な。ギルドにさ」

「うちの父みたいに……。それを冗談にしようってんでしょ、ミック。昔の父のこと、今の私のこと……」

「違う」

ミックが即座に答え、

「父上は古臭《ふるくさ》かった。今では誰《だれ》も憶えてない」

シビルは作り笑いをうかべて、

「私たちみたいな、いけない女でも、その立派なギルドには入れてもらえるの、ミック……」

「これは知識のギルドなんだ」

ミックは真面目な顔で、

「ボスども、大物どもは、忌々しい法律だ工場だ法廷だ銀行だのを使って、俺《おれ》たちからありとあらゆる物を奪っていく――。世界を好きなようにして、家や家族や、仕事すら奪う――」

ミックは腹立たしげに肩をすくめ、痩《や》せた肩で大外套《おおがいとう》の厚手の生地にへこみを作って、

「そして英雄のお嬢さんの貞操すら奪う――ここまで口に出すのは、図々《ずうずう》しいかもしれな

いけど」

　シビルの手を自分の袖《そで》に圧《お》しつけ、きつく逃れようもなく握りしめて、

「でも、知っていることを奪うことはできないだろう、ええ、シビル……。そいつは奪えないはずだ」

　シビルは自分の部屋の外の廊下にヘティの足音を聞きつけ、それからドアのところでヘティの鍵《かぎ》が鳴るのを耳にした。手回しオルガン《セリネット》が止まるにまかせておくと、甲高い唸《うな》りを発した。

　ヘティが、雪をかぶったウールのボンネットを頭から剝《は》ぎとり、海軍外套を脱ぎおとす。ヘティもミセス・ウィンタホールターのところの女の子であり、デヴォン出身の大柄で騒がしいブルネット娘だ。呑《の》みすぎるのが難だが、それなりに気の優しいところがあるし、トービにはいつも親切にしてくれる。

　シビルは陶製の把手《とって》が付いたクランクを畳みこんでから、この安物の楽器の傷だらけの蓋《ふた》をおろし、

「練習してたの。ミセス・ウィンタホールターが、今度の木曜に歌ってほしいって」

「あの古狐、うるさいんだから」とヘティ、「今夜はあんた、C氏と出かける晩じゃなかったっけ……それともK氏だったかな……」

　ヘティが、幅が狭くて小さな炉の前で足踏みしながら暖まろうとして、それから気づいた。ランプの光に照らされて、アーロン父子商会の靴や帽子箱が散らばっている。

そう言ってから微笑み、大きめの口を、ちょっと羨《うらや》ましそうに歪《ゆが》めて、

「新しい色男だね……。運のいい人だねえ、シビル・ジョーンズ」

「もしかしたら、ね」

シビルは熱いレモン・コーディアルをすすり、首を後ろに反らせて喉《のど》を楽にする。

ヘティがウィンクしてよこし、

「ウィンタホールターは、今度のについて知ってるの……」

シビルはかぶりを振って微笑《ほほえ》む。ヘティなら告げ口はしない。

「あんた、テキサスについて何か知ってる、ヘティ……」

「アメリカにある国だわね」

ヘティが即座に答え、

「フランス人が持ってるんじゃなかったっけ……」

「それはメキシコでしょ。キノトロープ・ショウに行きたいと想う、ヘティ……。テキサスの前の大統領が講演するんだって。切符があってね、ただなんだけど」

「いつ……」

「土曜日」

「その日はダンスよ」とヘティ、「マンディなら行くかもしれない」

そう言って、指先に息を吹きかけて温めながら、

「おやあ」

「あたしの友だちが、今夜遅くに寄るんだけど、構わないわよね……」

「ええ」

シビルは言う。ミセス・ウィンタホールターは、自分のところの女の子が自室で男性とおつきあいすることを厳しく禁じている。その規則をヘティが頻繁に破るところをみると、家主に告げ口してみろと挑戦しているかのようだ。ミセス・ウィンタホールターは、家主のケアンズ氏に家賃を直接払うことにしているので、シビルなどは家主と話す必要は滅多にない。ましてや、不機嫌で、太い足首をした、帽子の趣味の悪い夫人となど、話すことはほとんどない。ケアンズ夫妻は、一度もヘティについて密告したことがないのだが、シビルにはよく訳がわからない。というのも、ヘティの部屋は夫妻の部屋の隣で、ヘティが男を連れこんだときは、破廉恥な騒ぎになるからだ――たいていは外国からの外交官で、奇妙な訛《なま》りのある男が多く、物音から判断すると、獣じみた趣味もあるようだ。

「よかったら、歌を続けてくれてもいいのよ」

そう言って、ヘティが灰に覆われた炎の前にしゃがみこみ、

「いい声をしてるんだもの、才能を無駄にすることないわ」

身震いしながら、石炭をひとつひとつ炉にくべる。そのとき、極端な冷気が、釘《くぎ》づけにした窓の割れたところからはいってきたように想え、奇妙な束の間《つかま》、シビルは空気にはっきりとした存在を感じた。見つめられている感覚が明確にあり、別の領域から自分に眼が据えられていると感じる。死んだ父親のことを想う。**ものを言えるようになりなさい、シ**

ビル、語れるようになるんだ、我々にはそれしか闘いようがない、そう教えられたものだ。それも逮捕される数日前のことで、急進派がまた勝利をおさめたのが明らかになっていた——恐らく、ウォルター・ジェラード以外の誰《だれ》の眼にも明らかだったのだろう。当時もシビルの眼には、胸がつぶれるほどの明瞭さで、父親の敗北の大きさが見えていた。父親の理想は失われる——単に忘れ去られるだけでなく、歴史から完全に抹殺され、何度も何度も繰り返して粉砕されるのだ。まるで、雑種犬の死骸《しがい》が急行列車の騒がしい車輪に蹂躪《じゅうりん》されるように。**語れるようになるんだ、シビル、我々にはそれしかない**——

「読んでくれる……」とヘティ、「あたしはお茶を淹《い》れるから」

「いいわよ」

ヘティとの擦れ違いが多く、ばらばらの生活では、朗読というささやかな儀式が、二人のあいだで家庭的ということになっている。シビルは、その日の〝絵入りロンドン・ニューズ〟を樅材《もみざい》のテーブルから取上げ、クリノリンを、軋《きし》み音をたてて湿った臭《にお》いのする肘《ひじ》掛《か》け椅子《いす》の自分のまわりに落ち着けると、眼を細めるようにして一面の記事を見つめる。それは恐竜についてのものだった。

急進派は、こういう恐竜に夢中になっているようだ。載っているのは七人の一行を描いた銅版画で、率いているのはダーウィン卿《きょう》。みんなが、チューリンゲンの採炭切羽《きりば》に埋もれた得体の知れない物体を見つめている。シビルは説明文を声に出して読み上げ、その絵をヘティに見せる。骨だ。石炭に埋もれているのは化け物じみた骨であり、その長さときたら、人の背丈ほどもある。シビルは身震いする。ページをめくると、その化け物が生きていたときはこうであろうという、画家による想像図に出会う。こぶのようになった背骨に沿って、危険な三角形の鋸歯《のこば》が二列に並んだ怪物だった。少なくとも象ほどはあるように想えるけれど、小さく醜悪な頭は犬よりかろうじて大きい程度。

ヘティがお茶を淹《い》れてくれながら、

「『爬虫類《はちゆうるい》が地球全土を支配していた』ですって……」

そう繰り返し、針に糸をとおして、

「そんなの一言も信じるもんですか」

「どうして……」

「そういうのは、創世記に出てくる巨人の骨よ。牧師さんも、そう言ってるじゃない」

シビルは何も言わない。どちらの推測にしても、途方もないことに変わりはない。次の記事に進むと、これはクリミアにおける女王陛下の砲兵隊を讃《たた》えるものだった。版画では、ハンサムな准大尉が二人、長距離砲の働きぶりに感心していた。砲身が鋳物工場の煙突ほども太い大砲は、ダーウィン卿の恐竜を手っ取り早く片づけるのに、ちょうど良さそうだ。けれど、シビルの注意は、挿入画になった砲術機関《エンジン》に魅《ひ》きつけられた。複雑に組み合わさった歯車には、不思議な美しさがあって、まるで何か奇怪なまでに異様な壁紙のようだ。

「何か繕《つくろ》うものある……」とヘティ。

「ないわ、ありがとう」

「じゃあ、広告でも読んで」とヘティ、「そういう戦争の駄法螺《だぼら》なんて大嫌い」

載っていたのは、フランスのリモージュからの〝ハヴィランド・チャイナ〟。フランス製トニックの〝ヴァン・マリアーニ〟はアレクサンドル・デュマの推薦つきで、オックスフォード・ストリートの店に申し込めば、有名人の肖像や署名入りの説明書をもらえる。〝シルヴァー・エレクトロ・シリコン磨き〟は傷つけず、擦り減らさず、他の製品とは違う。〝ニュー・ディパーチャ社自転車ベル〟には、独特の響きがある。〝ベイリー博士のリチウム塩水〟はブライト病や痛風性体質を癒《いや》す。〝ガーニーの「リージェント」印ポケット蒸気機関《エンジン》〟は、家庭用ミシンに組み合わせて使う。この最後の広告はシビルの関心を引いたが、別に、一時間あたり半ペニーの費用で、ミシンを前の二倍の速度で動かせる、という宣伝につられたわけではない。

これに載っている版画には、趣味良く装飾が施された小型ボイラーがあって、ガスまたはパラフィンで加熱するようになっている。チャールズ・エグレモントは、こういうのを奥方に買ってやっていた。それにはゴムの筒がついてきて、手近な上げ下げ窓にはさむと、余分な蒸気を逃がすようになっていたけれど、シビルは奥方の応接間が蒸気風呂《トルコ》になったと聞いて、面白がったものだ。

新聞を読みおわると、シビルは床についた。真夜中近く、荒々しく律動的にヘティのベッドスプリングが鳴る音で、眼を醒《さ》まされた。

ギャリック劇場の中は薄暗く、埃《ほこり》っぽく寒々としていて、一階席から天井桟敷まで、見すぼらしい座席が並んでいる。けれども、舞台の下ともなると真暗闇で、ミック・ラドリーがいるそこでは、湿気と石灰《ライム》の臭《にお》いがしていた。

ミックの声がシビルの足の下から反響してきて、

「蒸気画像《キノトロープ》の中身は見たことがあるかい、シビル……」

「一度だけ、舞台裏で見たことがあるわ」とシビル、「ベスナル・グリーンのミュージック・ホールで。動かしてる人を知ってたの、クラッカーの男の人」

「恋人かい……」

そう尋ねてきたミックの、反響する声が鋭い。

「いいえ」

シビルはすぐさま答え、

「私、ちょっと歌っていたことがあるのよ――ほとんど、お金にはならなかったけど」

ミックの連続マッチが鋭くカチッというのが聞こえた。三度目で火がつき、短い蠟燭《ろうそく》を灯《とも》すと、ミックがこう命じる。

「降りておいで。阿呆《あほう》みたいにつったって、足首を見せびらかしてるんじゃない」

シビルは両手でクリノリンをつまみあげ、不安になりながら、湿って急な階段をそろそろと降りていく。

ミックが腕を挙げて、丈の高いステージ・ミラーの裏側を手探りする。ミラーというのは大きくピカピカに鏡面処理をした板ガラスで、車輪つきの台には油じみた歯車や擦り減った木製のクランクがついている。ミックが、防水キャンヴァス地の安っぽい黒の大型鞄《かばん》を出してきて、自分の前の床の上に慎重におろし、しゃがみこむと、脆《もろ》そうなブリキの留め金を外す。赤い紙リボンで縛ってある穴のあいたカードの束を取り出した。鞄に他の包みもはいっているのが、シビルには見てとれ、その他に、磨いた木の輝きもあった。

ミックがカードを、まるで聖書のように丁寧に扱い、

「安全そのもの。中身を偽っておくわけさ——包みには何か莫迦《ばか》なことを書いておく。『禁酒の勧め——その一、二、三』とかね。すると、誰も盗もうなどとは想いもしない。機械にかけて見てみようとすらしない」

その分厚い塊を持ち上げると、ミックが拇指《おやゆび》で端をこする。するとカードは、ギャンブラーの新しい札のような、鋭くパリパリした音をたてた。

「これには結構投資した」とミック、「マンチェスターでも一流のキノ職人が、何週間もかけたんだ。完璧《かんぺき》に俺《おれ》の設計どおり、と言っておこう。なかなかのもんなんだぜ。これなりに、とても芸術的だよ。もうじき見せてやる」

鞄を閉じると、ミックが立ち上がった。カードの束を丁寧に上衣のポケットにすべりこませると、荷箱にかがみこんで太いガラスの筒を引き出す。筒から埃《ほこり》を吹き払い、それから筒の一端を特殊なやっとこでつかむ。ガラス部分が気密性のポンという音とともに開く——筒の中には、真新しい石灰の塊があった。ミックが鼻唄《はなうた》を歌いながら、それを引き抜

く。石灰光《ライムライト》バーナーのソケットにそっと詰めこむ。バーナーは大きな皿型をしていて、煤《すす》けた鉄とピカピカの錫《すず》でできている。それから蛇管《ホース》の蛇口をひねり、ちょっと嗅《か》いでみてうなずき、二番目の蛇口をひねって、そこに蠟燭をもっていく。

シビルは強烈な閃光が眼の中に広がったので、悲鳴をあげた。燃え上がるガスのしゅうしゅういう音ごしに、ミックがそれを嗤《わら》っているのが聞こえる。熱い青の閃光が点となって、シビルの眼の前に漂っている。

「ましになった」

ミックが言う。輝く石灰光《ライムライト》を慎重にステージ・ミラーに向け、それからミラーのクランクを調節しはじめた。

シビルは眼をぱちくりさせながら、あたりを見回す。ギャリックの舞台下は、じめじめしていて見すぼらしく、犬や乞食が死んでいそうな場所であり、足の下にある破れたり黄ばんだりした引き札を見れば、『ならず者ジャック』とか『ロンドンのごろつき』とかいった猥褻《わいせつ》な笑劇《ファルス》のものだ。隅に、女性用の肌着が丸めてある。短いあいだ、恵まれない舞台歌手の日々を送ったことがあるものだから、シビルには、どうしてそういうものがそこにあるのか、想像がつく。

眼で蒸気パイプや張り詰めたワイアをたどっていくと、輝くバベッジ機関《エンジン》に行き着いた。小型のキノトロープ・モデルだから、シビルの背丈ぐらいしかない。ギャリックにある他のものと違って、機関《エンジン》はよく手入れされているらしく、マホガニーの木塊四つに載っている。その上下の天井や床は丹念に磨きあげて、白く上塗りしてある。蒸気計算機は精密なもので、気分屋だと聞いているから、大事にしないぐらいなら、持たないほうがいい。ミックの石灰光《ライムライト》から漏れてきた光の中、何十本ものこぶの付いた真鍮《しんちゅう》の柱が輝き、磨きあげた板に穿《うが》ったソケットに上と下とを固定されている。そこに、ピカピカしたレヴァーや爪《ラ》車装置《チェット》や、鮮やかで綺麗《きれい》に切られた鋼の歯車が何千もついている。亜麻仁油の匂《にお》いがした。

それを、これほど近くで、これほど長いあいだ見つめていて、シビルは、ひどく奇妙な気分になった。飢えるというのに近いだろうか、不思議に物欲しいというのだろうか、他にたとえるなら――素晴らしく可愛らしい馬に対して覚える気分のようだ。欲しいと想う――所有したいというのではないけれど、何とか独占したいのだ――

いきなりミックが、後ろから肘《ひじ》をつかんできた。シビルはびくりとする。

「可愛いもんだろう……」

「ええ。とても――可愛いわ」

ミックはなおも腕をつかんだままだ。ゆっくりと、手袋をしたもう一方の手をボンネットの内側の、シビルの頬《ほお》にあててくる。それから拇指《おやゆび》でシビルの顎《あご》を上げさせ、顔をのぞきこむようにしながら、

「何か感じるんじゃないかい……」

ミックの瞳が輝きの中で翳《かげ》になり、声が恍惚《こうこつ》としているので、シビルは怖くなり、

「ええ、ミック」

すぐさま素直に答えて、

「感じるわ――何か」

ミックがボンネットを引き剝《は》がして、首筋に垂らし、

「まさか怖がっているんじゃないだろうな、シビル。ダンディ・ミック様が、こうして抱いてやっているんだから。ちょっと特別なわくわく気分《フリッソン》を感じるだろう。その気分が好きになってくるよ。君をクラッカーに仕立ててやる」

「私にそんなこと、本当にできるの……。女でもできるの……」

ミックが笑い声をあげ、

「じゃあ、レイディ・エイダ・バイロンのこと、聞いたことがないのか……。総理大臣のお嬢さんで、〝機関《エンジン》の女王〟その人のこと」

シビルから手を放すと、上衣《うわぎ》の前をはだけるように両腕を大きく広げ、見世物師の仕草になって、

「エイダ・バイロン、バベッジ本人の親友にして愛弟子。チャールズ・バベッジ卿《きょう》こそ、差分機関《ディファレンス・エンジン》の父にして、我らの時代のニュートンにあたる」

シビルは口をあんぐり開けて、

「でも、エイダ・バイロンは貴婦人《レイディシップ》だわ」

「そのレイディ・エイダがどんな人物の知り合いか知ったら、君もびっくりするだろうよ」

ミックが断言し、ポケットからひとまとまりのカードを出して、その紙包みを剝がしながら、

「そりゃあ、庭園パーティでダイアモンドのお仲間と一緒に、お茶をいただくとは言わないよ。でも、エイダは、言うなれば機敏でね、独特の数学的な意味で――」

ここで間を置いてから、

「だからといって、エイダが最高だというんじゃない。蒸気知能協会の中には、レイディ・エイダすら知恵遅れに見えるというほどの、クラッキング上手がいる。でも、エイダには天賦の才がある。それが、どういう意味か知ってるかい、シビル……。天賦の才があるってこと……」

「どういう意味……」

シビルは答えるが、ミックの声にこもる酔ったような自信が気に入らない。

「どうして解析幾何学が生まれたか、知ってるかい……。デカルトって人がね、天井にとまった蠅を見てたのさ。それ以前にも、何百万人もの男が天井にとまった蠅を見ていただろうが、そこから学問を起こしたのはルネ・デカルトだけだった。今じゃエンジニアは、その人が発見したことを毎日のように使っているけど、その人なかりせば、俺《おれ》たちは今も知らなかったことだろうよ」

「蠅なんかが、人間にとって何だっていうの……」とシビル。

「エイダは前に、デカルトの発見に匹敵する洞察を得たのさ。その使い途《みち》は、今もまだ誰《だれ》

も見つけていない。いわゆる純粋数学という奴《やつ》でね」

ミックが笑い声をあげ、

「『純粋』。それがどういう意味かわかるかい、シビル……。つまり、走らせる《ラン》ことができないってことさ」

両手をこすりあわせながら、にやにや笑い、

「誰にも走らせることができない」

ミックの上機嫌がシビルの神経に障ってきたので、

「あなたも貴族政治なんて嫌いだと想ってたのに」

「確かに貴族の特権は大嫌いさ。正々堂々、平等に得たものじゃないならね」とミック、「でも、レイディ・エイダは脳味噌《のうみそ》の力で生きてきたんであって、血筋に頼ったわけじゃない」

ミックがカードを、機械の横の銀色のトレイに差し込み、それから振り返ってシビルの手首をつかむと、

「父上は死んだんだぞ。こう言って君を傷つけようというんじゃない。でもラッダイトは死んで冷たい灰になったんだ。ああ、俺たちは行進して声を張り上げたさ。労働者の権利や何かを求めてな――口先は結構だったとも。でも、チャールズ・バベッジ卿は、俺たちがパンフレットを作っているあいだに、青写真を作っていた。その青写真から、この世界が生まれたんだ」

ミックがかぶりを振り、

「バイロンの仲間、バベッジの仲間、産業急進党がグレート・ブリテンを牛耳ってるんだ。俺たちを牛耳ってるんだぞ——地球全体がそれに服従してる。ヨーロッパだって、アメリカだって、どこでも同じだ。貴族院は上から下まで、急進派に溢《あふ》れてる。ヴィクトリア女王なんて、碩学《せきがく》と資本家からうなずいてもらわないかぎり、指一本動かさない」

ここでシビルに指を向け、

「だから、今さらそれに抗《あらが》ってみても、意味がない。どうしてか、わかるかい……。なぜなら、急進派は正々堂々とやるから。少なくとも、何とかできる程度には正々堂々としてる——だから、頭さえあれば、その仲間にはいれるのさ。頭のある人間なら、そういうシステムに抗うわけがない。だって、あんまり道理にかなっているんだもの」

ミックが自分の胸に拇指《おやゆび》を向け、

「でも、だからといって、俺《おれ》や君が孤立無援だというわけじゃない。単に、こういうことだ。俺たちは眼を見開いていて、耳をそばだて、より早く考えるようにしなくちゃならないって——」

ミックが拳闘家《けんとうか》の体勢になった。肘《ひじ》を曲げ、拳《こぶし》を上げ、その拳骨《げんこつ》を顔の前にもってくる。それから髪をかきあげて、シビルに笑みを向けてきた。

「そりゃあ、あなたには結構なことでしょうよ」

シビルは反論に転じ、

「あなたは好きなようにできるでしょうよ。あなたは私の父の支持者だった――ま、そういう人はたくさんいたし、今じゃ議会にもいるわ。でも、身を堕とした女は破滅なのよ、わかる……。破滅したら、そのままなのよ」

ミックが背を伸ばし、シビルに難しい顔を向けると、

「だから、そのことを言ってるんじゃないか。君はもう一流人士とつきあってるってのに、考え方が飯盛り女みたいなんだから。パリに行けば、君が何者か知ってる人間はいないんだぜ。ここなら、お巡りもボス連中も君の番号を知ってる、そうだろうとも。でも、番号なんて、それだけのものでしかなくて、君のファイルだって単なるカードの束にすぎない。通じている人間にとっちゃ、番号を変える方法だってある」

そう言って、シビルの驚きぶりを鼻先で嗤《わら》い、

「簡単にできるとは言わないよ、このロンドンで。でも、ルイ・ナポレオンのパリとなれば、話向きも変わる。華のパリイなら話向きはお望み次第。とりわけ、おべっか上手な口先と綺麗《きれい》な足首をした女冒険家ともなれば」

シビルは拳に歯を立てる。眼頭が急に熱くなってきた。石灰光《ライムライト》からの厭《いや》な煙と、恐怖感のせいだ。政府の機械で新しい番号になれれば――それは新しい人生ということだ。過去のない人生だ。予想もしなかった、そういう自由を想って、シビルは怖くなった。そのこと自体、奇妙で眩暈《めまい》のしそうなことではあるけれど、それが意味すること以上に、それと交換条件でミック・ラドリーが何を要求するか考えると、怖い。

「本当に、私の番号を変えることなんて、できるの……」

「パリでなら、新しい番号を買ってやることもできる。フランス人なり、アルゼンチンかアメリカからの難民娘ということにもできる」

ミックが優雅に腕組みして、

「まだ約束はしないからな。それだけの働きをしてもらわなくては」

「騙《だま》す気じゃないわよね、ミック……」

シビルはゆっくりと言い、

「だって、だって、そういうことをしてくれる人になら私、本当に特別に優しくなれるんだから」

ミックが両手をポケットにつっこみ、踵《かかと》を軸に体を前後に揺らしながら、シビルを見つめ、

「なれるのかい」

静かに言う。シビルの顫《ふる》えるような言葉で、ミックの中の何かが煽《あお》られたようだ。それはミックの眼を見るとわかる。熱っぽく好色な熾火《おきび》であり、そこにあることがシビルにもぼんやりとわかる何か、ミックの欲望だ——釣針をさらに深く食い込ませたいという欲望。

「なれるわ。私を見習い女冒険家として、まっとうに正直に扱って、どこかの間抜けな遊び女として騙して棄てるんでなければ」

シビルは涙がこみあげてくるのを感じる。前よりひどい。まばたきをして、はっきり眼

を上げ、涙が流れるままにする。もしかしたら、涙も役に立つかもしれないと、

「希望をもたせるだけもたせて、それから叩《たた》き壊すようなことはしないでしょ……。そんなの卑怯《ひきょう》で残酷だもの。そんなことされたら、私――私、タワー・ブリッジから跳びおりてやる」

ミックがシビルの眼をじっと見つめ、

「そういう泣き言はやめて、よく聞け。これだけはわかってほしい。君は単にミックの可愛い女というだけじゃない――俺《おれ》だって、他の男に負けず劣らず、そういうのは嫌いじゃないが、それなら好きなところで手にはいるし、それだけのために君を必要としてるんじゃない。ウォルター・ジェラードさんのような喋《しゃべ》りの才能も必要だし、肝っ玉もほしい。君は俺の弟子になるんだ、シビル、そして俺は師匠。俺たちのあいだは、そういうことにしよう。君は忠実で、従順で、正直にすること。誤魔化しや無礼はなしにしてくれ。その代わり、俺は技術を教えて、大切に扱う――そしたら、君が忠実で誠実な分だけ、俺も親切で気前良くしてやる。俺の言ってること、わかるか……」

「ええ、ミック」

「じゃあ、そういう契約でいいか……」

「ええ、ミック」

シビルは笑顔を向ける。

「それなら、よろしい」とミック、「じゃあ、ここに跪《ひざまず》いて、両手をこんなふうに合わ

せて——」

ミックが両手をお祈りの形に合わせ、

「——こういう誓いを立てる。すなわち、君、シビル・ジェラードは、聖人と天使にかけて、能天使主天使座天使にかけて、熾天使《してんし》智天使さらに全《すべ》てを見そなわす眼にかけて、ミック・ラドリーに従い、忠実に仕えることを誓う。神も照覧あれ。そう誓うか……」

シビルはミックをじっと見つめ、

「どうしても誓わなくちゃ駄目……」

「うん」

「でも、大罪なんじゃないの、そんな誓いの相手が、つまり——言いたいのは——私たち夫婦の誓いもないし——」

「それは結婚の誓いだろ」

ミックが苛立《いらだ》たしげに言い、

「こっちは弟子入りの誓いだよ」

シビルは他にどうしようもなくなった。スカートを後ろに引くようにして、ミックの前の冷たく砂だらけの石に跪く。

「そう誓うか……」

「はい、神も照覧あれ」

「そんなにふくれた顔をするなよ」

そう言って、ミックはシビルが立ち上がるのに手を貸してくれ、

「君が誓ったのは、他のに比べれば、まだ穏やかで女らしいものなんだぞ」

引いて立ち上がらせてくれて、

「疑いや不信の心が起こったときは、誓いを心の支えにするように。さあ、これを持って」

シビルに炎の揺れる蠟燭《ろうそく》を預け、

「ジン浸りの舞台監督を捜して、ボイラーに火を入れてくれ、と言うんだ」


その晩、二人はアーガイル・ルームズで食事をとった。ローレンツ・ダンシング・アカデミーからも程遠からぬ、ヘイマーケットにあって繁盛している店だ。アーガイルには食事用の個室もあって、無分別な連中ならそこで一晩じゅう過ごしたりする。

シビルは、ミックがそういう個室を選んだことで、不思議な気分になった。ミックは明らかに、シビルと一緒に公衆の面前に出ることを恥ずかしがっていないはずだ。けれど、子羊肉の途中で、ウェイターが、太って小柄な紳士を案内してきた。髪をポマードでなでつけ、金の鎖を、張り詰めたヴェルヴェットのウェイストコートに掛けている。丸々ぽちゃぽちゃしたところは、子供の人形のようだ。

「よお、コーニイ」

ミックが言うが、ナイフとフォークを置こうともしない。

「今晩は、ミック」

男が言うが、奇妙にどこともつかない訛《なま》りであり、役者かあるいは、長く街の紳士階級に仕える地方民かもしれず、

「用があると言われたもので」

「それはそのとおりだよ、コーニィ」

ミックはシビルを紹介しようともしなければ、男に椅子《いす》を勧めもしない。シビルはひどく居心地悪くなってきた。

「ちょい役だから、台詞を憶《おぼ》えるのは、大した手間じゃないはずだ」

ミックが上衣から何も書いてない封筒を出して、男に手渡し、

「君の台詞と、きっかけと、依頼料だ。ギャリックで、土曜の夜」

男が陰気な微笑《ほほえ》みをうかべて封筒を受け取り、

「ギャリックに演《で》てから、ずいぶんになるよ、ミック」

シビルにウィンクすると、それ以上の儀礼もなく立ち去った。

「あれ、誰《だれ》なの、ミック……」

シビルは尋ねる。ミックはまた子羊肉にとりかかって、白目の器《ピューター》からミント・ソースをすくっていた。

「多才な役者でね」とミック、「ギャリックで、ヒューストンの演説のあいだ、君の相手役をつとめるのさ」

シビルは呆気《あっけ》にとられて、

「つとめる……。私の相手役……」

「君は見習いの女冒険家だってこと、忘れないようにね。いろいろな役割を演じる必要が生じるんだよ、シビル。政治演説というものは、多少の味つけで、必ず良くなるものなんだ」

「味つけ……」

「いいんだ」

ミックも子羊肉に興味を失った様子で、皿を脇《わき》にのけ、

「練習の時間は、明日たっぷりある。今のうちに見せておきたいものがある」

テーブルから立ち上がって、ドアのところに行き、しっかり閂《かんぬき》をかける。戻《もど》りぎわに、自分の椅子《いす》の横のカーペットの上に置いてあった防水キャンヴァス地の旅行鞄《りょこうかばん》を取上げると、それをシビルの眼の前の、アーガイルの、清潔だが繕った跡の多いリネンに置く。

この鞄については、シビルも好奇の念をいだいていた。好奇の念をいだいたのは、ミックがギャリックの舞台下から、最初は印刷屋へ行ってヒューストンの講演の引き札を確認し、それからこのアーガイル・ルームズまで、ずっと運んでいたからではなく、あまりに安物で、ミックが明らかに自慢にしている身の回り品と、あまりに違っていたからだ。ダンディ・ミックともあろう人が、どうしてこんな鞄を持ち回っているのだろう。その気になれば、アーロンの店の、派手で凝りに凝った品も、ニッケルの留め金にエイダ・チェッ

ク柄の絹地といったものも買えるだろうに。それに、シビルは知っているけれど、この黒鞄にはもう、講演のためのキノ・カードははいっていない。というのも、そちらのカードはミックがもう〝ザ・タイムズ〟紙の紙面に丁寧に包んで、もう一度ステージ・ミラーの裏側に隠してしまったからだ。

ミックが、見すぼらしいブリキの留め金を外して鞄を開け、磨きあげた紫檀《したん》の細長いケースを取り上げた。ケースの角々には鮮やかな真鍮《しんちゅう》の飾りが施してある。もしや、この中には望遠鏡がはいっているのではないかしら、とシビルは想った。というのも、こういう木箱を、オックスフォード・ストリートにある器具製造屋の店のウィンドウで見かけたことがあるからだ。ミックの扱いぶりは慎重そのもので、可笑《おか》しいほど。まるで、どこかの教皇絶対主義者が、教皇の亡骸《なきがら》を動かすように命じられたかのようだ。いきなり子供じみた期待感に夢中になってしまい、シビルはコーニイとかいう男のことも、ギャリックで自分がその相手役をつとめるとかいう、ミックの気になる発言も忘れてしまう。ミックは、今やどことなく手品師めいた雰囲気を漂わせて、艶々《つやつや》した紫檀のケースをテーブルクロスの上に置く。今にもミックが、カフを折り返して、ここには何もありません、ご覧ください、ここにも何もありません、とやりそうな気すらする。

ミックが両の拇指《おやゆび》で、小さな真鍮のフックをふたつの繊細な眼穴から外した。効果を狙《ねら》って動きを止める。

シビルは、気がついてみると息を止めていた。自分に贈り物をもってきてくれたのだろうか。新しい地位を示す証明だろうか。シビルを見習い女冒険家と内密に表すものだろうか。

ミックは鮮やかな真鍮の角をもって、紫檀の蓋《ふた》を開いた。

中はトランプで一杯だった。端から端までびっしり詰まり、少なくとも二十組はあるだろう。シビルはがっかりした。

「こういうものは見たことがないだろう」とミック、「そこのところは請け合うよ」

ミックが右手からいちばん近いところにあったカードをつまみだして、見せてくれる。違う、トランプではない。でも、大きさは同じぐらいだ。何か見たこともない乳色のものでできていて、紙でもなければガラスでもなく、とても薄くて光沢がある。ミックがそれを拇指《おやゆび》と人差指とで曲げてみせる。軽く曲がるのに、ミックが力を抜くと、ピンと元に戻る。

それには三十余りもびっしりと、列をなして丸い穴があいていた。穴といっても、質のいい真珠ボタンにあいている穴と同じぐらい。カードの三方の角はわずかに丸みを帯びているけれど、四番目の角はある角度で断ち切られている。その断ち切られた角の近くに、薄い藤色《モーヴ》のインクで〝#1〟と書いてある。

「樟脳《しょうのう》処理セルロース」とミックが言い、「火にでも触れようものなら悪魔の得意技だが、他の材質ではナポレオンの繊細な機能には間に合わない」

ナポレオンですって……。シビルは訳がわからなくなって、

「それもキノ・カードみたいなものなの、ミック……」

ミックが嬉《うれ》しげに、シビルに晴れやかな笑顔を見せる。どうやら、相応《ふさわ》しい発言ができたらしい。

「大ナポレオン計算機《オルディナトウール》のことを聞いたことがないのかい……フランスのアカデミーで最強の機関《エンジン》だぜ……。それに比べたら、ロンドン警察の機関《エンジン》なんて玩具《おもちゃ》同然なんだ」

シビルは箱の中身を観察するふりをする。そうすればミックが喜ぶのが、わかっているからだ。けれど、見事にできているとはいえ、単なる木箱であり、内張りにビリヤード・テーブルを覆うような緑の生地《ベーズ》が使ってある。その中には、あのすべすべした乳色のカードが大量に収めてある。数百枚もありそうだ。

「教えて、これはどういうことなの、ミック」

ミックが笑い声をあげたが、ずいぶん楽しそうで、それからいきなりかがみこんできて、シビルの口にキスをする。

「そのうち、そのうち」

体を起こして、カードを元に戻し、蓋《ふた》をおろすと、真鍮《しんちゅう》のフックをカチリと掛けて、

「どこの組合にも秘密があってね。このダンディ・ミック様が睨《にら》んだところじゃ、この一山を走らせたらどんな意味があるか、誰《だれ》にもちゃんとわかっていない。何かを論証するのか、入れ子状になった一連の数学的な仮説群を証明するのか——。すべて、とっても神秘的。そして、もうじきこれが、マイクル・ラドリーの名前を、クラッキング団体の中で、

天のごとく輝かせるのさ」

ウィンクしてよこし、

「フランスのクラッカーたちにも、あちらなりに組合があるんだ。ヴォーカンソンの息子たち《レ・フィス・ド・ヴォーカンソン》と自称してる。ジャカルディーヌ協会だ。あの玉葱《たまねぎ》食らいどもに、ひとつふたつ眼にものを見せてやる」

もうミックは酔っているようだ。とはいえ、壜詰《びんづ》めのエールを二本呑《の》んだだけなのはわかっている。そうではない。箱にはいっているカードが何にせよ、あれを想《おも》って酔《よ》い痴《し》れているのだ。

「この箱にせよ中身にせよ、実に法外に高価なものなんだぜ、シビル」

また腰を落ち着けると、安物の黒鞄の中を手探りする。中から出てきたのは、しっかりした茶色の紙を畳んだものと、普通の文房具鋏《ばさみ》と、丈夫な緑色の撚糸《ねんし》ひと巻きだった。喋《しゃべ》りながら、ミックが紙を広げて箱を包みこみはじめ、

「とっても高価だ。将軍なんかと一緒に旅をしていると、身を危険にさらすことになる。俺《おれ》たちは、明後日にはパリに出発するけど、君には明日の朝、これをグレート・ポートランド・ストリートの郵便局にもっていってもらう」

包み終えると、包み紙のまわりに撚糸を掛けて、

「鋏でここをちょんぎってくれ」

シビルが言われたとおりにすると、

「じゃあ、指をここに置いて」

完璧な結び目を作ってから、

「この小包をパリに送るんだ。〝ポスト・レスタント〟だ。どういう意味か、わかるか……」

「小包を受取人のために、とっておいてもらうんでしょ」

ミックがうなずき、ズボンのポケットから紅色の封蠟《ふうろう》の棒を取り出し、もう一方のポケットから連続マッチを出す。マッチは一回目で火がついた。

「そう、パリで局留めになって、俺《おれ》たちを待っていてくれる。安全そのもの」

蠟が黒ずんで、油じみた炎の中で崩れる。紅色の滴が緑の結び目に、茶色の紙にしたたる。ミックが鋏と撚糸を鞄《かばん》にほうりこみ、蠟とマッチをポケットにしまうと、壺《つぼ》ペンを出して小包に宛名《あてな》を書く。

「でも、それは何なのよ、ミック……。何をするものかわからないのに、どうして値打ちがわかるの……」

「そうは言ってないだろ。俺なりに考えがあるってこと。ダンディ・ミック様には、いつも、それなりの考えがある。ちゃんと考えがあったから、将軍の仕事でマンチェスターに行ったとき、元のを持っていった。ちゃんと考えがあったから、ひどく口の固いクラッカーたちから最新の圧縮テクニックを聞き出し、将軍の軍資金をたっぷり使って、その結果をナポレオン規格のセルロースに移したのさ」

シビルにとって、この話はちんぷんかんぷんだった。

ノックの音がした。小狡《こずる》そうな下働きの少年が、いがぐり頭で鼻をすすりながら、手押し車を運んできて、皿を片付ける。へまをして、ぐずぐずしているのは、心付けでも欲しがっているのかもしれないが、ミックはそれを無視して、冷たく宙を見つめながら、時折、猫のように独り笑いしている。

少年が冷笑をうかべて出ていった。しばらくたって、ドアを杖《つえ》で叩《たた》く音がする。ミックの友人がまた一人やってきたのだ。

今度は、驚くほど容貌醜怪《ようぼうしゅうかい》で大柄な男性だった。眼がとびだしていて、顎《あご》が青く、狭くて後傾した額を縁取って、総理大臣好みの優雅な巻き毛をパロディしたかのように油で固めてある。この他所者《よそもの》は、真新しくて仕立てのいい夜会服に外套《がいとう》を着け、杖とトップ・ハットを持ち、クラヴァットには飾り真珠をあしらい、金のメーソン指輪をはめている。顔も首筋も黒々と陽灼《ひや》けしている。

ミックはすぐさま椅子から立ち上がり、指輪の手を握ると、椅子《いす》をすすめる。

「夜更《よふか》しなんですな、ラドリー君」と他所者。

「特別のご要望に応《こた》えるために、できるだけのことはいたしますんで、ラドウィック教授」

醜い紳士が、木に鋭い軋《きし》みをたてさせて椅子に腰かける。そのとき、膨れた眼でシビルを面白そうに見た。シビルは心臓が止まりそうになって一瞬、最悪の事態を恐れた。これまでのことは全部、嘘《うそ》で、自分がこの二人の恐ろしい取引の一部にされるのではないか、と。

けれど、ラドウィクは眼をそらして、ミックに向かい、

「テキサスで活動を再開したい、と私が切望していることは、君から隠すつもりもない」

そう言って唇を引き締める。大きく切り裂かれたような口の奥には、小さく灰色がかった小石のような歯が並んでおり、

「こうしてロンドンで社交界の見世物を演じているのは、とんでもなく退屈だ」

「ヒューストン大統領は、明日二時に引見なさいますが、それでよろしいですか」

ラドウィクが唸《うな》るように、

「申し分ない」

ミックがうなずいて、

「教授がテキサスでなさった発見の声望は、日毎に高まっていらっしゃいますねえ。うかがったところでは、他ならぬバベッジ卿《きょう》も関心をお示しとか」

「ケンブリッジの研究所では、一緒に研究したからな」

ラドウィクも、満足げな笑みを隠しようがなく、そう認め、

「気力学の理論は――」

「たまたま」

ミックが口をはさみ、

「バベッジ卿が興味をお持ちになりそうなクラッキング手順を持っているんですが」

ラドウィクが、そう聞かされて苛立《いらだ》ったように、

「興味をお持ち、かね……。バベッジ卿というのは、きわめて――短気な方だぞ」

「レイディ・エイダが御親切にも、初期段階で眼をかけてくださって――」

「眼をかけて……」

そう言ってから、ラドウィクがいきなり厭味《いやみ》な笑い声をあげ、

「というと、何か賭博《とばく》のシステムかね……。それに違いない。あの女の眼をとらえるつもりなら、な」

「違います」とミックが即座に言う。

「令婦人は妙な友人を選ぶ方だから」

ラドウィクがそう意見を吐きながら、長々と不機嫌そうにミックを見つめ、

「コリンズという男を知っているかね……いわゆる配当屋なんだが」

「その栄には浴していませんな」とミック。

「その男、雌犬の耳にたかった虱《しらみ》のように、レイディにつきまとっている」

そう言って、ラドウィクが陽灼《ひや》けした顔を上気させ、

「そいつが私に、とんでもないことを言い出しおって――」

「ええ……」

ミックがそっと言う。

ラドウィクが顔をしかめ、

「君なら知っているのではないかと想ったんだが。君のような人間の仲間になりそうだから――」

「違いますね」

ラドウィクが身を乗り出し、

「では、もう一人の男はどうかね、ラドリー君、手足が長くて冷たい眼の男だ。どうやら、このところ、私の動きを尾《つ》け回しているようだが……。もしや、君のヒューストン大統領の密偵ではあるまいね……。どことなくテキサス風のところがあったが」

「うちの大統領は下働きの質についていては幸運でして」

ラドウィクが険しい顔で立ち上がり、

「よろしければ、その野郎には止めるように伝えてくれたまえ」

ミックも穏やかな笑顔で立ち上がり、

「ご意向は確かに雇い主に伝えましょう、教授。でも、夜のお楽しみの邪魔になってはいけませんので――」

ドアに歩み寄り、開いてから、ラドウィクの幅広く上仕立ての背中で閉じる。

ミックが振り返って、シビルにウィンクして見せ、

「鼠殺し場におでましさ。ずいぶん下卑た遊びをする紳士だよ、我らが博学なるラドウィク教授は。でも、ずいぶん本音で言ったもんだと想わないか」

ここで間を置いてから、

「将軍は気に入るな」

何時間かあと、シビルはグランツで眼醒《めざ》めた。ミックの横でベッドにはいっていて、マッチの音がすると葉巻の甘い悪臭が臭《にお》う。ミックにはアーガイル・ルームズのテーブルの奥の長椅子《シェーズ・ロング》の上で二度求められ、グランツでもう一度迫られた。これほど熱烈なミックは、これまで見たことがない。その点は力づけられるのだけれど、三度目には下のあそこが痛くなった。

部屋は暗く、カーテンを漏れてくるガス燈《とう》の光だけだ。

シビルはわずかにミックに身を寄せた。

「どこに行きたいかな、シビル、フランスのあとは……」

シビルはそんなことは考えたこともなかったので、

「あなたと一緒に、ミック――」

ミックがくすくす笑い、手を寝具の中にすべりこませて、指先でシビルの女性の部分の小山を包みこむようにする。

「あとはどこに行くの、ミック……」

「俺《おれ》と一緒なら、まずはメキシコに行くことになる。それから北で、テキサス解放だ。ヒューストン将軍指揮下のフランス領メキシコ軍と一緒」

「でも、でも、テキサスって、恐ろしく変わった場所じゃないの」

「ホワイトチャペルの街娼《がいしょう》みたいな考え方はやめな。ピカディリーから見れば、世界じゅうが変わった場所だよ。サム・ヒューストンてのは、テキサスじゃお屋敷に住んでたんだぜ。テキサス人に追い出されて亡命者となる前は、アメリカ西部でブリテン最大の盟友だった人だ。君と俺《おれ》なら、そうさな、テキサスで大公のような暮らしができる。どこか川岸に屋敷を建てて――」

「本当に、そんなことさせてもらえるの、ミック……」

「女王陛下の政府から、ってことかい……。不誠実な英国《パーフィディアス・アルビオン》が……」

ミックは、くすくす笑い、

「ま、それはおおむね、ヒューストン将軍に対するブリテンの世論次第だな。俺たちはせいぜい、ここブリテンでの将軍の評判に味つけをしている。そのために、こういう講演旅行をしてるんじゃないか」

「わかるわ」とシビル、「あなたって、とっても頭がいいのね、ミック」

「難しい問題だよ、シビル。力の均衡だ。ブリテンにとっては、ヨーロッパで五百年にわたって役立ってきたし、アメリカでは、もっと役に立つ。北部連邦、南部連合、テキサスとカリフォルニアそれぞれの共和国――どれも、代わりばんこにブリテンの支援を受けるうち、大胆になりすぎて、独立心が強くなりすぎ、そのうち、やりこめられる。分割して統治せよ、さ」

ミックの葉巻の燃える尖端《せんたん》が暗闇の中で輝くまま、

「ブリテンの外交がなかったら、ブリテンの力がなかったら、アメリカは全体がひとつの巨大国家になっていたかもしれない」

「お友だちの将軍はどうなの……。その人、本当に私たちを助けてくれる……」

「そこが面白《おもしろ》いところなんだよ」とミック、「外交官は、サム・ヒューストンがちょっと強情すぎると見て、行動や政策が気に入らないために、本来してやるべき強力な支援をしてやらなかった。ところが、将軍にとってかわったテキサス暫定政権《フンタ》は、ずっとひどい。ブリテンの権益に正面から敵対的なんだ。奴らの命数も定まったというものよ。将軍も、このイングランドでの亡命で、多少はしびれをきらせたかもしれないけど、もうじきテキサスに舞《ま》い戻《もど》って、本来自分のものだった地位につく」

ミックが肩をすくめ、

「何年も前に、そうなるべきだったんだ。問題は、女王陛下の政府の腹が決まらないことでさ。派閥がいくつもある。一部は、サム・ヒューストンを信用していない――でもフランス人は、どっちみち助けてくれる。メキシコという従属国がテキサス人と国境戦争になっているからね。将軍が必要なんだ」

「じゃあ、あなたも戦争に行くの、ミック……」

シビルにとっては、ダンディ・ミックが騎兵隊の突撃を率いていくなど、想像しにくい。

「ク、ク、クーデターというほうが近いかな」とミック、「あまり流血を見ることはないだろう。俺はヒューストンの政治担当だし、このまま行くことになる。だって、今度のロンドン講演旅行も俺がお膳立《ぜんだ》てしたんだし、その先のフランスも同じ。それに俺がある種の話をもちかけたから、その結果としてフランス皇帝との謁見も許されたんだし――」

でも、そんなこと、本当だろうか……。

「それに、俺がマンチェスターで最新最高の奴《やつ》をキノに走らせて、報道陣やブリテンの世論のために味つけし、ビラ貼《は》りを雇って――」

葉巻を喫《す》い、指先ではシビルのあそこを揉《も》み、それから、大きく満足げにチェリイの烟《けむり》を吐き出すのが聞こえる。

けれど、ミックもそのときは、もう一度挑む気がなかったに違いない。というのも、シビルはじきに眠りこんで、夢を見たからだ。テキサスの夢だった。うねる高原のテキサスに、満足しきった羊たちがいて、灰色の屋敷の窓が午下《ひるさ》がりの陽光に輝いていた。

シビルはギャリック劇場で、三列目の通路側の座席について、テキサスの前将軍サム・ヒューストンがあまり聴衆を集めていないなあ、と落ち込んで考えていた。五人組オーケストラがキイキイギコギコブウブウやっているあいだ、人が徐々にはいってくる。家族の一団が、シビルの前の列に落ち着くところだ。男の子二人は、青の上衣《うわぎ》にズボンをはき、寝かせたシャツ襟になっている。少女一人はショールと組《く》み紐飾《ひもかざ》りのフロックで、さらに幼い少女二人が女家庭教師《ガヴァネス》の先導ではいってきた。これは痩《や》せた感じの人で、鉤鼻《かぎばな》に涙眼で、ハンカチーフの蔭《かげ》で鼻をふんふんいわせている。次は最年長の少年で、ぶらぶらとはいってきて、顔に冷笑をうかべている。それから燕尾服《えんびふく》に杖《つえ》に頰髯《ほおひげ》のパパだ。そして太ったママは、長い巻き毛に大きくて趣味の悪い帽子をかぶり、ぽちゃぽちゃして柔らかそうな指には、金の指輪を三つもつけている。ようやく全員が腰をおろし、上衣やショールをがさがさいわせ、砂糖漬けのオレンジの皮をむしゃむしゃやり、絵に描いたように行儀良く、さらに上を目指している。清潔に石鹼《せっけん》で洗ってあって、景気が良く、ぴったりした機械製の衣服をまとっている。

眼鏡《めがね》をかけた事務員らしい男がシビルの隣の席についた。髪の生え際が一インチ幅で青く帯になっているのは、知性を強調するために髪を剃《そ》った跡だろう。ミックのプログラムを読みながら、酸味のあるレモン＝ドロップをしゃぶっている。さらに、この男の先には、士官の三人組がいる。クリミアからの賜暇《しか》を大いに楽しんでいるらしく、旧式の闘いぶりの、旧式のテキサスの戦争について聴きにきたのだ。聴衆の中には、この人たちの他にも、ちらほらと兵隊がいて、赤い上衣のせいで目立つ。みんな堅気の兵隊で、街娼《がいしょう》やジンに走る代わりに、女王陛下からの俸給を受けて、砲術算数を習い、帰ってきたら鉄道や造船所に勤めて、出世を目指しているのだ。

それを言うなら、ここは出世主義の連中ばかりだ——小売商人に店員に薬屋に、と、小《こ》綺麗《ぎれい》にした奥方や子供連れだ。シビルの父親の時代なら、こういう人たち、ホワイトチャペルの人たちは、怒っていて痩せていて見すぼらしく、手には棍棒《こんぼう》をもちベルトには短刀を吞《の》んでいたものだ。けれど、急進派の下で時代は変わり、今やホワイトチャペルですら、紐《ひも》で締め上げて顔を磨きあげた女やら、時計ばかり気にしている間抜け男がいる。そういう連中が『有益な知識の辞典』だの『倫理向上雑誌』などを読み、成功を夢見ているのだ。
やがてガス燈《とう》が真鍮《しんちゅう》の輪の中で弱まりはじめ、オーケストラが『亭《あずまや》においで』の陳腐な演奏に移る。ボッと音がして石灰光《ライムライト》が燃え上がり、キノトロープ・スクリーンの前のカーテンが開く。キノ小片が回転して位置に定まるときのカチカチという音を、音楽が消してくれる。断続したフリルや裾飾《すそかざ》りが、スクリーンの縁に黒い霜のように広がる。それに縁取られて、大きな文字が浮かぶ。輪郭のくっきりした機関《エンジン》ゴチック体の気取ったアルファベットで、白地に黒く——

エディション
パナプティーク
がお贈りする

そして、キノトロープの下では、上手からヒューストンが登場した。大柄の影のような姿で、足を引きずるようにして舞台中央の演壇に向かう。さしあたりは、ミックの石灰光《ライムライト》の荒々しく集中した輝きの下にいるから、その姿はぼんやりかすんでしまう。シビルは将軍をじっと見つめる。興味もあるし、気にもかかる——ミックの雇い主を見るのは、これが初めてなのだ。ロンドンにいるアメリカ人難民はたくさん見てきているから、それなりの印象はもっている。北部連邦人は、金さえあれば、普通のブリテン人と似たような服装をするし、南部連合人は、やや派手でけばけばしいのだが、どこか奇妙で普通ではない。ヒューストンを見て判断するかぎり、テキサス人というのは、さらに変てこで狂った人たちらしい。将軍は大男で、赤ら顔で筋骨逞《たくま》しい。重いブーツをはいていると、身長が六フィートを超え、幅広い肩には短いマントのように、長く粗織りの毛布《もうふ》をはおっているが、それが野蛮な縞柄《しまがら》になっている。赤と黒と焦げ茶色とで、それが悲劇役者のトーガのように、ギャリックの舞台すれすれに通っていく。右手に持った太いマホガニーの杖《つえ》を、今は軽々と振っていて、まるで必要がないかのようだけれど、シビルが見ていると、脚が震えており、ズボンの派手な縫い目につけた金の房飾りが顫《ふる》えてしまう。

ようやく将軍が、暗くなった演壇に登り、鼻を拭うと、見るからに水ではないものがはいったグラスをする。その頭の上では、キノトロープが色のついた映像になった。グレート・ブリテンのライオンと、何か角が長い雄牛のようなものだ。両獣が肩を並べる上では、小さな国旗が交差しており、ユニオン・ジャックとテキサスの一つ星国旗になっている。どちらも赤と白と青が鮮やかだ。ヒューストンは演壇の裏の何かを調整している――たぶん小さなステージ・ミラーだろう。喋《しゃべ》っているあいだも、自分の背後のキノトロープを確認して、ずれないようにするのだ。

キノトロープがまた黒と白になり、スクリーンの小片がちらちら一列ごとに、倒れるドミノのように変わっていく。半身の肖像が、濃淡のあるギザギザ線で描かれた――高く禿《は》げあがった額、濃い眉《まゆ》、太い鼻をはさみこむように密生した頬髯《ほおひげ》は耳まで隠している。薄い口は固く閉じ、割れた顎《あご》を上向けている。やがて、胸像の下に文字で——サム・ヒューストン将軍。

二台目の石灰光《ライムライト》が閃《ひらめ》いて、演壇に立つヒューストンを捉《とら》え、いきなり将軍を聴衆の前で鮮やかな浮き彫りにして見せる。シビルは思い切り拍手した。最後まで拍手をやめなかった。

「御親切にありがとう、ロンドンの紳士淑女の皆さん」

ヒューストンが口を開く。慣れた演説家らしく、よく響いて低い声をしているのだが、外国の間延びした訛《なま》りがある。

「他所者《よそもの》にとっては、栄えあるおもてなしです」

ヒューストンがギャリックの座席を見渡し、

「今夜お集まりの皆さんの中には、女王陛下の軍隊から、たくさんの紳士諸君もいらっしゃっているようですな」

肩で毛布をはねのけるようにすると、上衣に留めた勲章類を石灰光《ライムライト》が眼障りなほど照らしだす。

「皆さんの職業的関心には、きわめて満ち足りた気分を覚えます」

シビルの前の列では、子供たちがもじもじ動いている。小さい女の子が、兄にぶたれて痛さに悲鳴をあげた。

「それに、ここには未来のブリテンの闘士もお迎えしているようだ」

驚きと笑いのさざめきが起こる。ヒューストンは手早くミラーをチェックすると、演壇ごしに身を乗り出し、濃い眉《まゆ》をお爺さんめかして魅力的に寄せて見せ、

「名前は何というんだね、坊や」

悪戯《いたずら》っ子が背筋をぴんと伸ばして、

「ビリイです」

そう甲高い声をあげてから、

「ビリイ——ウィリアム・グリーネイカーです」

ヒューストンが重々しくうなずき、

「さて、マスター・グリーネイカー、家から逃げ出して、赤肌インディアンと暮らしてみたいと想うかね……」

「ええ、もちろんです」

そう口走ってから、少年は、

「いや、そんなこと」

聴衆がまた笑い声をあげる。

「私も君ぐらいの齢《とし》のときはね、ウィリアム君、君のように元気あふれる少年だった。そして、まさしく今言ったとおりのことをやってしまったんだ」

将軍の頭の後ろでキノが変化し、着色された地図が現れた。アメリカのさまざまな州の

輪郭や、奇妙な形の植民地に、混乱を招くような名前がついている。ヒューストンがミラーを確かめてから、素早くこう喋《しゃべ》る。

「私はアメリカの州であるテネシーで生まれた。一族はスコットランドの紳士階級だったけれども、私たちのささやかな開拓地農家では、厳しい時代だった。それに、私はアメリカ人として生まれたとはいえ、遠いワシントンのヤンキー政府には、あまり忠誠心がわかなかった」

キノトロープが、アメリカ野蛮人の肖像を映しだした。狂ったような眼を見開いた男で、羽根で飾りたて、頬《ほお》にはキノ小片による戦化粧《いくさげしょう》が筋を描いている。

「川を越えた、すぐ向こうに」とヒューストン、「チェロキーの強大な国があって、自然の高貴さをもって素朴に暮らしていた。私にとっては、そのほうがアメリカの隣人たちとの暮らしより、ずっと適していた。悲しいかな、隣人たちの魂はドルへの欲のために、衰えきっていたからだ」

ヒューストンはブリテンの聴衆の前で、ちょっとかぶりを振る。アメリカという国の短所をほのめかして、心苦しげだ。これで聴衆の同情を得たわ、とシビルは想う。

「チェロキーが私の心を捉《とら》えた」ヒューストンが言葉を継ぎ、「そこで私は家を離れて、チェロキーに加わった。持ち物といっても、紳士淑女の皆さん、身に着けていたバックスキンの上衣《うわぎ》と、ポケットに入れていたホメーロスによるイーリアスの気高い物語ばかり」

キノトロープが下から上へと変化して、現れたのはギリシャの壺《つぼ》からの絵。羽毛飾りのついた兜《かぶと》をかぶった戦士が、槍《やり》を掲げている。戦士は、羽根を広げた大鳥の紋章のついた丸い楯《たて》を手にしていた。感心して、ぱらぱらと喝采《かっさい》が起こり、それが自分に対してのものであるかのように、ヒューストンは謙虚にうなずいて、それを受ける。

「アメリカ開拓地で子供時代を送ったため、私は洗練された学校教育を受けたとは言いがたい。それでも、後々、弁護士となって、一国を率いることになるのではあるが、ともあれ、子供のときには、古来よりの学校に教育を求めた。かの盲目の詩人の書物の一行一行を記憶に収めた」

左手で、上衣の勲章だらけの襟を挙げ、

「この傷だらけの胸の奥なる心臓は」

そう言って、胸を叩《たた》き、

「今も、かの気高き物語にうちふるえる。神々にまで挑みかかる勇気の物語、さらには、汚れない武勇の誉れが耐えしのぶこと——死にいたるまで」

喝采を待つ。ようやく喝采が起こったものの、当人が予想したほど温かいものではなかったようだ。

「私にとって、ホメーロスの英雄たちと、我が愛するチェロキーの英雄たちとのあいだに矛盾はなかった」

ヒューストンが話を継ぐ。その背後では、ギリシャ人の投げ槍から羽根飾りが垂れ下がって、狩猟の槍になり、その顔にも戦化粧が施される。

ヒューストンが草稿にちらりと眼をやってから、

「我々は一緒になって、熊を鹿を猪を狩り、澄んだせせらぎに魚を釣り、トウモロコシを育てた。開けた野外で焚《た》き火《び》を囲んでは、ホメーロスの言葉から幼い心が拾えるかぎりの教訓を、我が野性の兄弟たちに私は語って聞かせた。そのことから、私は赤色人の言葉で言う〝大鳥〟という名前をもらった。一族がいちばん賢い鳥とする、羽根のある精霊にちなんでのことだ」

ギリシャ人が薄れ去って、より立派な大鳥になる。両翼をスクリーン一杯に広げ、胸は縞模様《しまもよう》の楯《たて》に覆われている。シビルにも見憶《みおぼ》えがあった。これはアメリカ鷲で、分裂した連邦の象徴だが、白首のヤンキー鳥がヒューストンの黒い大鳥になっているのだ。うまい手だ、とシビルも想う。もしかしたら、不必要にうますぎるかもしれない。というのも、スクリーンの上部左手の隅のキノトロープ小片がふたつ、軸でひっかかって、残った青の点々を見せているからだ——ささやかな欠陥でしかないけれど、眼にはいった埃《ほこり》のように、桁違《けたちが》いに眼障りだ。ミックの凝りすぎたクラッキングで、ギャリックのキノがぎりぎりまで酷使されている。

気をとられていたので、シビルはヒューストンのスピーチの脈絡がわからなくなっていた。

「——戦闘ラッパの耳をつんざく音が、テネシー義勇軍の野営地に轟《とどろ》いた」

別のキノ肖像が現れた。ややヒューストンに似ているが、乱れた前髪が長く、頬がこけ、字幕によれば**アンドルー・ジャクスン将軍**。

そこここで息を呑《の》む声が聞こえた。たぶん兵士たちから起こったものだろう、聴衆が身《み》動《じろ》ぎする。一部のブリテン人は今も〝ヒッコリー〟ジャクスンに対して、いい感情をいだいていない。ヒューストンの話によれば、ジャクスンはインディアン相手にも勇敢に闘い、一時期アメリカ大統領でもあったようだ——でも、そういうことは、この場ではあまり意味をもたない。ヒューストンはジャクスンを、自分の恩人かつ恩師として賞賛し、「人民のための正直な闘士であり、富や見掛けといったうわべでなく、人間の裡《うち》なる価値を評価した」そうだけれど、この意見に送られた拍手は、良く言っても厭々《いやいや》ながらの拍手だった。

また別の場面が現れた。何か粗末な開拓地の砦《とりで》だ。ヒューストンが、軍人生活初期の包囲戦について語る。ジャクスンの下にあって、クリークというインディアンを相手に作戦行動をとっていたときのことだ。けれど、そういう話の本来の聴衆である兵士たちの心を捉《とら》えてはいない。というのも、シビルの列のクリミア帰休兵たち三人など、まだ怒りをまじえてヒッコリー・ジャクスンについて、ぶつぶつ言っているからだ。「あの忌々《いまいま》しい戦争が終わってからニュー・オーリンズで——」

突然、石灰光《ライムライト》が血のような赤に染まった。ミックが舞台下で忙しく働いているのだ——色の着いたガラス・フィルター、ティンパニがいきなり轟いたかと想うと、小さなキノ大砲が砦《とりで》の周囲に火薬の白煙を吐いて、赤い砲弾の一小片のちらちらが、スクリーンに素早く弧を描く。

「夜毎夜毎《よごと》、クリークの狂信者が、不気味な死の歌をわめきちらすのを聞いた」

ヒューストンが叫び、スクリーンの下でギラギラした柱のようになって、

「この状況では、刃《やいば》をとって正面攻撃をかけるしかなかった。その門に攻め寄るなど、死にに行くのも同然だと言われた――けれど、私とて、だてにテネシー義勇軍に所属していたわけではない――」

小さな人影が呰めがけて駈《か》けだした。黒い四角形数個でしかなく、その小片がのたうつようにするうち、舞台全体が真っ暗になった。いきなり暗闇になり、その中で驚きの拍手が起こる。ギャリックの天井桟敷にいる下働きの少年たちから、甲高い口笛が響く。そこでまた石灰光《ライムライト》がヒューストンを浮き上がらせた。戦傷自慢が始まる――片腕に銃弾二発、脚にはナイフ傷、矢が下腹部に――そう下品な言葉をヒューストンが口にしたわけではないけれど、消化不良でも起こしているように、そのあたりを撫《な》でて見せた。戦場で、一晩じゅう横たわっていたと言い、やがて荒野の中を物資荷車に乗せられて何日も運ばれ、血を流し、うわごとを言い、沼沢熱に冒され――

シビルの隣の事務員風の男が、もうひとつレモン＝ドロップを口に入れ、懐中時計を見る。今度は、喪中のように真っ暗なスクリーンの真ん中に、ゆっくりと五芒星《ごぼうせい》が現れるあいだ、ヒューストンは長引いた墓からの逃亡を物語る。ひっかかっていたキノ小片がひとつ、また自由に動くようになったけれど、そのあいだに別の小片が右下でひっかかってしまう。

シビルは欠伸《あくび》を嚙《か》み殺した。

星がゆるやかに明るさを増すうち、ヒューストンはアメリカ政界への参加を語り、その動機として、弾圧されていた愛するチェロキーを助けたいという気持ちを挙げる。これは確かに風変わりだ、とはシビルも想う。でも、その底には、政治屋がいつも口にするのと同じ、汚い嘘《うそ》があるだろうし、聴衆もそわそわしはじめている。みんな、もっと戦闘があるとか、チェロキーとの詩的な暮らしぶりとかを好むところだ。なのにヒューストンは長たらしく、粗末ながら議会に相当するところに選任されたことだの、地方政府でさまざまな訳のわからない役職に就《つ》いたことだの、と語り続ける。そのあいだもずっと、星はゆるやかに大きくなり、輪郭が凝った枝分かれをしていって、テネシー政府の紋章となる。

シビルの瞼《まぶた》が重くなり、ぱちくりするあいだも、将軍が吹き続ける。

思いもかけず突然に、ヒューストンの口調が変化して、ためらいがち、感傷的になり、訛《なま》りの中にも甘ったるくて軽い調子が忍びこむ。ある女性について語っているのだ。

シビルも背筋を伸ばし、耳を傾ける。

ヒューストンは知事に選ばれているらしく、いくらか財産もでき、上機嫌になっていた。そこで愛する人を見つけた。テネシーの上流の娘らしく、その女性と結婚をする。

けれどもキノのスクリーンでは、枝分かれした闇が端から蛇のように忍び寄っている。それがテネシーの紋章を脅かす。

知事とヒューストン夫人が落ち着くか落ち着かないかのうちに、この嫁さん、抑える間もあらばこそ、家族の許《もと》に逃げ帰ってしまう。嫁さんは手紙を残した、とヒューストンは言う。その手紙には、恐るべき秘密が書かれていたそうだ。その秘密は誰《だれ》にも明かしたことがなく、ヒューストンは誓って墓場まで秘密を守ると言う。

「個人的なことであり、名誉ある紳士たる者、口にすることなど、できもしないし、するべきでもない。私は暗黒の破滅に襲われた――」

新聞各紙が――どうやら、テネシーなどという土地にも新聞があるらしく――攻撃を始めた。

「喋々《ちょうちょう》たる中傷が私に毒を注ぎかけた」

ヒューストンが嘆き、大烏の描かれたギリシャ楯《だて》が現れて、それに黒いキノの塊が――泥のことだとシビルは想うが――散らばっていく。

ヒューストンの打ち明け話は、ますます衝撃的になっていく。実際にそれを経験したのであり、およそありそうもないし恐ろしいことに、奥さんと離婚したのだ。当然、政府での地位は失った――怒り狂った世間によって、石もて追われたのだ。シビルは、どうしてそこまでの醜聞をヒューストンが口にしたのかと想う。まるで、ロンドンの聴衆が離婚歴のある男性を倫理的に許すと想っているようではないか。とはいえ、気がついてみると、女性聴衆は興味をそそられているようで、まったく共感なしでもなさそうだ。太ったママすら、二重顎に扇をはたはたと使っている。

しょせんヒューストン将軍は外国人なのだし、本人が認めるとおり、半ば野蛮人なのだ

──けれど、奥さんについて語るときは、優しい口調になり、心の恋人について語るかのようだ。何やら残酷で謎《なぞ》めいた真相によって、葬り去られた恋なのだろう。叫ぶかのような声が、恥もなく激情に歪《ゆが》む──豹皮《ひょうがわ》のウェイストコートから出した洒落《しゃれ》たハンカチーフで、将軍が額を軽く拭う。

正直なところ、将軍の見掛けは悪くない。六十歳は過ぎているけれど、そういう男性のほうが女には優しいかもしれない。さっきの告白も大胆で男らしい。自分から告白したことなのだから──離婚の醜聞にしても、ヒューストン夫人からの秘密の手紙にしても、そうだ。そのことについて語るのはやめないくせに、その秘密というのも明かさない──これで聴衆の好奇の念を誘ったのだ──シビル自身、それがたまらなく知りたい。

シビルは自分を莫迦《ばか》だとたしなめる。何か単純で間抜けなことかもしれない。本人がほのめかす半分も、底深くて謎めいたことではないかもしれない。恐らく、上流の娘が、見掛けの半分も天使のようではなかったのだろう。恐らく、大鳥ヒューストンが現れるずっと前に、美貌《びぼう》のテネシー色男詐欺師に処女の貞操を奪われていたというのだろう。男というのは、自分たちには当てはめないまでも、花嫁に対しては厳しい決まりを課すものだから。

恐らくは、ヒューストンの身から出た錆《さび》なのかもしれない。野蛮人と一緒に暮らしたことから、結婚生活に馴じみて下品な考えをもっていたのかもしれない。それとも、拳《こぶし》で奥さんを殴り倒したのかもしれない──というのも、シビルの見るところでは、将軍というのは、一杯機嫌では、かなり乱暴そうだからだ。

キノに、にぎやかに女面鳥身獣《ハルピュイア》が現れた。つまりは、ヒューストンを中傷した相手、すなわち尊敬すべき名誉を低俗新聞のインクで汚した相手を象徴している。醜く、背中の曲がった化け物どもが、悪魔めいた黒と赤で、スクリーンを埋める。スクリーンが絶え間なく変化するにつれて、そいつらが先の割れた蹄《ひづめ》をちらちら動かす。シビルも、こういうのは見たことがない。誰かマンチェスターのパンチカード技術者が、見事にジンの悪夢を捉《とら》えたわけだ——。今やヒューストンは、挑戦と名誉について述べたてている。言いたいのは決闘ということだろう。アメリカ人は、決闘については有名で、拳銃《けんじゅう》を愛し、帽子を落とすのを合図に撃ちあうとか——。ヒューストンが声高に言うのによれば、仮に自分が知事でなく、品位にかかわるものでないとしたら、そういう新聞屋どもの何人かは殺していたそうだ。けれど、そうする代わりに、そういう生活を投げ出し、愛すべきチェロキーと暮らす生活に戻《もど》る——。今や、ヒューストンの蒸気圧は上がりっぱなしだ——自分をここまで盛り上げてきた今、見るだに恐ろしいほどだ。聴衆は楽しんでいる。将軍の膨れた眼や血管の浮いたテキサス風の首筋に慎みを忘れているとはいえ、嫌悪感がないわけでもない。

もしかしたら、何か本当にひどいことを将軍がやったせいかもしれない、と考えながら、シビルは兎皮のマフの中で両手をこすりあわせる。もしかしたら、花柳熱のことであり、将軍が奥さんに淋疾《りんしつ》を伝染《うつ》したのかもしれない。種類によっては淋疾も恐ろしく、気が狂ったり、眼が見えなくなったり、脚が動かなくなったりする。たぶん、それが真相なのだ。ミックなら知っているかもしれない。ミックなら、何もかも知っている可能性が高い。

ヒューストンがこう説明する。うんざりして合州国を後に、テキサスに向かった、と。そして、その言葉と同時に地図が現れた。大陸の中央に広がった土地だ。ヒューストンは、苦難のチェロキー・インディアンのために土地を求めて行ったのだと言うが、どうもちょっとわかりにくい。

シビルは隣の事務員風の男に、時間を尋ねた。まだ一時間しかたっていない。演説は三分の一が終わっている。シビルの出番が近づいた。

「皆さんの故郷であるこの島々の、何倍もある国を考えていただかねばならない」とヒューストン、「道路といっても、インディアンによる草深い踏み分け道しかない。当時は、ブリテンによる鉄道も一マイルとてなく、電信を持たず、あるいはまさしく、機関《エンジン》による利便も一切なかった。テキサス国防軍の最高司令官としての私も、命令を託す急使として、いちばん早くて信頼がおけるのは騎馬斥候であり、その行く手を阻むものとして、コマンチがおりカランカワがおり、メキシコ人略奪隊がおり、さらに何千という、言う術《すべ》もない荒野の障害がある。してみれば、トラヴィス大佐が私の命令を受け取るのが遅すぎたことには、何の不思議もない。しかも、悲劇的なことに、ファニン大佐率いる増強部隊に信頼を置いてしまっていた。自軍の五十倍という敵勢力に包囲され、トラヴィス大佐は目的を、〝勝利か死か〟と宣言した——死に至る運命だということは、重々承知だったはずだ。アラモの守備隊は、最後の一兵に至るまで死に絶えた。気高きトラヴィス、勇猛果敢なボウイ大佐、そして開拓民にとっては伝説的なデイヴィッド・クロケットと――」

トラヴィス、ボウイ、クロケットの各氏が、それぞれキノ・スクリーンの三分の一を占め、狭苦しい画面のために奇妙に四角ばった顔で、

「――私の持久戦兵法《フェビアン》のために、貴重な時間を稼いでくれた」

さらに軍人の話が続く。今や、将軍は演壇から後ろに下がって、重く光沢のある杖《つえ》でキノを指しながら、

「ロペス・デ・サンタ・アナの軍勢は、ご覧のように配置され、左側面には森を、背後にはサン・ジャシントの河川沼沢地を置いていた。包囲工兵隊は装備馬車隊の周囲に地歩を固め、先を尖《とが》らせた木を置いて、それがこのように描かれている。しかしながら、バーナムの浅瀬を強行軍で抜けた我が軍の六百名は、敵の間諜《かんちょう》に悟られることなく、バッファロー・バイヨーの樹木の茂った岸辺を抑えていた。攻撃はテキサス軍中央からの盛んな砲撃によって開始された――。今や、ご覧になれるとおり、テキサス軍の軽騎兵が行動に移る――。突撃による動揺のため、敵は混乱して浮足立ち、まだ車につないでいなかった大砲を抛《ほう》り出して、遁走《とんそう》することになった」

キノスコープの青の正方形や菱形《ひしがた》がゆっくりと、崩れるメキシコの赤の軍勢を、緑と白の市松模様になった森や沼地を抜けて追撃する。シビルは腰をかけたまま身動《みじろ》ぎして、フープスカートがこすれるのを楽にしようとする。ヒューストンの血腥《ちなまぐさ》い自慢話も、とうと

う頂点にさしかかった。

「戦死者の最終確認によれば、テキサス軍死亡二名、侵略軍死亡六百三十名。アラモとゴーリアドの虐殺は、サンタニスタの血によって復讐《ふくしゅう》された。メキシコの軍勢ふたつは完膚《かんぷ》なきまで撃ち破り、捕虜にとったのが士官十四名と大砲二十門」

士官十四名と大砲二十門――そう、それがきっかけだ。シビルの出番だ。

「復讐して、ヒューストン将軍」

シビルは金切り声をあげたが、舞台負けして喉《のど》が締めつけられるようだ。もう一度やりなおすために立ち上がり、片腕を振り上げて、

「私たちの復讐をして、ヒューストン将軍っ」

ヒューストンが不意を衝かれて、言葉を失う。シビルは甲高くそれに叫びかけ、

「私たちの名誉の復讐を。ブリテンの名誉に復讐を」

驚きのざわめきが起こった――シビルは、劇場にいる聴衆の眼が自分に注がれるのを感じる。狂人に向けるような、愕然《がくぜん》とした視線だ。

「私の兄が」

シビルは叫んだが、恐怖に捉えられる。気おくれだ。これほど恐ろしいことだとは、思いもよらなかった。これでは舞台で歌うのより怖い。ずっと怖い。

ヒューストンが両腕を挙げ、縞模様《しまもよう》の毛布《もうふ》が背中で外套《がいとう》のように広がる。どうしたものか、その仕草で聴衆を鎮め、その場を支配する。将軍の頭の上では、キノトロープがゆっ

くりと停止して、ちらちらしていたドミノ仕掛けが回転を止め、サン・ジャシントが勝利半ばで凍りつく。ヒューストンがシビルを、厳《いか》めしさと諦《あきら》めの入り交じった表情で見つめ、「どうしたことかね、お嬢さん……。何を悩んでいらっしゃる……。話してごらんなさい」

シビルは、自分の前の席の背をつかみ、眼をぎゅっと閉じると、歌うように言う。

「私の兄がテキサスの牢獄《ろうごく》にいるんです。私たちはブリテン人なのに、テキサス人に投獄されたんです。兄の農場も、家畜も奪われました。兄が働いていた鉄道すらも盗んだんです。ブリテンの鉄道です。テキサスのために造ってあげたのに――」

我にもなく、声がかぼそくなってしまう。ミックの気には召すまい。演技について叱《しか》られてしまう。そう想うと、活力が吹きこまれる。シビルは眼を開き、

「あの政権です。盗人《ぬすっと》のテキサス政権です。あいつらが、あのブリテンの鉄道を奪ったんです。テキサスで働く者から盗み、ここブリテンにいる株主から奪った上、びた一文も払おうとしないんです」

キノトロープの鮮やかな映像がなくなったために、劇場の雰囲気が一変した。いきなり、すべてが変わってしまい、奇妙に親近感があって風変わりになった。まるでシビルと将軍とがどうしたわけか一緒の枠にはいってしまい、銀色の銀板写真《ダゲレオタイプ》に収まった二人のようだ。ボンネットとエレガントなショール姿の若いロンドン女性が、眼にも明らかな嘆きを、齢老いた外国の英雄に訴えかける図だ――どちらも今や役割を演じ、観衆の驚きの眼が、言

葉もなく二人に据えられている。

「あの暫定政権《フンタ》のために、苦労をなさったとな……」とヒューストン。

「そうですとも」

シビルは叫び、練習ずみの声の顫《ふる》えを忍ばせる。ミックからは、聴衆を怯《おび》えさせないように言われた。憐《あわ》れみを覚えさせるようにするのだ。

「そうです、暫定政権《フンタ》の仕業です。あいつらは、罪もない兄を汚らしい牢獄につないだんです。それというのも、兄がヒューストンの味方だったというだけのこと。兄は、あなたがテキサス大統領になったとき、一票を投じたんです。それが今のことでも、兄はあなたに投票するでしょう。ただ、私は兄が殺されるのではないかと心配で」

「兄上の名前はなんというのかね、お嬢さん……」とヒューストンが尋ねる。

「ジョーンズです」

シビルはすぐさま声を上げ、

「ナコドーチェスのエドウィン・ジョーンズです。ヘッジコクスの鉄道会社に勤めていました」

「若きエドワード君なら、私も知っているぞ」

声に驚きをにじませてヒューストンが言い切る。腹立たしげに杖《つえ》を握りしめ、濃い眉《まゆ》を寄せる。

「聞いてやれ、サム」

いきなり低い声が響いた。びっくりして、シビルは振り返る。アーガイル・ルームズで出会った、あの男だった——赤髪で、けば立てしたヴェルヴェットのウェイストコートを着けた、太った俳優だ。

「あの暫定政権《フンタ》のならず者ども、ヘッジコクス鉄道を着服しおった。とんでもない話だぞ、ブリテンの盟友ということになっておるのにな。奴《やつ》らにとって感謝の表し方は、こういうものか……何年にもわたって、ブリテンが指導保護してやったあげく……」

そこまで言って、また腰をおろす。

「あいつらは盗人《ぬすっと》と悪党でしかないわ」

シビルはすかさず叫ぶ。記憶を探って、糸口を見つけ、

「ヒューストン将軍っ。私は何もできない女です。でも、あなたは運命を支配する方です。偉大な方です。テキサスに正義をもたらすことはできませんか。あの無礼さを正すことはできませんか。可哀そうに私の兄は、みじめなまま死を迎え、悪党の独裁者どもはブリテンの財産を奪い放題なんですか……」

けれど、このミックの凝った修辞も掻《か》き消されてしまった——聴衆のそこここから叫び声があがり、その下地には、つぶやくような驚きの声と賛成の声があったからだ。少年らしい大きな野次が天井桟敷から聞こえてくる。

総じて、ロンドンらしい騒ぎと言える。シビルは想った、もしかしたら一部については、今の話を信じこませて、憐れみを覚えさせることができたのかもしれない。大半は、意外

な展開を喜んで、大声をあげたり冗談を言っているだけに違いない。

「サム・ヒューストンは昔から、ブリテンの友だちだったわ」

シビルは甲高い声で、仰向《あおむ》いた聴衆の顔に叫びかける。その言葉も半ば切れ切れになって役に立たないので、シビルは手首の裏側を濡《ぬ》れた額に圧《お》しあてる。ミックからは、これ以上の台詞《せりふ》をもらっていないので、両脚から力が抜けるまま倒れこみ、瞼《まぶた》を震わせながら座席に沈みこむようにする。

「ミス・ジョーンズに息をつかせてやりなさい」

ヒューストンが命令を発し、興奮した大声で、

「その女性は疲れきっている」

シビルが閉じかけた瞼ごしに見ていると、ぼんやりした人影が、ためらいがちに集まってくる。黒っぽいイヴニング・ジャケット、クリノリンのこすれる音、クチナシの香水、男性らしい煙草《たばこ》の臭《にお》い――男性がシビルの手首をつかみ、指先で圧すようにして脈を診《み》る。女性がシビルの顔をあおいでくれ、喉《のど》の奥から声をもらしている。ああ、たまらない、とシビルは想い、縮みあがる。前の列の太ったママだ。道徳的な務めを果たす善良な女性の、耐えられないほどソツのない振る舞いだ。恥ずかしさと嫌悪感とが、ちょっと身を貫く。さしあたっては、掛け値なしに力尽きた気分で、周囲の心遣いの温かみにバターのように易々《やすやす》と沈みこんでしまえる。五、六人の世話焼きが自分のまわりで、それぞれに有能なつもりになって、つぶやきあい、その頭上では、ヒューストンが憤りに声を嗄《か》らして熱弁を

ふるっている。

シビルはみんなに助け起こされて立ち上がった。ヒューストンが、それを眼にして、ためらうあいだ、ぱらぱらと親切な拍手がシビルに送られた。シビルは血の気なく、拍手に値しない気分だ。力なく微笑《ほほえ》みをうかべ、かぶりを振りながら、自分が透明になってしまえたら、と想う。脈を診てくれた男性の詰め物いりの肩に首を寄せて、こう囁《ささや》く。

「お願いです、行かせてください」

この恩人はすぐさまうなずいてくれた。如才ない青い瞳《ひとみ》の、小柄な男性だ。長い半白の髪を真ん中で分けている。

「私がこの女性をお送りする」

そう他の人たちに合図した。オペラ・ケープをはおって、高いビーヴァー帽を頭に載せると、シビルに腕を貸してくれる。二人で通路を歩いていくとき、シビルはぐったりと男性にもたれかかって、他の誰《だれ》とも眼を合わせまいとする。今や、聴衆は興奮の極みだ。恐らく、ここで初めて、みんなはヒューストンに、人間として耳を傾けている。これまでは、アメリカからの何か風変わりな見世物のつもりでいたとしても。

小柄な紳士が薄汚れたヴェルヴェットを横にのけてくれ、二人でギャリックの寒々しいホワイエに出た。鍍金《めっき》の剝《は》がれかけたキューピッドがあり、湿気の跡のある人造大理石の壁がある。

「御親切にありがとうございます。お蔭《かげ》さまで助かりました」

シビルは言ってみる。この送り役の男性には、金がありそうだと見たからで、

「お医者さまでいらっしゃいますか……」

「以前、勉強したことはあるんですが」

相手が言って、肩をすくめる。頰《ほお》に血がのぼり、赤く熱くなった点がふたつある。

「やはり、そういう方は際立って見えますわね」

シビルは言う。特に目的があったわけではなく、沈黙を埋めんがためであり、

「つまり、そういう勉学をなさった方ですけれど」

「とんでもない、マダム。私など、詩を書いて時間を無駄にしただけです。どうやら、もう元気になられたように、お見受けする。兄上のこと、お気の毒です」

「ありがとうございます」

シビルは流し眼に相手を見て、

「私、図々《ずうずう》しい真似《まね》をしてしまったかもしれません。でも、ヒューストン将軍のお話しぶりに、つい我を忘れましたもので」

相手がこちらに無表情な視線を投げる。女に騙《だま》されているのではないか、と疑う男の顔つきで、

「正直に申しあげて、マダムのようには感動できませんでしたな」

丸めたハンカチーフめがけて激しく咳《せ》きこみ、それで口を拭ってから、

「このロンドンの空気には、殺されてしまいます」

「ともあれ、ありがとうございました。あの、まだご紹介をいただいておりませんが——」

「キーツ。キーツと申します」

ウェイストコートからカチカチという銀色の計時器《クロノミタ》を取り出す。たくさんダイアルがついていて、小さなジャガイモほどもあり、それを見つめてから、

「このあたりには詳しくないんですが」

よそよそしげに言い、

「辻馬車《キャブリオレ》を見つけてさしあげようと想ったのですが、この時刻となると——」

「あら、いいえ、キーツ様、ありがとうございます。でも、地下鉄道《アンダーグラウンド》で参りますから」

相手の明るい眼が大きくなる。良家の子女なら、付添いもなしに地下鉄道《アンダーグラウンド》に乗るはずがない。

「でも、まだお仕事をうかがっておりませんわ、キーツさん」

シビルは、相手の注意をそらせようとして言う。

「キノトロピーです」とキーツ、「今夜ここで使っている技術は、特に興味深いものでしてね。スクリーンの解像度は大したことがありませんし、更新速度《リフレッシュ・レート》が実に遅いというのに、素晴《すば》らしい効果をもたらしている。恐らくは、アルゴリズム的な圧縮によるものでしょう——とはいえ、こんな話は専門的すぎますな」

ここで、計時器《クロノミタ》をしまいこみ、

「馬車《キャブ》を呼ばなくても、本当によろしいのですか……。ロンドンはよく御存知なので、ミス・ジョーンズ……。近くの乗合バス《オムニ》乗り場までお連れしてもいいんですが――つまり、無軌道車のことですが――」

「いいえ、結構です。もう充分すぎるほどに、お心遣いいただきまして」

「どういたしまして」

キーツが答え、安堵《あんど》の色も明らかに、街路に通じる、半分がガラスになったドアを開いて、支えておいてくれる。ちょうどそのとき、痩《や》せた少年が、二人の後ろから近づいてきて、かすめるように追い越し、何も言わずに劇場から出ていった。少年はキャンヴァス地の長く汚い外套《がいとう》をだぶだぶと着ている。漁師が着そうな衣服だ。講演のとき着てくるには珍しい服ねえ、とシビルも想うが、貧乏な人なら、もっと不思議な着衣もある。両袖《りょうそで》がひらひらとはためくところを見ると、少年は胸許《むなもと》をかきあわせて、寒気を入れまいとしているのでもあろうか。足取りもおかしいし、背中を丸めている。まるで酔《よ》っているか、病気かのようだ。

「おい、おい。坊や」

キーツ氏がコインを取り出したので、シビルはそのコインで少年に馬車を呼ばせようというつもりなのがわかった。けれども濡《ぬ》れた瞳《ひとみ》が、恐怖をこめて、こちらをちらりと向き、蒼白《あおじろ》い顔がガス燈《とう》の光にこけて見える。いきなり少年が駈《か》けだした。何か黒いものが、その外套の下から転げて、溝に転がりこむ。少年が足を止めて、慎重に二人を振り返る。

少年が落としたのは帽子、トップ・ハットだった。

少年は、なお眼を二人に据えたまま、とことこと戻《もど》ってきて、帽子を拾いあげ、外套の奥に詰めこむと、また走りだして影にまぎれる。ただし、今回は前ほど足を早めなかった。

「こいつはどうだ」

キーツ氏が、腹立たしげに声を発し、

「あいつは盗人《ぬすつと》だ。あの防水服は、観客の帽子で一杯だ」

シビルには何と言ったらいいのかわからない。

「あやつ、あなたが起こした騒ぎを、阿漕《あこぎ》にも悪用しおったようだ」

そうシビルに言いながら、キーツの口調には、わずかながら疑念がこめられているようで、

「まったくもう。今どきは、誰を信じていいやら、わかりゃしない」

「あのお、機関《エンジン》が蒸気を高めて、キノトロープの準備にかかっているのが聞こえるようですが……」

そして、それで充分だった。

〝デイリー・テレグラフ〟紙によれば、排気ファンの設置によって、メトロポリタン線の空気は目立って改善されたらしいが、バベッジ卿《きよう》御本人の主張によれば、真に現代的な地下鉄道《アンダーグラウンド》たるもの、一切の燃焼は使わずに圧搾空気のみで運用すべきだそうだ。ちょうど、

パリじゅうで、郵便物を配達している方法がそうであるように。

二等客車に腰をおろし、できるだけ浅く息をつくようにしながら、シビルにはそんなのがみんな大嘘《おおうそ》なのがわかる。とにかく改善云々については嘘だ。だって、急進派が産み出せない奇跡もあるなんて誰《だれ》が知ろう。それでいて急進紙は、鉄道に雇われた医者の証言も載せていたではないか。硫黄《いおう》まじりの煙は喘息《ぜんそく》治療に役立つ、とか。そして、ことは機関《エンジン》からの煙に限らない。下水からの吐《は》き気《け》をもよおす漏れもあるし、客車で針金網をかぶせたガラスの覆いの中の、噴射照明用の収縮式インド・ゴムの袋から漏れ出すガスもある。

考えてみれば妙なものだ、地下鉄道というのも。ロンドンの地下の暗闇を、こんな速度で驀進《ばくしん》していくけれど、この地下では作業員たちが、ローマ人の鉛の配水管に出会ったり、コインやモザイクやアーチウェイや千年も前の象《ぞう》の牙《きば》を見つけたり――

そして、今夜も含めた毎夜、掘削は続いている。ミックと並んでホワイトチャペルの舗道に立っていたときも、そのための巨大な機械が息づいていたのを聞いたではないか。掘削機は休むことなく働き、今もより新しく、より深い路線を、こみいった下水やガス管や、煉瓦《れんが》で覆った川のずっと下に、掘っていく。新線は鉄鋼で支えており、じきにバベッジ卿《きょう》の無煙列車が、鰻《うなぎ》のように音もなくすべっていくことになる。でも、シビルには、そういうのも何となく汚らしいような気がする。

いきなりランプがみんな同時に燃え上がった。とりわけ鋭い衝撃があったために、ガスの流れが乱れたのだ。他の乗客の顔が、こちらに跳び出してくるかのように見えた――どことなく繁盛しているパブの主人といった雰囲気をたたえた血色の悪い紳士、頬《ほお》の丸い老クエーカー聖職者、上衣《うわぎ》をはだけた酔《よ》っぱらいダンディ、この男のカナリア色のウェイストコートの前にはクラレット酒が点々とこぼれている——

客車には、他に女性がいない。

みなさん、さらば。ごきげんよう、とシビルは自分が叫びかけることを想像し、**みなさんのロンドンよ、さらば**。もう、見習いとはいえ、女冒険家として誓いをたてた本物なのであり、パリに向かっているのだ。ただ、その旅の第一歩として、やむを得ず、ホワイトチャペルまで二ペンスの旅をしているだけ——

けれど聖職者がシビルに気づいて、軽蔑《けいべつ》をあからさまにしている。眼さえ向ければ誰にでも見えるぐらいに。

駅からフラワー＝アンド＝ディーン・ストリートの自分の部屋へと向かうあいだ、実にまったく、恐ろしいほど寒かった——短いマントでなく、綺麗《きれい》な新しいショールを選んだ自分の虚栄心が悔やまれる。歯がカタカタと鳴っている。道路の新しいマカダム舗装を、ガス燈《とう》が照らしている場所では、霜が鋭く光る。

ロンドンの敷石は月を追うごとに消えていき、その上を舗装するのは、大馬車の顎《あぎと》から悪臭とともに熱く吐き出された黒いものであり、それを作業員が熊手《くまで》で広げてなめらかにし、そのあと、蒸気ローラーが進んでくる。

向こう見ずな男がシビルの横をかすめ過ぎていった。ざらついた新しい地表を大いに活用している。四輪足踏車《ヴェロシピード》の軋《きし》むフレームの中に横たわったような姿勢で、靴は回転するクランクに固定し、冷気の中に爆《は》ぜるような息を吐いていく。頭は無帽でゴーグルをつけ、厚手で縞模様《しまもよう》のジャージーを着て、走り去るとき長いニットのスカーフを後ろにたなびかせていく。たぶん発明家なのだろう。

ロンドンには発明家があふれている。貧乏だったり狂っていたりの発明家は、人の集まる広場に集まってきて、青写真や模型を展示し、散策する人混み相手に長広舌をふるう。シビルも、この一週間のあいだに、電気で髪を縮れさせるという、見るからに恐ろしげな機械だの、ベートーヴェンを奏でる子供用の機械仕掛けの玩具だの、死人に電気鍍金《めっき》する計画だのに出会っている。

大通りから、レントン・パセジの手入れされていない敷石にはいると、《雄鹿》の看板が見えてきて、ピアノラの騒がしい音が聞こえてきた。ミセス・ウィンタホールターの手配で、シビルは《雄鹿》の上に間借りしているのだ。この酒場《パブリック・ハウス》そのものは、昔ながらの店で、女は入れない。客層は下っ端事務員や商店員であり、いちばん危ないお楽しみとして、コイン投入式の賭博《とばく》機械で手慰みができる。

その上の部屋に行くには、傾斜が急で暗い階段を昇る。煤《すす》けた天窓の下を昇っていくと窪《くぼ》んだ部分があって、そこに、そっくりのドアがふたつある。大家のケアンズ氏の住まいは、左手のドアの中だ。

シビルは階段を昇り、黄燐《ルーシファ》マッチの小箱をマフから出すと、一本灯《とも》す。ケアンズが、階段を見下ろす鉄の手すりに自転車を鎖で留めている——マッチの炎で、ピカピカの真鍮《しんちゅう》の錠前が輝く。シビルはマッチを振って消し、ヘティがドアに二重に掛け金をおろしていないといいが、と想う。ヘティがそういうことをしていなかったので、シビルの鍵《かぎ》は錠でなめらかに回る。

トービが待ち構えていて出迎えてくれ、剝《む》き出《だ》しの床板の上を音もなく近づいてきて、猛烈に喉《のど》を鳴らしながら、踵《かかと》にまつわりつく。

ヘティは、通路に置いた樅材《もみざい》テーブルの上の、オイル＝ランプの火を細めたままにしていった——今は煙をあげていて、灯芯《とうしん》を切ってやらなくてはならない。トービがひっくりかえすかもしれないのに、火を灯したままにしていくなんて、莫迦《ばか》げている。とはいえ、シビルは部屋が真っ暗ではなかったのを、ありがたいとも想う。トービを両腕に抱えあげた。鰊《にしん》の臭《にお》いがする。

「じゃあ、ヘティに食べさせてもらったわけね……」

猫が低く鼻を鳴らし、シビルのボンネットのリボンを叩《たた》こうとする。

シビルがランプを持ち上げると、壁紙の模様が踊った。《雄鹿》ができて以来、この通路には太陽が射したことがないが、プリント柄の花はわずかに埃《ほこり》っぽい色になっている。シビルの部屋には窓がふたつあるけれども、すぐ眼の前が煤けた黄色の煉瓦《れんが》壁になっており、誰《だれ》かが窓枠を釘《くぎ》づけにしていなければ、手を触れられそうなほど近い。それでも、晴れた日に太陽が真上に来たときは、多少の光がはいってくる。それに、ヘティの部屋は、ここより広いけれど、窓がひとつしかない。ヘティが今いるとしても、一人で眠っているに違いない。閉じたドアの下の隙間《すきま》から、光が見えないからだ。

ささやかとはいえ、自分自身の部屋が、プライヴァシイが、あるというのはいいものだ。離れたがらないトービは降ろし、ランプを自分のドアのところまでもっていく。ドアがわずかに開いていた。部屋の中は、すべて出かけたときのままだが、ヘティが枕《まくら》の上に〝絵入りロンドン・ニューズ〟の最新号を置いておいてくれた。表紙はクリミア戦争の銅版画で、炎上する街の光景だ。ランプを整理簞笥《コモード》の割れた大理石の蓋《ふた》の上に置くと、トービが、もっと鰊が見つかるのではないか、とでもいうように踵にまつわりつく。シビルはどうしたらいいかと考える。

大きなブリキの目覚まし時計の、カチカチという音が、時には耐えられないように想うこともあるのに、今は安心感を誘う——少なくとも動いているし、時計が示している十一時十五分という時刻が正しいのだと、シビルは想うことにした。念のため、ネジを何回か巻いておく。ミックは真夜中に迎えに来てくれることになっているが、その前に心を決めておかなくてはならない。というのも、身軽に旅をするように言われているからだ。

整理簞笥の抽斗《ひきだし》から灯芯切《とうしんぎ》りを出して、ランプの火屋《ほや》を上げ、黒くなった尖端を切り揃《そろ》える。明かりの具合が、いくらか良くなった。寒いので短いマントをはおり、漆塗りの茶箱の蓋を開け、ましな衣類の在庫調べにとりかかる。けれど、着替えの下着を二組出したところで思い当たった。持っていくのが少なければ少ないほど、ダンディ・ミックがパリで買ってくれるものが多くなる。これを見習い女冒険家らしい考え方と言わずして、何だろう。

そうは言っても、とりわけ気に入っている品物もあることはあり、そういうものだけは下着と一緒に、ブロケード織りの大型旅行鞄《かばん》に収める。鞄には縫い目が裂けているところがあって、前から繕おうと想っていた。薔薇の香りのポーランド水がまだ半分残っている可愛い罎《びん》があり、キングズリー氏からもらった緑の人造宝石ブローチがあり、模《も》造黒檀《ぞうこくたん》の背のついたヘアブラシ一揃いがあり、お土産《みやげ》用のケンジントン宮殿の絵のはいったミニチュアの花圧《はなお》しがあり、髪結いさんからくすねてきた最新式のドイツ製カール用アイロンがある。そこに象牙《ぞうげ》の柄の歯ブラシと樟脳《しょうのう》入り歯磨き粉一罐《かん》を付け加える。

ここで、小さな銀色の推進鉛筆を手にとって、ベッドの端に腰をおろし、ヘティへの書き置きを残そうとする。この鉛筆はチャドウィク氏からもらったもので、〝メトロポリタン鉄道会社〟と軸に彫り込んである——鍍金《めっき》が下地の真鍮《しんちゅう》から剝《は》がれはじめていた。紙を捜したが、瞬間チョコレートを宣伝する引き札の裏しかなかった。

親愛なるハリエット、と書き始め、**私はパリへ行きます、**と書いてから手を止めた。鉛筆のキャップを外して、ゴムの部分で最後のところを消し、代わりにこう書く。**ある殿方といっしょに行きます。そして、おどろかないで。私は大丈夫。残していく服のうち、好きなものを取ってください。お願いだからトービの面倒を見て、ニシンをやってください。**

草々。シビル。

こういうことを書くのは、変な気分だった。それに、眼を落としてトービを見ると、置き去りにするのが悲しく、それにずるいことをするような気分がする。そう想ったとたん、ラドリーのことを想い出した。いきなり、断固として、男の不誠実を確信した。

「来ますとも」

強い口調でささやいてみる。ランプと畳んだ書き置きを幅の狭い炉棚に載せた。

炉棚の上には平らな罐が載っていて、鮮やかな石版印刷《リトグラフ》で、ストランド街にある煙草《たばこ》商の名前が書いてある。中が土耳古《トルコ》紙巻き煙草なのは知っている。ヘティの、若いほうの殿方で医学生という人が、以前そういう趣味を始めるように勧めたのだ。シビルは普通、医学生は避けるようにしている。あの手合いは念のいった残忍さを誇るようなところがあるからだ。でも、今は、強烈な苛立《いらだ》ちの衝動に襲われているので、罐を開け、ぱりぱりした紙の筒を一本抜き出して、その強い芳香を吸いこんでみる。

スタンリーさんとかいう法廷弁護士は、派手好きの仲間ではよく知られているのだが、絶え間なく紙巻き煙草を喫《す》う。シビルとつきあいのあったとき、スタンリーが、よくこう言ったものだ。煙草こそは、ギャンブラーの神経を堅固にするためのものだ、と。

シビルは黄燐《ルーシファ》マッチを取ってきて、スタンリーがそうしていたように煙草を唇にはさむと、黄燐《ルーシファ》マッチを擦り、忘れずに燐《りん》の大半が燃え尽きてしまうまで待ってから、炎を煙草の先端に近づける。火のついた煙草から、おずおずと吸いこむと、厭《いや》らしい煙の刺すようなえぐみが返ってきて、労咳《ろうがい》病みのように咳《せ》き込んでしまう。眼に涙をうかべて、投げ捨てかけた。

シビルは炉の前に立って、強いて続ける。間を置いて煙草から烟《けむり》を喫い、スタンリーがやっていた仕草で、白っぽくて細やかな灰を石炭に叩《たた》き落とす。何とか耐えられそうだけれど、望ましい効果はどうなっているんだろう。いきなり気分が悪くなってきた。胃が吐き気でむかつく。両手が氷のように冷たくなっている。爆発のような咳《せき》をしながら、煙草を石炭の上に落とすと、そのまま炎を上げて、たちまち燃え尽きてしまった。辛《つら》いほどに時計のカチカチが気になってきた。

ビッグ・ベンが真夜中を告げはじめる。

ミックはどこだろう。

名づけようもない恐怖感とともに、暗闇で眼醒《めざ》めた。そこで、ミックのことを想《おも》い出す。ランプが消えてしまっている。石炭も冷たくなっている。慌てて立ち上がり、黄燐マッチの箱を取ると、手探りで自分の部屋にはいる。部屋では時計が甲高くカチカチいう音に導かれて、整理箪笥《コモード》のところに行ける。

マッチを擦ると、燐の輝きの中で、時計の文字盤が揺らぐように想えた。一時半になっている。

眠っているあいだに、ミックがやってきてノックし、返事がないものだから、シビルを置いて出発してしまったのだろうか。いいや、ミックなら、そういうことはない。その気さえあれば、はいりこんでくる方法を見つけたはずだ。それでは、騙《だま》されたのだろうか。それは確かに、あんな約束を信じこむなんて、こちらが莫迦《ばか》なんだけれど。

奇妙な冷静さが心に広がってきた。容赦のない明瞭《めいりょう》さだ。蒸気船の切符にあった出航日時は憶《おぼ》えている。ドーヴァーからの船出は明日遅くのはずだし、ミックとヒューストン将軍とが、重要な講演のあとロンドンを発つのが、真夜中ということもありそうにない。それなら、グランヅに行ってミックを見つけ、対決するなり、哀願してみるなり、恐喝とか暴露で脅迫するなり、必要とあれば何でもやってみよう。

ありったけの現金はマフにはいっている。馬車乗り場《キャブ》はマイノリーズとグッドマンズ・ヤードの角にある。すぐに、あそこまで行って、辻馬車《つじばしゃ》の御者を起こし、ピカディリーに連れていってもらおう。

シビルが後ろ手にドアを閉めると、トービが哀れっぽく一度、声をあげた。暗闇で脛《すね》をひどく擦ってしまった。ケアンズ夫妻が鎖留めにしておいた自転車にぶつけたのだ。マイノリーズをグッドマンズ・ヤードへの中間まで下ったとき、大型旅行鞄のことを想い出したが、もはや引き返していられない。

グランヅの夜間ドアマンは、がっしりしていて眼が鋭く、顎鬚《あごひげ》があって片脚がこわばっており、本人の意向がとおるかぎり、シビルをホテルに入れてくれないのは、まず確実。一ブロック離れたところで辻馬車《つじばしゃ》を降りながら、シビルはそこまで看て取《み》った——ホテルの大理石の階段で、大きな海豚《いるか》模様のランプの下、黄金の房飾りをつけた大柄な化け物だ。シビルはドアマンというものをよく知っている——自分の生活で大きな役柄を演じているからだ。

ダンディ・ミックの腕にすがって、昼間グランジにはいっていくのは、何でもない。けれども、深夜の街路から、付添いもいない女が一人で堂々とはいっていくとなると、まったくの別問題だ。それをやるのは娼婦《しょうふ》だけだし、ああいうドアマンは娼婦を入れない。ただし、ありそうな話で騙すことはできるかもしれない。こちらがよくできた嘘《うそ》を考えつき、向こうが間抜けか、不注意か、疲れていてくれれば。あるいは、賄賂《わいろ》を使ってみる手もあるかもしれない。ただ、馬車に乗ってきてしまったため、あまり現金が残っていない。それに、シビルの服装は問題ない。遊び女《め》の派手な衣装ではない。いざとなれば、ドアマンの注意を逸《そ》らすことを考えてみてもいい。敷石で窓を叩き割り、ドアマンが調べに来たとき、走り抜ければいい。クリノリンを着ているとき走るのは大変だけれど、あの男なら脚が悪いようだし、遅いだろう。それとも浮浪児を見つけて、代わりに石を投げてもらおうか——

シビルは、建築現場の板囲いの横の、闇の中に立っていた。大判ポスターが頭の上で、ベッドシートより大きく伸び上がり、大きくボロボロになった活字が告げている——デイリー・ニューズ全世界に普及、ロイヅ・ニューズたった一ペニー、南東鉄道ラムズゲート&マーゲート7／6。シビルは片手をマフから引き抜いて、夢中で爪を噛《か》む。爪が土耳古《トルコ》煙草の臭《にお》いになっていた。ぼんやりしながら驚いたことに、その手が寒さで青白くなっており、ひどく震えている。

そのとき純粋に幸運としか想えないことに救われた。それとも、哀れに想った天使のうなずきだったのだろうか。というのも、ぴかぴかのガーニイ四輪車《ブルーアム》がしゅうしゅういいながら、グランヅの前で止まったのだ。車の青い制服の火夫が跳びおりると、蝶番《ちょうつがい》の階段を降ろす。出てきたのは、酔っぱらったフランス人の、はしゃぐ一団で、真紅の裏打ちをしたケープだの、ブロケード織りのウェイストコートだの、房つきの夜会杖《やかいじょう》だのが見え、中の二人は女性連れだ。

シビルはすぐさまスカートをつかみ上げると、頭を低くして突進した。道を横切るときは、ガーニイのぴかぴかの車体が眼隠しになって、ドアマンから隠れていられる。そのあとは、ただ車体を回りこみ、大きな木のスポークにゴムの接地面をつけた車輪の横を通り、大胆にグループに加わってしまう。フランス人たちは、お互いに勝手にぺちゃくちゃやって、口髯を撫ぜたりクスクス笑ったり、シビルには気づく様子も、気にする様子もない。シビルは白々しく、誰《だれ》にともなく微笑《ほほえ》みかけ、いちばん酔っていそうな背の高い男に寄り添うように立つ。一同はよろよろと大理石の階段を昇り、背の高いフランス人が一ポンド札をドアマンの掌《てのひら》に叩《たた》きつけた。本当の金というのがどういうものか、わかっていない人間らしい無頓着《むとんじゃく》な気軽さだった。ドアマンは眼をぱちくりさせて札を見つめ、房飾りつきの帽子に手を触れる。

そして、シビルは無事に中にはいれた。喋《しゃべ》り散らすフランス人たちと一緒に、荒野のような磨きあげた大理石を横切って、ホテル・デスクに着く。そこで、みんなは夜間受付係から鍵《かぎ》を受け取り、欠伸《あくび》し、笑みをうかべながら、湾曲した階段をよろよろと登っていく。シビルはカウンターのところに、一人残された。

フランス語のわかる夜間受付係は、小耳にはさんだ話に、くすくす笑っている。横木をわたしたマホガニーに沿って近づいてきて、シビルに笑顔を向け、

「どんな御用でしょうか、マダム……」

うまく言葉が出ず、最初つっかかえるようになりながら、

「教えていただきたいんです。ミスタ・マイクル——というか、その——サム・ヒューストン将軍は、まだ御滞在でしょうか……」

「はい、マダム。確かにヒューストン将軍でしたら、今夜もお見かけしました。ただ、今は喫煙室におはいりで——おことづけがあれば、お伝えいたしますが」

「喫煙室……」

「はい——あそこの、アカンサス葉飾りの奥でして」

受付係が、ロビーの隅にある重々しいドアを顎《あご》で示し、

「当方の喫煙室は、当然、御婦人方にはおはいりいただけません——失礼ですが、マダム、

ちょっと苦しそうでいらっしゃる。お急ぎの御用件でしたら、使い《ページ》の者をやりますが」

「ええ」とシビル、「そうしていただけると、ありがたいわ」

夜間受付係が親切に、クリーム色の簀《す》の目紙のホテル便箋《びんせん》を出してくれ、金の尖端の壺《つぼ》ペンを貸してくれる。

シビルは急いで書くと、紙を畳み、裏側に**ミスタ・マイクル・ラドリー**となぐり書く。夜間受付係がてきぱきとベルを鳴らし、シビルの礼に応《こた》えて小腰をかがめてから、自分の仕事に戻《もど》っていく。

じきに欠伸《あくび》をしながら、渋い顔の小柄な使い《ページ》が現れ、シビルの伝言を上面コルク張りの盆に載せた。

少年が喫煙室に向かうとき、シビルは不安で、そのあとについていき、

「これは将軍の個人秘書に宛《あ》てたものなの」

「大丈夫すよ、ミス、知ってるっすから」

少年が片手で喫煙室のドアを引く。ドアが開くと、ページが通り抜け、シビルはのぞいてみた。ドアがゆっくりと閉じるあいだに、シビルは長々とヒューストンを見ることができた。頭にはかぶりものがなく、顔をテカらせるほどに汗をかいて酔っぱらい、ブーツの片足をテーブルに載せ、その横にはカット＝グラスのディキャンタがある。手には質《たち》の悪そうなジャック＝ナイフを持ち、烟《けむり》をふかしながら、何かを刺している――削っているのだ。それに違いない。革張りの椅子のまわりの床には、木の削り屑《くず》が散らばっているから。

背が高く、髯のあるイングランド人が何やらヒューストンにつぶやいた。この見知らぬ男は左腕を白い絹の吊《つ》り包帯に入れていて、悲しげな眼つきで威厳があり、偉そうだ。ミックはその横に立って、腰から体を折り、男の両切り葉巻に火をつけようとする。垂れさがったゴムのガス管の先の、鋼の火花起こしを軋《きし》らせているところで、ドアが閉じた。シビルは、音が反響する大理石のロビーで長椅子《シェーズ・ロング》に腰をおろすが、湿って汚れた靴から体温が逃げていく——爪先が痛みはじめた。やがてページが、ミックを従えるようにして出てきた。ミックは喫煙室を振り返って微笑みかけ、陽気に略式の敬礼をして見せる。シビルは椅子《いす》から立ち上がる。シビルの姿を認めると、ミックの幅の細い顔が険しくなった。

　足早にシビルに近づいてきて、肘《ひじ》をつかむと、

「何てえこった」とつぶやき、「どうして、あんな莫迦《ばか》な書きつけをよこすんだ……。道理が読めないのかい……」

「どうしたのよ……」

　シビルは言い返し、

「なぜ迎えに来てくれなかったの……」

「ちょいと予想外の事態でね。狐が手前のケツに嚙《か》みついたって奴さ。こうもややこしくなけりゃ、笑っちまうぐらい。ただ、君がここに来ているとなると、様相を変えられるかもしれない——」

「何が狂ったの……。腕を悪くしてる紳士っぽい人は誰《だれ》……」

「忌々しくもブリテンの外交官でね、将軍がメキシコで軍勢を挙《あ》げるって計画が、お気に召さない。君は気にしなくていい。明日になれば、俺《おれ》たちはフランスにいて、あいつはこのロンドンで、別な相手に迷惑をかけている。少なくとも、俺はそう期待している――。ただ、将軍が面倒を起こしてくれた。へべれけに酔っぱらったあげく、莫迦な策を弄しやがった――。呑《の》むと厭《いや》な奴《やつ》になるってのが、正直なところ。誰が仲間か忘れちまう」

「何か騙《だま》されたのね」シビルにもわかってきて、「あなたと手を切りたがってるんでしょ」

「俺のキノ・カードを掠《かす》め取りやがった」とミック。

「でも、私がパリに送ったじゃない、〝ポスト・レスタント〟で」とシビル、「あなたに言われたとおり」

「あれじゃないんだよ、お莫迦さん――講演用のキノ・カードさ」

「あの劇場でのカード……。あれを盗まれたの……」

「俺が、あのカードを荷造りして、自分で運ぶってのはわかってたからさ。誰かに俺を見張らせて、荷物からカードを掠めたわけ。フランスでは俺の手が必要なくなった、なんて言いやがる。俺の情報を手にしているかぎりは、な。安く玉葱食《たまねぎく》らいを雇って、キノを走らせるとさ。ともかく、本人はそう言ってる」

「でも、そんなの泥棒じゃない」

『借用』だとさ、本人いわく。カードの複写がすみしだい返してくださると。そうすりゃ、俺は何も損してないってわけ」

シビルは眼が回る想いだ。からかわれているのだろうか、と、

「でも、やっぱり、それは盗んだことにならないの……」

「サミュエル・糞《くそ》ったれ・ヒューストン相手に、そう言い張ってみるがいい。あいつは一度は国を丸々ひとつ盗んだ男だぜ。盗んで、骨までしゃぶった男だ」

「でも、あなたは仲間なわけでしょ。その仲間から盗むなんて」

ミックがそれをさえぎって、

「話がそこにくるとだな——俺がどうやって、あの素敵なフランス向けプログラムを作らせたかってことになる。将軍の金を借用したって言い方もできる。いわば、な」

ミックが歯を見せて、にやにや笑いになり、

「俺たちが、お互いにこういう奥の手を使うのは、これが初めてじゃない。一種の試験でね。余程の切れ者じゃないと、ヒューストン将軍と旅をともにすることはできない、と——
——」

「ああ」

そう口に出して、シビルはクリノリンにくるまれたまま長椅子に崩れこみ、

「ミック、私が今まで、どんなに心配してたと想う……」

「なら、元気を出しな」

ミックが立たせてくれ、

「あのカードが必要だし、カードはあいつの部屋にある。見つけて、取り返してくれ。俺のほうは、この中に戻って、知らん顔で平然としていてやる」

笑い声を上げて、

「俺が講演で、ああいう手を使わなけりゃ、爺《じい》さんもこんなことはやらなかったかもしれない。君とコーニイ・シムズのお蔭《かげ》で、爺さん、意気揚々たるもんでさ、自分が操っているつもりになってる。でも、まだ上手を取ってやれるぜ、君と俺とが一緒にやれば——」

「こわいわ、ミック」とシビル、「盗み方なんて知らないもの」

「この、お莫迦《ばか》さん。知ってるじゃないか」とミック。

「じゃあ、一緒に来て手伝ってくれるの……」

「もちろん駄目さ。それじゃ、あいつに悟られちまうだろ。あいつには君が新聞社の友だちだって言ったんだ。あんまりいつまでも喋《しゃべ》っていると、奴《やつ》はきっと勘づく」

ミックがシビルを睨《にら》みつける。

「わかったわ」

シビルも観念して、

「部屋の鍵《かぎ》をちょうだい」

ミックが唸《うな》り声をあげて、

「鍵だって……。鍵なんて持ってないよ」

シビルの全身を安堵《あんど》の念が走り、

「そしたら、私、金庫破りじゃないんだし」

「声を低くしとけよ。グランヅにいるみんなに知られちまう——」

ミックが瞳《ひとみ》を怒りに光らせる。酔っている、とシビルにはわかった。ミックが本当に酔っぱらったところは見たことがないけれど、今は酔い痴《し》れている。声や歩き方には出ていないけれど、そのために狂ったように大胆になっている。

「鍵は手に入れてやる。あのカウンター係のところに行って、うまいこと言ってやれ。手一杯にさせておくんだ。それに、俺のほうは見るな」

シビルを軽く押しやるようにして、

「行けっ」

シビルは怯《おび》えきって、カウンターに戻《もど》った。グランヅの電信機は遠いはずれにある。カタカタいう真鍮《しんちゆう》の機械で、鍍金《めっき》の葉と蔓《つる》に飾られた低い大理石の台座に載っている。ベルのような形をしたガラスの中では、鍍金の針があちこちに振れ、一点を中心として輪を描くアルファベットを指していく。針が振れるたびに、大理石の台の中の何かが必ずカタンといい、びっしり穴のあいた黄色の紙テープが四分の一インチずつ、大理石の台座から出てくる。夜間受付係は、束にしたファン＝フォールド紙にバインダー用の穴をあけていたが、その作業を中断して、鼻眼鏡をかけ、こちらにやってくると、

「はい、マダム……」

「電報を送りたいんです。ちょっと急ぐんですが」

受付係は速やかに、小さな箱入りのパンチ＝カード、蝶番式《ちょうつがいしき》の真鍮の穴あけ器、きちんと線を引いた用紙、と支度する。さっきシビルが使わせてもらった壺ペンを取り出すと、

「はい、マダム。市民番号は……」

「え――それはこちらの番号ですか、向こうのですか……」

「それは条件次第です、マダム。お支払いを国民与信《ナショナル・クレディット》でなさるおつもりですか……」

「部屋につけておけるかしら……」

シビルは曖昧《あいまい》に言う。

「もちろんです、マダム。お部屋の番号は……」

シビルはできるだけ長くためらうふりをしてから、

「現金で支払うことにしますわ、やっぱり」

「結構です。さて、宛先《あてさき》の市民番号は……」

「それが、わかりませんの、実は」

眼をぱちぱちさせて受付係を見つめ、指の関節に歯をたてはじめる。

相手は、きわめて忍耐強く、

「せめて、お名前とご住所はおわかりでしょうね……」

「ええ、わかります」

シビルは急いで答え、

「チャールズ・エグレモント、下院議員、ロンドンはベルグレイヴィア、〝ブナ荘〟」

係がそれを書き留めて、

「住所だけで電信をお送りになると、やや高くつきますよ、マダム。中央統計局を直接に経由なさるほうが、効率がよろしいので」

シビルはそれまで、ミックを捜そうともしなかった。見るのが怖かったのだ。今になって、視野の隅に、黒っぽい人影がロビーの床を小走りになっているのがはいってくる。ミックは体を二つ折りにせんばかりで、靴を脱ぎ、靴紐《くつひも》を結びあわせて首にかけている。腰の高さのマホガニーのカウンターに突進すると、手前の角を両手でつかみ、一瞬にして躍り越えて姿を消した。

音はまったくたてなかった。

「何か機関《エンジン》のメッセージの扱い方に関係するようでして」

係が説明してくれている。

「なるほどね」とシビル、「でも、向こうの市民番号がありませんの。余分なお金を払うことになりますわねえ。これはとっても重要なことなんです」

「はい、マダム。そうでございましょう。お続けください。書き取りますので」

「別に、こちらの住所や日付から始めなくてもいいんでしょ……。というか、電報は手紙とは違いますわよね……」

「はい、マダム」

「あちらの住所もいらないわね……」

「短いことが、電信の要《かなめ》です、マダム」

ミックはホテルの部屋の鍵《かぎ》が鈴なりになっているマホガニー製釘差《くぎさ》し板に忍び寄っているることだろう。シビルには姿が見えないが、動き回る音が聞こえ、体臭が嗅《か》げるような気がする。受付係がちょっと右に眼をやれば、自分のほうに忍び寄ってくるコソ泥が見えてしまうはずだ。狂ったような眼をして、猿のようにしゃがんでいるコソ泥が。

「こういう風に書いてくださいな」

シビルは声を震わせ、

「親愛なるチャールズ」

受付係が書きつけはじめた。

「九年前、あなたから私は、女性として考えうるかぎりの恥辱を受けました」

受付係は凝然とペンを見つめ、赤らみがカラーの上まで伸び上がってくる。

「チャールズ、あなたは気の毒な父を救うと約束してくれました。その言葉と裏腹に、あなたは、私の身も心も汚したのです。今日、私は力のある友人たちとロンドンを発《た》ちます。みんな、あなたがウォルター・ジェラードに対しても、私に対しても、どんな裏切りをしたかよく知っています。私を捜そうなどとなさいますな、チャールズ。無駄なことです。あなたもエグレモント夫人も、今宵《こよい》ぐっすりとお寝《やす》みになれますように」

ここでシビルは身震いしてから、

「署名は〃シビル・ジェラード〃でお願いします」

「はい、マダム」

受付係はつぶやいたが眼は伏せたままで、そのあいだに、ミックが靴下だけの足で音もなく、カウンターを乗り越えて戻《もど》ってきた。ミックは低くかがみこみ、カウンターに隠れて見えないようにしてから、そのままの姿勢で大理石の床をちょこちょこと、まるで巨大なアヒルのように足早に立ち去る。じきに、詰め物たっぷりの椅子《いす》二脚の蔭《かげ》にはいりこんだ。

「おいくらになるかしら」

シビルは受付係に丁寧に尋ねる。

「二シリング六ペンスです」

相手は、シビルと眼を合わせることができず、つっかえながら答える。

シビルは、マフから出した留め金つきの財布から、数えながらその金額を出し、顔を赤らめた受付係をあとにする。係は持ち場についたまま、箱から出した電報カードをパンチしていた。

ミックがロビーの反対側から紳士のようにやってきた。きちんとアイロンのかかった新聞を吊《つ》るした読み物ラックの脇で足を止める。かがみこんで、落ち着いて靴紐《くつひも》を結びなおし、体を起こすと、その手の中に金属が光っているのが見える。シビルの眼を捉《とら》えようともせずに、その鍵《かぎ》を長椅子《シェーズ・ロング》の上のカット・ヴェルヴェットのクッションの蔭にしまう。

それから、きびきびと立ち上がって、タイを直すと、袖《そで》を払い、まっすぐに喫煙室に向かっていった。

シビルはしばらく長椅子に腰かけ、金背の月刊誌『王立協会紀要』を読むふりをする。慎重に、右手の指先で背後から鍵を拾いあげる。手にはいった。卵形の真鍮《しんちゅう》の部分に、24という数字が刻みこまれている。自分では貴婦人らしいと想う格好で欠伸《あくび》をし、あたかも階上に部屋があって寝《やす》もうとするかのように、立ち上がって上の階に向かう。

足が痛んだ。

静かでガスに照らされた廊下をとぼとぼと進み、ヒューストンのスイートをめざすうち、自分がチャールズ・エグレモントを攻撃したことに、突然びっくりしてしまう。受付係の注意を引きつけるために、思い切った伝言が必要だったからというので、脅しと怒りを口走ってしまった。ほとんどその気もないのに、あれが迸《ほとばし》り出たのだ。不思議な気もするし、怖くもある。あの男のことは忘れたような気になっていたからだ。

あの電報を読むとき、エグレモントの顔にうかぶ恐怖の表情が、想像できそうだ。あの男の顔なら、よく憶えている。愚鈍で成功しきった顔だ。いつでも善意に満ちあふれているようで、いつも謝っているようで、いつもシビルにお説教し、泣き言を言い、へりくだり、涙を流し、そうして罪を犯す。あの男は莫迦《ばか》だ。

でも、今のシビルはミック・ラドリーに言われるままに、盗みを働こうとしている。頭が働くなら、グランジ・ホテルから歩み去って、ロンドンの奥深く身を潜め、二度とラドリーに会うまいとすることだろう。弟子入りの誓いなどに縛られるべきではない。誓いを破るのは恐ろしいが、これまで犯してきた罪以上にひどいわけではない。それでも、どういうわけかシビルはこうしている――ミックに言われるままになっている。

シビルは目当てのドアの前で足を止めて、人気のない廊下の左右に眼をやり、盗んだ鍵を玩《もてあそ》ぶ。どうして、こんなことをやっているのだろう。ミックが強く、自分が弱いからだろうか。ミックが、自分の知らない秘密を知っているからだろうか。初めて思いついた。ミックに恋をしているのかもしれない。何か妙な形で愛しているのだろう。そのとおりだとすれば、いろいろと説明がつき、ある意味では心の慰めにすらなりそうだ。恋をしているのだとすれば、自分の退路を断ち、有頂天になり、衝動的に生きる権利がある。それに、ラドリーを愛しているのだとしたら、とうとう、向こうは知らないのに自分だけが知っていることができたことになる。

シビルはそわそわと、手早くドアの錠を開けた。シビル一人の秘密だ。すべりこんで、後ろ手に閉じ、背中でもたれかかる。暗闇の中に立っていた。

部屋のどこかにはランプがある。焦げた灯芯《とうしん》の臭《にお》いがしている。正面の壁に、街路に面してカーテンのかかった四角い窓の輪郭が浮き上がってきて、カーテンのつなぎめに、かすかにナイフで切り裂いたかのように、ガス燈《とう》の上向きの光がわかる。両手をまっすぐに伸ばしたまま、部屋にじりじりと踏み出すうち、やがて磨き上げた大机がどっしりしているのに触れ、そこでランプの火屋《ほや》がかすかに光っているのを見分けることができた。ランプを取り上げ、振ってみる。油はある。今度は黄燐《ルーシファ》マッチが必要になった。大机の抽斗《ひきだし》を手探りしてみる。どういうわけか、抽斗はもう開いていた。そこを掻《か》き回してみる。文房具だ。役には立たない。その上、どれかの抽斗で、誰かがインクをこぼしたらしく、その臭いがする。

指先が黄燐マッチの箱をかすり、感触というよりは馴染みの乾いた音で、それと気づく。本当のところ、指先がうまく動いてくれない。一本目の黄燐マッチはポンと爆《は》ぜてからシュッと消え、灯《とも》らないばかりか、部屋じゅうに硫黄《いおう》の厭《いや》な臭《にお》いをたちこめさせる。二本目でランプが見えた。手がひどく震えるまま、火屋を上げて、炎を灯芯に近づける。

ランプに照らされた自分の姿が、かしいだ大姿見に、狂気の眼つきで映っているのが見え、さらに衣裳簞笥《いしようだんす》の二枚扉にはめこまれた面取りガラスにも、それが映っている。気がつくと、衣類が散らばっている。ベッドの上にも、床の上にも――

男が一人、椅子の肘《ひじ》掛けに腰かけて、蔭になった大烏のように前屈みになり、巨大なナイフを手にしていた。

そのとき男が立ち上がったが、ゆっくりとしており、革が鳴る。まるで、長年埃《ほこり》の中に横たわっていた巨大な木の操り人形のようだ。体は、長くて不格好な灰色の外套《がいとう》にくるんでいる。鼻と顎《あご》は黒っぽいカーチーフで覆っていた。

「静かにしたほうが身のためだぞ、姐《ねえ》さん」

男が言って、重そうな刃《やいば》を上げて見せる――黒々と、肉切り包丁に似た鋼だ。

「サムは来るのか……」

シビルはようやく声を出して、

「お願い、殺さないで」

「助平爺《すけべえじじい》さん、今も女漁《おんなあさ》りか、え……」

ゆっくりしたテキサス言葉が、糖蜜のようにねばり出てくる——シビルには、その言葉がかろうじてわかるだけなのに、

「お前、あいつの妾《めかけ》か……」

「違うわっ」

シビルは言ったが、締めつけられたような声になって、

「私は違う。誓って違う。私——ここに来たのは、盗むためなの。それが正直な話」

不気味な沈黙になった。

「まわりを見てみるがいいぜ」

シビルは震えながら、そのとおりにする。部屋は荒らされていた。

「盗むものなんて、ありゃしねえ」と相手の男、「野郎はどこだい、姐ちゃん……」

「下の階よ」とシビル、「酔っぱらってる。でも、私はあの人のこと、知らないの、本当よ。恋人に言われて来たの、それだけなの。こんなこと、したくなかった。させられたのよ」

「静かにしな。白人女は傷つけないよ、やむをえない場合以外はな。そのランプを消し

な」

「私を行かせて。まっすぐいなくなるから。邪魔するつもりじゃなかったの」

「邪魔……」

そう言うゆっくりした声には、恐ろしいほどの確信がこもっており、

「邪魔になるとしたら、ヒューストンにとってだろうぜ、それが正義ってもんだ」

「私はカードを盗んでないわ。手も触れてない」

「『カード』……」

男が笑うと、喉《のど》の奥の乾いた音になる。

「そのカードはヒューストンのものじゃないの。盗んだものなの」

「ヒューストンが盗んだものは、たくさんあるぜ」

男は言うが、訳がわかっていないのは明らかだ。シビルのことを考えてみて、どうも気に入らないのだろう、

「お前、何という……」

「シビル・ジョーンズ」

一息ついてから、

「私はブリテンの臣民よ」

「ちぇっ」

男が言う。舌打ちした。

覆面をしているので、表情は読めない。額のてっぺんにあたる色白でなめらかな肌に一筋の汗が光る。帽子のつばがそこにあって、テキサスの太陽から守っていたのだ、とシビルは気づく。男が進みでてきて、シビルからランプを取り、灯芯《とうしん》を降ろす。シビルの手に触れたとき、男の指は乾いて木のように硬かった。

暗くなってしまうと、自分の心臓の鼓動と、このテキサス人の存在しか感じられない。

「きっとロンドンでは寂しいでしょう」

シビルは口走ってしまう。また沈黙が訪れるのを避けようと必死だった。

「ヒューストンは寂しいだろうよ。俺《おれ》には、それほど良心の咎《とが》めがないからな」

そう言うテキサス人の声は鋭く、

「あいつに寂しいかどうか、訊いてみたか……」

「知りあいじゃないもの」とシビルは言い張る。

「ここに来たじゃないか。あいつの部屋に女一人で来たんだぞ」

「キノ・カードを盗《と》りに来たのよ。紙のカードで、穴があいてるの。それだけだってば」

返事はない。

「あなた、キノトロープって何だか知ってる……」

「それも、忌々《いまいま》しい機械だろ」

テキサス人が、うんざりしたように言う。

またも沈黙。

「嘘《うそ》を言うなよ」

しばらくして男が言い、

「お前は売女《ばいた》だ。それだけのことさ。別に売女を見るのは、お前が初めてじゃない」

男がカーチーフの奥で咳《せ》き込んで、鼻の奥で湿った音をたてるのが聞こえ、

「ただ、お前なら見た目も悪くない。テキサスなら結婚もできるぞ。やり直しがきく」

「それは素晴《すば》らしいでしょうね」とシビル。

「土地には白人女が足りないんだ。どこかのヒモじゃなく、まともな男が見つかる」

カーチーフを上げ、床に痰《たん》を吐く。

「ヒモなんて大嫌いだ」

平板にそう言い、

「インジャンが大嫌いなのと同じ。それにメキシコ人。メキシコ・インジャン——フランス領メキシコ・インジャン。銃をもって、三、四百人もいてみろ。馬に乗せて、巻き上げライフルを持たせたら、地上じゃ悪魔そこのけだ」

「でも、テキサス人は英雄でしょ」

シビルは必死でヒューストンの講演に出てきた名前を想い出そうとしながら、

「私が聞いたんじゃ——アラモとか」

「ゴーリアドさ」

そう言う声が、乾いたささやきになって、

「俺はゴーリアドにいた」

「それも聞いたわ」

シビルは急いで言い、

「きっと華々しかったんでしょうね」

テキサス人が咳払《せきばら》いしてから、また痰を吐き、

「奴らと二日も闘った。水もなしで。ファニン大佐が降参した。俺たちは捕虜にとられた。上品そのもの、丁寧の極み。翌日、俺たちは町の外まで行軍させられた。平気で俺たちを撃ち殺したよ。ただ並べておいて、虐殺だ」

シビルは何も言わない。

「アラモも虐殺だ。死体を全部、燃やしてな――ミーア探検隊も虐殺。豆を選ばせたんだ。小さな陶器の籤引壺《くじびきつぼ》から、黒豆を引いたら殺されるんだ。それがメキシコ人って奴《やっ》らさ」

「メキシコ人」とシビルは繰り返す。

「コマンチときたら、もっと悪い」

宵闇の中の、どこか遠くから、大きな摩擦ブレーキの悲鳴が聞こえ、そのあと鈍く、叩《たた》くような音がする。

黒豆。ゴーリアド。シビルの頭はバベルになってきた。豆に、虐殺に、肌が革のようなこの男。火夫のような臭《にお》いがする。馬と汗の臭いだ。ニール・ストリートの先で、前に二《タ》ペンス払って、アメリカのどこか広大な荒野のジオラマを見たことがある。ねじれた岩の

悪夢だった。このテキサス人も、そういう土地で生まれたようだ。そして、このときになって納得したけれど、ヒューストンの演説に出てきた荒野とか、変てこでありそうもない名前の場所とかは、本当に実在しているのだ。この男のような生き物が住んでいるのだ。それに、ミックが言っていた。ヒューストンは前に国を盗んだことがある、と。だから、この男が追ってきたのだ。復讐《ふくしゅう》の天使なのだ。シビルは狂ったような笑いの衝動をこらえた。

そこで、あの老婦人を想い出した。ホワイトチャペルにいた石油《ロック・オイル》の売り子だ。それに、ミックが質問をしたときの、あの妙な眼つき。他にも、このゴーリアドの天使に協力して働く人間がいるのだろうか。これほど奇妙な姿で、どうして今夜グランヅにはいれ、錠のおりた部屋にはいれたのだろう。こんな男、どこに隠れられるのだろう。たとえロンドンとはいえ、たとえ、ぼろぼろになったアメリカ難民の群れの中とはいえ。

「酔っぱらってるって……」とテキサス人。

シビルは、大いにびくりとなってから、

「え……」

「ヒューストンさ」

「ああ。ええ。喫煙室で。とってもぐでんぐでん」

「じゃあ、今夜が最後さ。一人か……」

「それが――」ミックがいる。「背の高い人と一緒。知らない人」

「髯があるか……。腕が折れて……」

「私――ええ」

男が歯のあいだから吸い込むような音をたて、それから肩をすくめて革を軋《きし》ませる。

何かが音をたてた。シビルの左手側だ。カーテンを降ろした窓からの、かすかな光で見ていると、カット＝グラスのドアノブが回りはじめて、輝く多面体が見える。テキサス人が椅子《いす》から躍り上がった。

片手の掌《てのひら》をシビルの口にきつく圧《お》しあてると、シビルの眼の前に、大きな短刀を構える。細長くした肉切り包丁のような、恐ろしげな刃物で、尖端が細くなっている。その峰の部分に真鍮《しんちゅう》が走っていた――眼から数インチのところに刃《やいば》があるので、シビルにも、その真鍮に刻み目や傷があるのが見えた。そして、ドアが開き、ミックがひょいとはいってきたが、廊下の明かりに、その頭も肩も浮き上がって見える。

テキサス人に脇《わき》にほうり出されたとき、シビルは壁に頭をぶつけたに違いない。でも、そのあとは跪《ひざまず》いていて、クリノリンが腰の下に丸まったまま見つめていた。男がミックを、大きな片手を喉許《のどもと》に回しただけで壁際に吊《つ》り上げ、ミックが靴の踵《かかと》で腰板を滅茶苦茶に連打していた――やがて、長い刃が撃ちかかり、ねじれ、また撃ちかかって、部屋じゅうにブッチャー・ロウの熱い異臭を漂わせた。

それよりあと、その部屋で起こったことは、シビルにとって夢のよう、あるいは眺めただけの芝居のよう、あるいは、あまりに数が多くて、あまりに小さく、あまりに巧みに動くバルサ小片のため、現実を曖昧《あいまい》にしてしまうほどのキノ＝ショウのよう。というのも、テキサス人は、ミックを静かに床におろすと、ドアを閉じて錠をかけなおしたが、その身のこなしには急いだところもなく、整然たるものだったからだ。

シビルは跪いた場所で体をふらふらさせ、それから大机の奥の壁にぐったりもたれかかってしまう。ミックは踵《かかと》をこするようにしながら、簞笥《たんす》の脇《わき》の、より深い暗闇に引きずりこまれた。テキサス人がミックの体にかがみこむ——着衣を探る音が聞こえ、ほうりだされたカード＝ケースのパタンという音がし、小銭のジャラジャラいう音、それからコインが一枚、落ちて、転げて、硬木の床で回転する音——

やがてドアから、擦れるような音、金属が金属に触れるカタカタいう音——酔っぱらいが鍵孔《かぎあな》を捜す音だ。

ヒューストンが、ドアを大きく開け放ち、重い杖《つえ》にすがって、よろりとはいってきた。轟《とどろ》くほどのおくびを漏らして、古傷をこすり、

「しょうのない奴《やつ》らだ」

酒のせいで嗄《しゃが》れた声で言い、荒々しく体を傾けて、一歩ごとに杖を鋭くカツンと突きながら、

「ラドリー……。出てこい、この餓鬼んちょ」

もう大机に近づいてきたので、シビルは声もたてずに指先を引っ込める。ヒューストン

のブーツの重みでもかかったら、大変だ。

テキサス人がドアを閉めた。

「ラドリーッ」

「今晩は、サム」

《雄鹿》の上のシビルの部屋など、物心ついて最初の記憶ほども遠く想えるぐらい、ここには殺戮《さつりく》の臭《にお》いがたちこめ、この暗闇では巨人たちが動き回っている――ヒューストンがいきなりよろめいて、杖でカーテンに打ちかかり、引き裂くように開けた。ガス燈《とう》が、縦仕切りつきのガラス板一枚一枚の霜の模様を通して、テキサス人のカーチーフとその上の凄味《すごみ》のある瞳《ひとみ》を照らしだす。その眼は、冬の星座のように、遠くて容赦のないものだった。ヒューストンはそれを見て仰天し、縞《しま》の毛布《もうふ》が肩からずり落ちた。勲章が輝き、顫《ふる》える。

「レインジャーズによこされたぜ、サム」

このテキサス人の手の中にあると、ミックの小型連発式《ペパボクス》ピストルが玩具のように見え、狙《ねら》いをつけると、束になった銃身がきらきら光る。

「何者だ、若いの……」

ヒューストンが尋ねる。その深い声から、いきなり酔いの兆候がすべて消え、

「お前か、ウォレス……。そんな首巻き、取ってしまえ。男らしく、顔を出してみろ――」

「もう、お前さんから命令は受けないよ、将軍。あんたが奪ったようなものは、奪うべき

じゃなかったんだ。あんたは、俺《おれ》たちから盗んだんだぞ、サム。どこにある……。財務の金はどこだ……」

「レインジャーよ」

ヒューストンが言う。濃厚な糖蜜《とうみつ》のような、辛抱強さと誠実さのこもった声で、

「君は騙《だま》されているんだ。君をよこした人間もわかっているし、そいつらがわしに向けた嘘《うそ》や中傷もわかっている。しかし、誓って言うが、わしは何も盗んではいない――あの資金は本来がわしのものだ。テキサス亡命政府のための神聖なる信託財産だ」

「あんたはブリテンの黄金に眼がくらんで、テキサスを売り渡したのさ」とレインジャー、

「俺たちは、あの金で銃や食糧を買わなくてはならない。俺たちは腹を減らしているし、奴《やつ》らに殺されていく」

間があってから、

「なのに、あんたはそういう奴らに手を貸そうとしてる」

「テキサス共和国は、世界の強大国を無視することなどできないんだぞ、レインジャー。テキサスの事情が想わしくないのは知っているし、我が国を想うと心が痛む。しかし、私が再び指揮をとるまで、平和などということはありえない」

「さては、もう金が残っていないんだろう」とレインジャー、「調べてみたが、ここにはない。あんたは田舎《いなか》に持っていた洒落《しゃれ》た地所を売ったよな――全部、無駄遣いしたんだな、サム、売女《ばいた》や酒や、外国人向けの凝った劇場ショウに。それで、今度はメキシコの軍隊と

一緒に戻《もど》ってこようっていうんだ。あんたは泥棒だ、酔っぱらいだ、裏切り者だ」

「ふざけるな」

吼《ほ》えたヒューストンが両手で上衣《うわぎ》の前を広げ、

「この臆病者《おくびょうもの》の暗殺者め、口先ばかりの卑怯者《ひきょうもの》。お前の国の父祖を殺すだけの度胸があるなら、心臓めがけて撃つがいい」

胸を叩《たた》いた。

「テキサスのために」

連発銃が、青く縁取られたオレンジの炎を吐き、ヒューストンを後ろざまに壁に叩きつける。ヒューストンが床に落ちると同時に、復讐《ふくしゅう》者が躍りかかり、腰をかがめると、小型ピストルの銃口を派手な豹皮《ひょうがわ》のウェイストコートにつきつける。ヒューストンの胸をめがけた銃撃があり、さらに一発。そのあと、レインジャーの拳《こぶし》の中で、華奢《きゃしゃ》な引き金が折れる大きな音がした。

レインジャーがミックの銃を抛《ほう》り出す。ヒューストンは身動きもせずに横たわり、豹皮ウェイストコートの毛皮を赤い閃《ひらめ》きが伝っていく。

別の部屋から、眠たげな驚きの叫びが聞こえてきた。テキサス人が、ヒューストンの杖《つえ》をつかむと、窓に打ちかかりはじめる。ガラスが砕けて、下の舗道に音をたてて落ち、縦仕切りが壊れると、男は窓敷居ごしに、這《は》うように体を出す。そこで一瞬、凍りつき、寒風に長いコートがはためく。そしてシビルは、トランス状態のまま、最初に男の姿を見たときのことを想《おも》い出した――巨大で黒い鳥、それが今、飛びたとうと身構えている。

男が跳んで視界から消えた。ヒューストンに破滅をもたらした男、ゴーリアドの天使がいなくなり、残されたシビルは静寂と募りくる恐怖の中にある。まるで男が消えたことによって、呪文《じゅもん》が解けたかのようだ。シビルは這って進みはじめる。まったく目標がなく、クリノリンがひどく邪魔になるけれど、まるで四肢が勝手に動いていくかのようだ。重い杖が床に転がっていたが、その握りにあたる、真鍮《しんちゅう》に金鍍金《きんめっき》した大鳥が、軸から折れてしまっていた。

ヒューストンが呻《うめ》き声をあげる。

「お願い、静かにして」とシビル、「あなたは死んだのよ」

「君は誰《だれ》だ……」

そう答えてよこして、咳《せ》き込む。

床にはガラスの破片が散らばり、シビルの掌《て》に鋭い。いいえ。鮮やか。まるで水晶のよう。杖を見れば、中空になっていたところから、びっしりと詰めてあった生綿がこぼれ、そこには、さらに石が詰まっている。それはそれは鮮やかなダイアモンドだ。シビルの両手がそれをすくい集め、生綿と一緒に丸めると、両胸のあいだから全部、胴着に押しこむ。

それから、ヒューストンに向き直った。ヒューストンはなおも仰向《あおむ》けに倒れており、シビルが呆然《ぼうぜん》として見つめていると、血の染みが肋《あばら》に沿って広がっていく。

「助けてくれ」とヒューストンが唸《うな》り、「息ができん」

当人がボタンにとりかかるとウェイストコートが開いて、きちんと並んだ黒絹の内ポケットが見えた。そこにはびっしりと、紙の束が詰めてある――糊《のり》づけした茶色の包み紙にくるんだパンチカードの厚い束だ。精密な穴の列は、きっと弾丸の熱い打撃で駄目になってしまっているだろう――それに血もある。少なくとも一発は、確かにヒューストンに当たっているのだから。

シビルは立ち上がり、頭がくらくらするまま、ドアめがけて歩く。衣裳簞笥《いしようだんす》の脇《わき》の、赤いものが飛び散った蔭《かげ》で、足がビシャリと沈んだので、眼を落とすと、赤いモロッコ革のカード＝ケースが開いていた。重いニッケル鍍金《めっき》のクリップに切符が二枚はさまっている。シビルは腰をかがめて、それを拾う。

「立たせてくれ」

ヒューストンが命じる。その声はもう力強くなっていて、急《せ》きたてる調子と苛立《いらだ》ちをにじませ、

「わしの杖はどこだ……。ラドリーはどこだ……」

部屋が足の下で、海に出た船のように揺れるように想えたが、シビルはドアにたどりつき、開いて外に出ると、後ろ手に閉じ、そこからあとは、上流階級の子女らしく、グランヅ・ホテルのガスに照らされて立派な廊下を歩きつづけた。

南東鉄道会社のロンドン橋終着駅は、広々として隙間《すきま》風《かぜ》の吹く、鉄と煤《すす》まみれのガラス

とできたホールになっていた。クエーカー教徒たちが、並んだベンチのあいだを歩いて、腰をおろしている旅行者たちにパンフレットを差し出している。赤い上衣のアイルランド兵が、前夜のジンのために赤い眼で、通りすぎる髪を刈りこんだ伝道者たちを睨《にら》みつける。フランス人乗客は、みんな帰るときにパイナップルをもっていくらしい。ロンドンのドックに揚がった異国の甘い恵みだ。シビルの向かいに腰かけた小太りで小柄な女優すら、パイナップルをもっている。足許《あしもと》に置いた覆いつきのバスケットから、緑に尖《とが》った部分が突き出している。

列車はバーモンジイを飛ぶように過ぎて、新しい煉瓦《れんが》と赤いタイルの、小さな街路に出た。ゴミの山、菜園、荒れ地。トンネル。

周囲の闇には、燃えた火薬の臭《にお》いがある。

シビルは眼を閉じた。

眼を開くと、鳥が不毛な高原の上に羽ばたいており、電気通信の電線は息づくかのように、ぼやけ、電信柱のあいだを上り下りし、フランスをめざすシビルの通過がまきおこした風に踊っている。

この映像は、パリ警視庁総本部《スュルテ・ジェネラル》の公衆道徳部員が、一八五五年一月三〇日に、内密に撮影した銀板写真《ダゲレオタイプ》だが、マルシェルブ大通り四番地にあるカフェ・マドレーヌのテラスで、テーブルについた若い女性を捉《とら》えている。この女性は一人で、陶器のティーポットとカップを前にして腰かけている。映像を補整してみると、服装の細部もある程度わかってくる——リボン、フリル、カシミアのショール、手袋、イアリング、凝ったボンネット。この女性の着衣は、フランス製であり、新しく、高級だ。顔は、長いカメラ露光のために、わずかにぼやけているけれども、物思いにふけり、想《おも》いに沈んでいるようだ。

背景の細部も補整すると、マルシェルブ大通り三番地の、南大西洋海事運送会社の事務所が現れる。事務所のウィンドウには、三本煙突の蒸気船の大きな模型があり、これは大西洋を渡る植民地貿易のためのフランス設計の船舶だ。明らかに偶然映ってしまったのだろうが、顔の見えない老人が、この船を見つめて黙想にふけっている——そのために、この人影だけが、パリの雑踏が早い動きによってぼやけている中で浮き上がっている。頭は無帽で、肩は落ち、杖《つえ》に体重をかけているが、この杖は見るからに安い籐《とう》でできている。老人はさっきの若い女性が近くにいるのに気づいていないし、女性のほうも老人に気づいていない。

女性はシビル・ジェラード。

老人はサミュエル・ヒューストン。

二人の道は永遠に交わることがない。

第二の反復
ダービイ競馬日

SECOND ITERATION　Darby Day

祭日の人混《ひとご》みの奥へと、斜めにはいりこもうとする歩みの途中で、男は凍りついている。アパーチャの角度のせいで、男の顔の一部が捉《とら》えられている——高い頰骨《ほおぼね》、短く刈りこんだ濃くて黒い髭《ひげ》、右の耳、コーデュロイの上衣《うわぎ》の襟と縞柄《しまがら》の帽子とのあいだに見える、ほつれた髪一房。黒っぽいズボンの裾《すそ》は、革のスパッツで、底鋲《そこびょう》つきの歩行用ブーツの上からしっかりボタン留めになっているが、脛《すね》までサリー州の白亜質の泥が散っている。くたびれた防水コートの左の肩章は、がっしりと軍用双眼鏡ケースの肩紐《かたひも》をボタン留めにしている——暑さのために、ラペルは開いており、真鍮《しんちゅう》のトグルが太く輝いている。両手は長いコートのポケットに深々とつっこんでいる。

この男は名前をエドワード・マロリーという。

馬車群の光沢仕上げの輝きの中、音をたてて芝を食《は》む遮眼帯つきの馬たちを抜け、子供時代からの馬具や汗や草地の糞《ふん》の臭《にお》いの中を、どんどんと歩いていった。手では、さまざまなポケットの内容物を在庫調べしていた。鍵類《かぎるい》、葉巻ケース、札入れ、カード＝ケース。いろいろな刃のついたシェフィールド・ナイフの厚い鹿の角の柄。現場《フィールド》ノートブック——これが最重要。ハンカチーフ、ちびた鉛筆、数シリングのばら銭。実際家だから、マロリー博士は知っていた。どこの遊び場の群衆の中にも必ず盗人《ぬすっと》がいるけれど、その中の誰《だれ》一人として、自分の身分に合った服装などしていない、と。この中の、誰が盗人であってもおかしくない。これは事実であって、その危険はある。

女性が一人、うっかりマロリーの行く手にはいりこみ、マロリーの靴の鋲《びょう》で女性のスカートの襞飾《ひだかざ》りを破ってしまう。振り返って顔をしかめた女性は、マロリーが帽子に手をやるあいだにも、クリノリンに悲鳴を上げさせて飾りを引き裂き、早足に立ち去っていく。どこかの農夫の奥方だろう。不器用で大柄な、赤い頬《ほお》の女ども、文明化していることとイングランド臣民たることにおいては、乳牛と同程度。マロリーの眼はまだ、もっと自然な種族に慣れている——脂を塗った黒髪の房と、玉で飾った革の脛当《すねあ》ての、小柄で茶色のシャイアンの狼女たちだ。周囲の群衆のフープ＝スカートなど、進化を逸脱した変種のように想える——英国《アルビオン》の娘たちが今は、あの下に当たり前のように骨格を備え、それがすべて鋼と鯨骨とは。

野牛《バイソン》。そうだ。アメリカ野牛。まさしく、あのフープ＝スカートのシルエットは、大型ライフルが撃ち倒したときのものだ——野牛には独特の倒れ方がある。丈の高い草の中、突然脚を失い、毛皮の生えた肉の小山となる。ワイオミングの大いなる群れは静かに立ち尽くして死を迎える。遠いライフルの銃声にも、とまどったように耳をぴくつかせるだけ。

今のマロリーは、別のこういう群れを縫っていく。単なる流行《ファッション》がその謎《なぞ》めいた勢いをここまで進めることに、驚きを覚える。女性方に混じった男のほうは、別種に想え、女性ほどには極端ではない——ただ、輝くトップ・ハットは別かもしれないが、マロリーの裡《うち》なる眼は、いかなる帽子も風変わりとは認めようとしない。帽子については知りすぎている。帽子製造のための、きわめて現実的な秘密を、あまりにも知りすぎている。一目見れば、周囲の帽子の大半は、帽子職人の仕事にごく近いほど上質に見えるけれども、ごく安価な、機関《エンジン》製の、工場で前もって型取りしたものであり、値段も半額かそれ以下だ。ルーイスにあった小さな製造工場で、父親の手伝いをしていたからわかる——打ち抜き、綴《と》じつけ、型取りし、縫いあわせた。父親は、フェルトを水銀液に浸すときも、あの悪臭を気にかけないようだったけれど——

マロリーは、父親の職業が結局は絶え果てたことについて、感傷的にはなっていない。その想《おも》いを心から払ったのも、縞柄《しまがら》のキャンヴァス・テントで飲物を売っているのが眼にはいったからだ。男どもがカウンターに群がり、口から泡を拭っている。見たとたんに、渇きに襲われた。乗馬鞭を腋《わき》の下にして今日の配当率について議論する遊興紳士三人組を回りこむようにして、マロリーはカウンターにたどりつき、シリング貨でカウンターを叩《たた》く。

「如何《いかが》しやしょ、旦那《だんな》……」とバーマンが言う。

「ハックル＝バフ」

「サセックス出身ですな、旦那」

「そうだが。どうしてだい……」

「ちゃんとしたハックル＝バフは出せないんですよ、旦那。大麦湯がないもんでしてね」

店員が説明し、元気良くも悲しげに、

「サセックスから出ると、あまり注文がないもんで」

「最後にハックル＝バフを味わってから、二年近くになるんだ」とマロリー。

「おいしいバンボーを出しましょうか。ハックル＝バフに似てますぜ。いけませんか……。じゃあ、いい葉巻がありますよ。たった二ペンス。上質なヴァージニア葉で」

バーマンが曲がった両切り葉巻を木の箱から出してすすめる。

マロリーはかぶりを振って、

「何かが欲しいと想うと、頑固者になってしまってね。ハックル＝バフか、何も飲まないかだ」

バーマンが微笑《ほほえ》みをうかべて、

「なりゆきは厭《いや》ですか……まさしくサセックス男ですなあ。あっしも、田舎者でね。この上質葉巻を受け取ってくださいよ、旦那。無料《ただ》で、店のおごりでさあ」

「これはどうも、御親切に」

びっくりしてマロリーは言う。店を離れながら、葉巻ケースから黄燐《ルーシファ》マッチを振り出す。ブーツでマッチに火をつけ、葉巻を喫《す》って点《とも》すと、意気揚々とウェイストコートのアームホールに拇指《おやゆび》をかける。

この葉巻は湿った火薬のような味がする。口から慌てて引き抜いた。粗悪で緑がかった黒葉に安っぽい紙の帯が巻かれ、星と帯の小さな外国の国旗と、〝ヴィクトリー印〟という言葉が印刷してある。ヤンキーの戦時クズだ。投げ出すと、ジプシイ馬車の側面に火花を放ちながら跳ね返ったが、襤褸《ぼろ》を着た黒い髪の子供が素早く拾い上げる。

マロリーの左では、真新しい蒸気ガーニーがシュッシュッと人混《ひとご》みにはいってきた。運転手は座席で背をぴんと伸ばしている。その男がブレーキ＝レヴァを引くと、ガーニーの栗色の舳先《へさき》でブロンズのベルが鳴り、人々はこの乗り物の進路を不承不承あけてやる。その人々より高い位置で、乗り手たちはヴェルヴェットの馬車席にくつろぎ、折り畳みの火花よけを蛇腹式に開いて、陽光を入れている。子山羊革の手袋をした酒落者《しゃれもの》老人が、満面笑みをたたえてシャンパンをすすっていた。一緒にいる若い未婚婦人たち二人は、娘か愛人だろう。ガーニーのドアでは盾型の紋章が輝いており、歯車は藍色、交差したハンマーは白銀だ。誰か急進派の紋章だが、マロリーは知らない。碩学《せきがく》貴族の紋章ならすべて知っているのだが、産業資本家となると弱い。

この機械が東の、ダービイ車庫に向かっていくので、マロリーもそのあとについて、人払いをまかせ、楽々と歩調を合わせながら、荷車引きが怯《おび》えた馬に手こずるのを見て、微笑みをうかべる。ポケットからノートブックを取り出し、箱型四輪車《ブルーアム》の太い車輪に抉《えぐ》られた芝道に、ちょっと足を取られながら、多彩な識別手引のページをめくる。これは去年の版で、今の紋章は見つけることができない。残念だが、大した意味はない。毎週のように新貴族が叙せられている御時世なのだ。階級全体として、貴族たちは蒸気乗り物が大好きだ。

この機械は、エプソムの支柱つきグランドスタンドの奥に立ち昇る灰色がかった蒸気の固まりのほうに針路をとった。舗装した出入り用道路の縁石をゆっくりと登っていく。もうマロリーにも車庫群が見えてきた。現代風に長くとりとめのない構造で、骨格のような鉄で梁《はり》を渡し、ブリキ板をボルト留めにして屋根を張ってある。その硬い線をそこで断ち切るように、鮮やかなペナントや錫《すず》をかぶせた通風管がある。

マロリーは蒸気を吐く地上車が車庫にはいるまで、あとについていった。運転手が蒸気の噴出とともにヴァルヴを開ける。車庫作業員たちがグリース差しで仕事にかかる中、乗り手たちは折り畳み式渡り板を降り、貴族と女性二人が、グランドスタンドに向かう途中で、マロリーの横を通り過ぎる。ブリテンの叩《たた》き上《あ》げエリートである、この人たちはマロリーが見守っているのを承知した上で、晴々とこちらを無視する。運転手が、そのあとから、大型籠《かご》を運んでいく。マロリーは運転手のとそっくりの自分の縞柄《しまがら》帽子に手を触れて、ウィンクしたけれども、相手は何の反応も示さない。

車庫群に沿ってぶらぶら歩きながら、手引書にある蒸気車を確認して、マロリーは新しい発見ごとに、ちびた鉛筆で印をつけ、ささやかな満足感を味わう。ここのはファラデイ、王立協会の偉大な碩学物理学者、あちらは石鹸王《せっけんおう》コルゲート、それにこれは大発見。夢見るような設計家のブルネルだ。古い家系の紋章をつけている機械は、ごくわずかだ――公爵だ伯爵だという爵位があったころ、父親たちがそういう爵位をもっていた土地所有者だ。落ちぶれた古い貴族も、一部は蒸気を利用できている――一部には先取りの才能があって、世の中に遅れまいと、できるだけのことをしている。

南翼に着いてみると、そこはピッチの臭《にお》いがする新しくて綺麗《きれい》な木挽台《こびきだい》のバリケードで囲われていた。この区画は競走用蒸気車のために確保されており、制服を着た徒歩警官の一団が警戒している。中の一人が発条《ぜんまい》巻きのカッツ＝モーズレイを持っており、この型ならマロリーにも馴染みがある。ワイオミング探検隊にも、これが六挺《ちょう》装備されていたからだ。シャイアンは、あのずんぐりしたバーミンガム製のマシン＝カービンを、都合のいいことに畏敬《いけい》の念をこめて見てくれたけれど、マロリーにはわかっている。あの銃は信用ならないほど気まぐれなのだ。同時に、使いものにならないほど、不正確でもある。ただし、追跡してくる一団めがけて、丸ごと三十発を撃ちこむなら、話は別だ――マロリー自身、探検隊の蒸気要塞の後部射撃席から、一度だけそれをやったことがある。

カッツ＝モーズレイをイングランドの群衆に撃ちこんだら、どんなことになるかが、あの新入り顔の若い警官にわかっているのかどうか、マロリーは怪しいと想う。そういう不吉な考えは、苦労して振り払う。

バリケードの奥では、それぞれ区分けされた専用区画が、丈高い防水布の隔壁で、スパイや予想屋の眼から慎重に隠されている。防水布はケーブルを交差させて旗竿《はたざお》にわたしたものに、ぴんと張って固定してある。マロリーは、見物人や蒸気趣味の人たちの熱心な人混みを分けて進む。ゲートのところで、警官二人にぶっきらぼうに止められた。マロリーは市民番号カードと気体職人組合からの彫版招待状を示す。マロリーの番号を慎重に書き留めてから、警官たちがそれを、ファンフォールド紙で一杯の厚いノートブックと照合する。ようやく、マロリーを招いてくれた人たちの位置を教えてくれ、余計なところに行かないようにと警告してくれた。

さらなる予防措置として、組合側も自前の見張りを立てていた。目的の防水布の外で、男が折り畳み椅子《いす》に腰かけており、凶悪そうに顔をしかめながら、長い鉄のスパナを握っている。マロリーは招待状を差し出した。見張りは防水布の狭い垂れから首をつっこんで、「お兄さんが来たぞ、トム」

そう叫んでから、マロリーを通してくれる。

陽光が消えて、グリースと金属切削屑《くず》と炭塵《たんじん》との悪臭になった。気体職人が四人、縞柄《しまがら》の帽子と革のエプロンをつけて、カーバイド・ランプのきつい光の中で青写真を調べている――この四人の奥では、エナメル塗装したブリキの曲面から、奇妙な形がハイライトを放っていた。

びっくりした最初の一瞬、マロリーは、それがボートで、大きな車輪ふたつの中間に真紅の船体をみっともなく吊《つ》ってあるのだと思いこんだ。さらに近づいて見ると、それが駆動輪だとわかる——磨き上げたピストン真鍮《しんちゅう》が、脆弱《ぜいじゃく》に見える船体だか車体だかに開く、なめらかな朝顔型をした穴に消えている。ボートではない。むしろ涙滴型か、あるいはオタマジャクシに似ている。三番目の車輪は、ごく小さくてどことなく愛嬌《あいきょう》があり、長く先細になった後尾に、向きが変えられるように取りつけてある。

丸みを帯びた前部の、微妙に鉛処理したガラスの曲面の下に、黒と金箔《きんぱく》とで名前が描いてあるのが見分けられた——〝ゼファー〟と。

「おいでよ、ネッド、こっちにさ」

弟が声を上げて、差し招きながら、

「照れることないよ」

このトムの生意気さに、みんなが笑いを漏らす中、マロリーは鋲《びょう》で床をこすりながら進み出る。小さな弟だったトムも、十九歳になって、最初の口髭《くちひげ》をたくわえている——猫に嘗《な》められれば、取れてしまいそうな口髭とはいえ。マロリーは、トムの師匠にあたる自分の友人に手を差し出して、

「これは、マイクル・ゴドウィン君」と言う。

「これは、マロリー博士」

ゴドウィンも言う。四十歳になる金髪の機械工で、天然痘《てんねんとう》であばただらけの頬には、裾《すそ》広がりの頰髯《ほおひげ》をたくわえている。小柄で逞《たくま》しく、抜け目なく瞼《まぶた》を垂らしたゴドウィンが、

会釈しかけてから考え直し、マロリーの背中を軽く叩《たた》いて、仲間に紹介してくれる。熟練職人のイライジャ・ダグラスと、二級親方のヘンリー・チェスタトンだ。

「初めまして、御両人」とマロリー、「君なら立派な仕事をするだろうとは想ってたけれど、これは思いがけない」

「こいつを、どう想うね、マロリー博士……」

「我々が使っていた蒸気要塞《ようさい》からは程遠いものだとは言えるな」

「君のワイオミングのために造ったわけじゃないよ」とゴドウィン、「だからこそ、銃や装甲はつけていない。形態は機能から発する、と君がよく言っていたじゃないか」

「競走ガーニーにしては、小さいんじゃないかい」

マロリーはあえてそう口に出し、いささかとまどいながら、

「奇妙な形だし」

「理論に基づいて造ったものだよ、それも新たに発見された理論に基づいて。それに、こいつを発明するにあたっては、いい話があってね、君の御同僚にまつわるものなんだ。今は亡きラドウィク教授は憶《おぼ》えているはずだよね」

「ああ、うん、ラドウィクね」

つぶやいてから、マロリーはためらって、

「新しい理論というような人物じゃないだろう、ラドウィクでは――」

ダグラスもチェスタトンも、好奇心をあからさまにして、マロリーを見つめている。

「我々はどちらも古生物学者だったよ」

突然に居心地の悪くなったマロリーはそう言い、

「でも、向こうは自分を紳士か何かと想っていたみたいだ。お上品ぶって、時代遅れの理屈を信じていた。頭がぼんやりしている、と言いたいところだね」

職工二人が呑《の》み込めない顔をしている。

「死んだ人のことを悪く言うつもりはないんだ」

マロリーは二人を安心させるために、そう言い、

「ラドウィクにも友人はいたし、僕にも友人がいる。それだけのことさ」

「忘れちゃいないだろう」

ゴドウィンがなおも言い、

「ラドウィク教授の、巨大な空飛ぶ爬虫類《はちゆうるい》」

「羽龍《ケツアルコアトルス》か」とマロリー、「なるほど、あれは大当たりだった。その点は否定できない」

「あの化石をケンブリッジで調べたんだ」とゴドウィン、「機関《エンジン》解析研究所でね」

「僕も、あそこでちょっと仕事をしてみようかとは想っている。雷龍《ブロントサウルス》について」

マロリーは言うが、会話の進んでいく方向が嬉《うれ》しくはない。

「いいかい」

ゴドウィンがそう話を続け、

「君や俺《おれ》がワイオミングの泥の中で凍えていたときも、ブリテン最高の冴えた数学者たちが、あそこで居心地良く、大真鍮《だいしんちゅう》を回していたわけさ。カードに穴をあけちゃ、あんな大きさの生物がどうして空を飛べたのか、突き止めようとしてたわけだ」

「その計画なら知ってるよ」とマロリー、「ラドウィクが、その件について論文を書いた。でも、〝気力学〟は僕の専門じゃない。正直言って、あれが科学的に、それほどのものかどうか。どことなくちょっと——つまり——雲をつかむようでね。そう言って良ければ」

と微笑《ほほえ》む。

「素晴《すば》らしい現実的な応用があるかもしれないんだ」とゴドウィン、「あの解析には、バベッジ卿《きょう》御本人が係《かか》わったほどで」

マロリーも、その点を考えてみて、

「それなら、気力学に意義があることを認めるのは、やぶさかじゃない。偉大なるバベッジの眼に留まったほどなら、ね。気球の技術を改良できるってことかな……。気球飛行となると、それは軍事の分野だ。戦争の科学については、いつでもたっぷり資金があるし」

「それが違うんだ。実用的な機械類の設計に関することなんだよ」

「空飛ぶ機械ということかい……」

そう言ってから、マロリーは間を置いて、

「まさか君のこの乗り物が、空を飛ぶと言うんじゃなかろうね」

職工たちが、控え目に笑い声をあげる。

「いいや」とゴドウィン、「それに、あれだけ雲をつかむような機関《エンジン》回しをやっても、直接的には大した結果は出ていないようだ。それでも、動く空気の振る舞いに関係して、いくつかわかってきているんだ。空気抵抗の原理だ。新しい理論だから、まだあまり知られていない」

「でも、俺たち職人が」

そうチェスタトン氏が誇らしげに声をあげ、

「そいつを実用にしたんでさ。この〝ゼファー〟の形を造るのにね」

「〝線流形〟と僕たちは呼んでる」とトム。

「そこで、君たちのこのガーニーを〝線流形〟にしたわけか……。だから、この形がとっても、その――」

「魚みたいでしょ」とトム。

「そうなんだ」とゴドウィン、「魚さ。すべて流体の働きに関係するんだ。水。空気。混沌《カオス》と乱流。すべて計算にはいっている」

「驚いたな」とマロリー、「すると、つまり、そういう乱流の理論が――」

いきなり隣の区画で猛烈な騒ぎがもちあがった。壁が揺れ、目の細かい煤《すす》が屋根から落ちてくる。

「あれはイタリア人どもだろう」ゴドウィンが声を張り上げ、「あいつら、今年は化け物を持ち込んだからな」

「鼻が曲がりそうなほど、ひどい臭《にお》いを出すんだから」とトムが不平を言う。

ゴドウィンが首をこくんと傾《かし》げ、

「トライ＝ロッドが下り行程でガタつくの、聞こえるだろ……。許し代《しろ》がまずいんだ。外国人のぞんざいな仕事さ」

帽子を取って、膝《ひざ》に叩《たた》きつけて煤を落とす。

マロリーは頭ががんがんしながら、

「一杯おごらせてくれ」

そう大声で言う。

ゴドウィンが訳がわからないという顔で、耳に手をあてがい、

「何だって……」

マロリーは手真似をした——拳《こぶし》を口にもってきて、拇指《おやゆび》を立てる。ゴドウィンがにやりと笑った。素早く、青写真についてチェスタトンと吹鳴《どな》るように言葉をかわす。それからゴドウィンとマロリーは陽光の中へと飛び出した。

「駄目なトライ＝ロッドだな」

外の見張りが、わかったような顔で言う。ゴドウィンがうなずいて、男に革エプロンを手渡す。引換えに質素な黒の上衣《うわぎ》を受取り、職工の帽子を藁《わら》の中折帽に換える。

二人で競走車用の囲いを出るとき、

「あまり長い時間は割けないんだ」

ゴドウィンが申し訳なさそうに言い、

「『親方の眼は金属をも溶かす』と言うくらいでね」

いぶし眼鏡《めがね》を両耳にかけ、

「俺《おれ》を知っている蒸気趣味の連中もいるから、あとをつけられるかもしれん――。でも、それは気にしなくていい。また会えて嬉《うれ》しいよ、ネッド。ようこそイングランドにお帰り」

「あまり手間どらせないよ」とマロリー、「二人きりで、ちょっと話がしたかっただけなんだ。うちの弟のこと、とか」

「ああ、トムならいい子だよ」とゴドウィン、「呑《の》み込んでる。やる気がある」

「うまくやれるといいんだが」

「できるだけのことは、やるさ」とゴドウィン、「トムから聞いたが、父上のことはお気の毒だ。病気になられたり、何や」

「『マロリー父さんとしちゃあ、最後の娘を嫁にやるまで、くたばるわけにいかねえ』」

マロリーは田舎《いなか》言葉丸だしのサセックス訛《なま》りで、そう口真似してみせ、

「親父《おやじ》は、いつもそう言ってる。娘をみんな結婚させるまで見届けたいのさ。目端のきく男だよ、親父も気の毒に」

「君みたいな息子をもって、さぞかし安心してるだろう」とゴドウィン、「で、ロンドンはどうかね……。休日列車に乗ってきたのか……」

「ロンドンには行ってないよ。ルーイスで、親兄弟と一緒にいたんだ。あっちから朝の列車でレザヘッドまで来て、あとは歩いた」

「レザヘッドからダービイまで歩いたのか……。十マイルか、それ以上もあるだろう」

マロリーは微笑《ほほえ》みをうかべ、

「僕が二十マイル歩くのだって見ただろう。ワイオミングの荒れ地を、化石を捜しながら踏破したもんさ。もう一度、懐かしいイングランドの田舎《いなか》を見てみたかったんだ。石膏《せっこう》で固めた骨の荷箱と一緒に、トロントから戻《もど》ったばかりなんだぜ。君は何か月も前に戻って、こういうのをたっぷり味わったかもしれないけど」

腕を大きく振ってみせる。

ゴドウィンがうなずいて、

「じゃあ、ここをどう想う――また戻《もど》ってきてみたところでは……」

「ロンドン盆地背斜《はいしゃ》」とマロリー、「第三紀と始新世白亜層、多少は現代の火打ち石みたいな粘土」

ゴドウィンが声をあげて笑い、

「俺《おれ》たちはみんな、現代の火打ち石みたいな粘土――ほら、あそこだ。あの連中は、まともな品物を出す」

二人でゆるやかな斜面を下って、エール樽《たる》を積んだ荷車に人が群がっているところに行く。この店にもハックル＝バフはなかった。マロリーは二パイント買う。

「俺たちの招待を受けてくれて嬉《うれ》しいよ」とゴドウィン、「君が忙しい体なのは、わかってたのにな。あの有名になった地質学論争や何かがあるし」

「君が忙しいのと変わりはないよ」とマロリー、「しっかりした工学的な仕事だもの。そのまま実用的で有益。羨《うらや》ましいぜ、ほんと」

「いや、いや」とゴドウィン、「君の弟さんだがね、あの子は君を、とっても誇らしく想ってる。俺たちみんな、同じ気持ちだけどな。君は売出し中なんだよ、ネッド。星が昇り調子なんだから」

「僕たち、ワイオミングでは、確かに幸運に恵まれたよな」とマロリー、「素晴らしい発見ができた。でも、君やあの蒸気要塞《ようさい》がなかったら、赤肌どもに簡単に始末されていただろう」

「あいつらも、そう悪い奴らじゃなかったよ。馴染《なじ》んできて、ウィスキイの味を憶えたら」

「野蛮人も、ブリテンの鋼は尊重するさ」とマロリー、「古い骨についての理屈では、あまり感動してくれないけれど」

「さてな」とゴドウィン、「俺は忠実な党員だし、バベッジ卿《きょう》を支持するよ。『理論と実践は、骨と腱《けん》とのようでなくてはならない』」

「そういう立派な心栄《ば》えがあると、もう一パイントやらなくちゃならないな」

マロリーは言う。ゴドウィンがおごりたがったが、

「払わせてくれたまえよ」とマロリー、「まだ探検のときの、特別支給を使ってるんだからさ」

一パイントを手にしたゴドウィンが、他の飲み手たちの耳の届かないところまで、マロリーを連れ出した。慎重にあたりに眼を配ってから、眼鏡を外して、マロリーの眼をじっと見つめ、

「君は自分の運を信じるかい、ネッド……」

マロリーは口髭《くちひげ》を撫《な》ぜてから、

「どういうことかな」

「予想屋どもは、俺たちの〝ゼファー〟を十対一で不利と見ている」

マロリーはくすくすと笑って、

「僕は博徒じゃないんだよ、ゴドウィン君。しっかりした事実と証拠をくれたら、そこでこそ立場を明らかにするがね。でも、僕は派手好みの阿呆《あほう》じゃないからね、労せずして金品を手に入れたいとは想わない」

「ワイオミングという危険は冒したじゃないか。生命までも危険にさらしたんだぜ」

「でも、あのときは自分の能力なり、仲間の能力が頼りだった」

「そこだよ」とゴドウィン、「俺自身、まさしくそういう姿勢なんだ。ちょっと聞いてほしい。気体職人組合について話しておきたいんだ」

ここでゴドウィンが声をひそめ、

「俺たちの職能組合の頭はスカウクロフト卿《きょう》なんだが――その昔は、ただのジム・スカウクロフトで、ありきたりの民衆煽動家《せんどう》だったんだが、急進派と仲直りしてね。今じゃ金はあるし、議会に行ったり何かしてる――とっても抜け目のない男さ。俺が〝ゼファー〟の計画をスカウクロフト卿のところに持っていったとき、今の君とそっくりの言い方をしたよ――事実と証拠、とね。『ゴドウィン第一級親方、組合員が苦労して納めてくれた会費で資金提供するわけにはいかない。判然《はっきり》と、それでどういう利益になるか示してくれれば、話は別だがね』

だから、こう言ってやったんだ。『閣下、蒸気ガーニー製造は、今や国じゅうでも一番の贅沢《ぜいたく》仕事になっています。わしらがエプソム・ダウンズに行って、この機械が競走相手に後塵《こうじん》を拝させたら、紳士階級は列をなして気体職人の有名な製品を買い求めますぞ』となる。そして、そういうことになるんだよ、ネッド」

「この競走に勝てば、だろ」とマロリー。

ゴドウィンが生真面目《きまじめ》な顔でうなずき、

「鋳鉄みたいに、かっきりと約束するわけにはいかん。俺は職人だ――鉄がどういう風に曲がり、折れ、錆《さ》び、裂けるかは充分に承知している。君もよく知っているはずだ。俺があの忌々《いまいま》しい蒸気要塞《ようさい》を、自分でも気が狂うんじゃないかと想うほど修理していたのを見ていたんだからな――。でも、俺は自分なりに事実と数値をつかんでいる。圧力差も機関効率も、クランク軸のトルクも車輪の直径もわかっている。大失敗さえなければ、俺たちの可愛い〝ゼファー〟は競争相手がじっとしていたかのように、楽々と勝って見せる」

「そいつは素晴らしいことになりそうだ。君のためにも喜ばしいよ」

マロリーはエールを口に含み、

「でも、大失敗があったときは、どうなるのか教えてくれ」

ゴドウィンが微笑《ほほえ》みをうかべ、

「そしたら、俺は負けて、一文なしになる。スカウクロフト卿は、ご自分の考えでは気前が良かったつもりか知らんが、こういう企画というのは必ず余分な費用がかかるもんでね。俺はありったけ機械に注ぎこんだ——王立協会からもらった探検の特別支給も、嫁《い》かず後家だった叔母からの、ささやかな遺産までもね。神よ叔母を安らがせたまえ」

マロリーは愕然《がくぜん》として、

「ありったけかい……」

ゴドウィンが皮肉めいた笑いをもらし、

「とにかくさ、俺が知っていることを奪われることはあるまいよ……。俺にはまだ腕もある——また王立協会の探検でも引き受けることになるだろうさ。あれは、いい金になるからな。でも、俺はイングランドに持っているありったけを賭《か》けている。名を上げるか、音《ね》を上げるかなんだよ、ネッド。その中間というのは、ありえない」

マロリーは口髭《くちひげ》を撫《な》ぜて、

「驚いたなあ、ゴドウィン君。昔からずっと現実的な男だと想っていたのに」

「マロリー博士、今日の観客はブリテンの、まさに選《え》りすぐりだぜ。首相だって来ている。女王陛下の夫君も臨席なさっている。レイディ・エイダ・バイロンも来ていて、噂が本当なら、やたらに賭《か》けてなさる。こんな好機は、めったにあるものじゃない」

「君の理屈はわかるつもりだけど」とマロリー、「でも、納得できないな。とはいえ、君の立場なら、そういう危険も冒せるわけだ。まだ所帯は持っていないんだろ……」

ゴドウィンがエールをすすって、

「それは君だって同じだろ、ネッド」

「ああ。でも、僕には弟や妹が八人もいるし、親父《おやじ》は命にかかわる病気だし、母親はリューマチ熱でげっそりしている。家族の暮らしを賭けるわけにはいかない」

「配当率は十対一だぞ、ネッド。莫迦者《ばかもの》の配当率だ。〝ゼファー〟の勝ちに賭けて五対三ぐらいが本当だ」

マロリーは何も言わない。ゴドウィンが溜《た》め息《いき》をついてから、

「残念だよ。親友には、その賭けに勝たせたい、と心から想っていたのに。大きな勝ちだぞ、派手な勝ちになる。ところが、俺自身は賭けることができないとくる。賭けたいんだが、最後の一ポンドまで〝ゼファー〟に注ぎこんじまったからな」

「多少の金額なら、いいかもしれない」

マロリーは思いきって言い、

「友情のためなんだから」

「俺のために十ポンド張ってくれないか」

ゴドウィンがだしぬけに言い、

「貸しと想って十ポンドだ。負けるようなら、今後、何としてでも返していく。勝ったら、今夜、百ポンドを半々に山分けだ。どう想うね……。そうしてくれるか……」

「十ポンドも。大金だなあ――」

「俺には、それだけの自信がある」

「それは信用するけれど――」

マロリーには、もはや簡単には断れなくなっていた。この男がトムに生業《たつき》の道を開いてくれたので、マロリーは恩義を感じている。

「わかったとも、ゴドウィン君。そうまで言うなら」

「後悔させないよ」

ゴドウィンが言う。自分のフロック・コートの擦り切れた袖口《そでぐち》を、悲しげにこすりながら、

「五十ポンドか。使い途はある。勝ち誇った発明家が、人生その他で昇り調子にあるときに、牧師さんみたいな服装でいなくちゃいけないって法はない」

「まさか大金を虚飾に投じるわけじゃないだろうね」

「身分相応の服装をすることは、虚飾なんかじゃないぞ」

ゴドウィンが眼光鋭く、マロリーを上から下まで見回して、

「そいつはワイオミングのときの、徒歩旅行コートだろう……」

「実用的な服さ」とマロリー。

「ロンドンにはむかない。流行の博物学に趣味をおもちの、洒落《しゃれ》たロンドンの婦人連に、極上の講演をするときにもむかない」

「僕は今のままの自分で、恥じることはないよ」

マロリーは強情に言い張る。

「素朴なネッド・マロリーか」ゴドウィンがうなずき、「エプソムに来るのに職工の帽子をかぶって、有名な碩学《せきがく》に会っても若い者が不安にならないようにする。君がどうしてそうしたのかは、わかってるよ、ネッド、立派だとも想う。でも、良く聞け。俺たちが、こうして一緒に呑《の》んでいるのと同じぐらい確実に、君はいつかはマロリー卿《きょう》になる人だ。立派な絹の上衣《うわぎ》を着て、ポケットにはリボンをつけ、あらゆる高名な学校から星やメダルを贈られることだろう。君こそが偉大な〝陸の巨獣《ランド・レヴィヤタン》〟を掘り出した男であり、もつれた岩みたいな骨に見事な説明をつけた男なんだからな。君はもう、そういう人物なんだぞ、ネッド、もうそのつもりになったほうがいい」

「君が考えるほど、単純なことじゃないんだよ」

マロリーはそう反論し、

「王立協会の政治というのが、わかっていないんだよ。僕は激変説論者なんだ。終身在職権とか叙勲とかを承認することになると、斉一説論者が勢力をもってる。ライエルとか、あの間抜けのラドウィクとかいった連中だ」

「チャールズ・ダーウィンは貴族だろう。ギディオン・マンテルは貴族だが、あいつの禽龍《イグアノドン》など、君の雷龍《ブロントサウルス》の隣に置いたら、ちゃちなもんだ」

「ギディオン・マンテルを悪く言うな。あの人はサセックスが生んだ最高の科学者だし、僕にも、とてもよくしてくれたんだ」

　ゴドウィンが空になったマグに眼を落として、

「そいつは失敬。ちょっと正直に言い過ぎてしまったようだ。もう野性のワイオミングからは程遠いんだものな。あそこでは、お互いイングランドの同胞として焚《た》き火《び》を囲んで、痒《かゆ》いところがあれば遠慮なく掻《か》けたけど」

　いぶし眼鏡をかけて、

「でも、君が俺《おれ》たちに聞かせてくれた理論についての話は憶《おぼ》えているぞ。あの骨にどういう意味があるのか教えてくれた。『形態は機能に従う』『最適条件の者が生き残る』。新しい形態が先頭に立つのさ。最初は奇妙な形に見えるかもしれんが、造物主がそれを古い形と公明正大に比べてくださり、原則として正しいものなら、世界は新しい形のものだ」

　そう言ってゴドウィンが顔を上げ、

「君の理論こそが俺の腱《けん》にとっての骨になっている。それがわからないようなら、君を見損なっていたよ」

　マロリーは帽子を脱いで、

「失敬したのは、僕のほうだ。莫迦《ばか》げた癇癪《かんしゃく》を許してくれたまえ。胸にリボンを着けていようがいまいが、ゴドウィン君、いつでも率直なところを聞かせてくれたまえ。見紛《みま》がうことなき真実に眼を閉ざすほど、僕が非科学的なことをしませんように」

手を差し出す。

ゴドウィンがその手を握ってくれた。

コースの反対側からファンファーレが鳴り響き、人群れがざわざわ、わあわあとそれに応《こた》える。二人のまわりじゅうで、人々が移動を始め、反芻《はんすう》動物の巨大な群れのようにスタンドのほうに移っていく。

「僕はこれから、今の賭《か》けをやってくる」とマロリー。

「俺《おれ》も若い者のところに戻《もど》らなくては。走行のあと、来てくれるか……。賞金を山分けにするためにも……」

「もちろんだとも」とマロリー。

「その空のマグは俺が持っていこう」

ゴドウィンが言ってくれる。マロリーは手渡してから、歩み去った。

友人と別れると、すぐさまマロリーは約束したことを後悔した。十ポンドというのは、実に大金なのだ――マロリー自身、学生時代は、一年にせいぜいそれぐらいの金額で生き延びてきたのだから。

ながら考えた。ゴドウィンというのは、きわめて厳しい技術者であり、実直なまでに正直な男だ。競走の結果について、ゴドウィンの予想を疑う根拠はまったくなく、〝ゼファー〟に気前良く張った人間は、今夜エプソムを後にするとき、何年分かの年収に匹敵する金額を手にしているかもしれない。三十ポンド賭《か》けるとしたら、あるいは四十なら――

とはいえ、とマロリーは、胴元たちの天蓋《てんがい》つきの小屋が並ぶあたりを、おおよそ目指し

マロリーは、シティの銀行に、ほぼ五十ポンド近く預金してあり、これは探検の特別支給の大半にあたる。その他、ウェイストコートの下にしっかり締めこんだ着色キャンヴァス地の現金帯には、十二ポンドはいっている。

マロリーは、水銀中毒による帽子屋瘋癲《ふうてん》を患う、気の毒な父親のことを想う。サリーで煖炉《だんろ》のそばの椅子《いす》に腰かけて、体を震わせ、ぶつぶつ言っていることだろう。その煖炉にくべる石炭のために、すでにマロリーの金の一部は割り当ててあるのだ。

ただ、四百ポンドを手にすることができるかもしれない――。いや、いかん、分別を働かせるんだ。ゴドウィンとの約束を果たすための、十ポンドだけを賭《か》けよう。十ポンドだって大きな損失だけれど、しのげないことはない。右手の指先をウェイストコートのボタンのあいだに差し入れて、キャンヴァス地の帯のボタン留めした垂れ蓋《ぶた》に触れてみた。

賭け金を張るのには、歴史があって多少は信頼の高いタタソール社よりも、徹底して現代的な企業であるドワイアー社を選んだ。セント・マーティンズ・レインにあるドワイアー社の、明るく照明された店構えの前はしばしば通って、社で使っている機関《エンジン》三基の、低

い真鍮《しんちゅう》の回転音を耳にしていたからだ。高いストゥールに乗って、人混《ひとご》みから一段伸び上がっている、何十人という個人胴元のところで張る気にはなれない。大きな企業と同じぐらい信用がおけるのは、わかっている。この群衆の中では、そうならざるを得ない――マロリー自身もチェスターで目撃したことがあるが、支払いをしなかった賭け親がリンチに近い目に遭《あ》った。今でも憶《おぼ》えている。〝火事だあ〟という叫びにも似て、〝逃《に》げたぞお〟という恐ろしい吸鳴《どな》り声が手すりに囲まれた中でおこると、黒い帽子の男めがけて人が殺到し、男は突き倒されて猛烈な足蹴《あしげ》りを見舞われた。表面的には和やかに見える競馬場の人混みも、その下には太古以来の獰猛《どうもう》さを秘めている。そのときの出来事をダーウィン卿《きょう》と話し合ったことがあるが、卿はその行動を鳥の来襲になぞらえたものだ――

想《おも》いをダーウィンにはせながら、蒸気競走のための格子窓に列をつくる。マロリーは初期から熱烈にダーウィンを支持し、かの人物を当代一流の知性人だと観ている――ただ、隠遁者《いんとんしゃ》のような卿は、マロリーの支持に明らかに感謝しているにもかかわらず、マロリーをちょっと生意気だと考えているのではないか、と想えてきた。仕事の面で上をめざすなら、ダーウィンは、あまり力になってくれない。その面ではトマス・ヘンリイ・ハクスリーに限る。偉大な社会理論家であると同時に、秀でた科学者でも弁舌家でもあるし――

マロリーのすぐ右の列に、渋いシティ風の晴れ着をまとった洒落者《しゃれもの》がいて、汚れひとつない小脇に〝スポーティング・ライフ〟誌の今日づけの号をはさんでいる。マロリーが見つめていると、男が格子窓に歩み寄って、〝アレグザンドラズ・プライド〟という馬に百ポンド賭《か》けた。

「〝ゼファー〟の勝ちに十ポンド」

マロリーは、蒸気格子窓の奥の窓口係に言い、五ポンド紙幣一枚と一ポンド紙幣五枚を差し出す。窓口係がきちんと賭《か》けをパンチしているあいだ、マロリーは張り子《パピエ・マッシェ》のカウンターの、光沢ある人造大理石の上方、奥にあるキノ小片に並んだ配当率をじっと見た。フランス勢にずいぶん人気がある――カンパニイ・ジェネラル・ド・トラクシオンというところの〝ヴァルカン〟という車で、運転者はムシュ・レイナルとある。気がついてみると、イタリアからの出場車は、ゴドウィンの〝ゼファー〟と同じような人気でしかない。トライ＝ロッドの噂《うわさ》のせいだろうか……。

窓口係が、パンチしたカードの、薄っぺらで青い写しをマロリーに渡してよこし、

「こちらです。ありがとうございました」

係はもうマロリーの次の客に眼を移している。

マロリーは口を開き、

「シティの銀行からの小切手は受け付けてもらえるのかね」

「もちろんです」

窓口係は答えるが、初めてマロリーの帽子とコートに気がついたかのように、片方の眉《まゆ》を上げてみせ、

「あなた様の市民番号が捺《お》してある、という条件つきですが」

「それなら」

マロリーは、自分でもびっくりしながら、

「〝ゼファー〟に、あと四十ポンド賭けよう」

「勝ちにでしょうか……」

「勝ちに」

マロリーは自分が、人間については、なかなか鋭く観察する人間だとうぬぼれていた。ずっと昔にギディオン・マンテルが保証してくれたことだが、博物学者に不可欠の眼をもっているのだ。それが証拠に、現在、科学者の序列社会に位置を占めていられるのも、その眼を使って、岩だらけのワイオミングの川床が単調に広がる場所を見渡し、一見混沌《こんとん》とした中に形を見分けることができたからだ。

しかしながら、いま、自分の賭《か》けの無謀さと、負けた場合の結果の重大さに、愕然《がくぜん》としてしまったマロリーは、ダービイの人混みの大きさにも多彩さにも、心が休まらない。馬がコースを走るときの、一団となって熱を帯びた欲望の、強烈な轟きが耐えきれないほどだ。

逃げるようにしてスタンドを離れ、不安による両脚の力のこもり方を振り払おうとした。乗り物や観客がぎっしりと、追い込みの手すりに寄り集まって、馬が埃《ほこり》を巻き上げて通るたびに、熱狂の叫びをあげている。これは貧しい観客であり、大半は、一シリングの入場料を払ってまでスタンドにはいりたがらない連中だが、それに混じって、群衆を楽しませる者や群衆を餌食《えじき》にする者もいる――大道手品師やジプシイや掏摸《すり》だ。マロリーは押し分けるようにして人混みの外に出て、そこで息をつこうと想った。

やにわに、賭《か》け紙片を一枚なくしたのではないか、という気になる。そう想うと、体が痺《しび》れたようになってしまう。その場に立ちつくして、両手をポケットに突っ込んでみた。いや――青いペラペラ紙片はちゃんとある。破滅への切符として――

危うく、押し合う馬二頭に踏みつけられそうになった。驚きと怒りに、マロリーは手近の馬の馬具をつかみ、平衡を取り戻《もど》すと、警告の声をあげる。

マロリーの頭のそばで鞭《むち》が鳴った。御者はもつれる人混みから離れようとして、無蓋《むがい》四輪馬車の床板に立ってしまっている。この男は競馬場らしい洒落者《しゃれもの》で、きわめて人工的な青色のスーツに身を固め、毒々しい絹のクラヴァットには大きな模造ルビーを輝かせていた。黒々と乱れた髪の房で強調されて、蒼白《そうはく》に盛り上がった額の下では、ぎらぎらと不気味な眼が絶え間なく動き、まるであらゆる方向を同時に見ているかのよう――けれど、なおも全員の注意を魅《ひ》きつけている競馬場だけは見ない。その男とマロリーだけは競馬場に魅きつけられていない。妙ちくりんな男だし、さらに妙ちくりんな三人組の一員でもある。というのも、四輪馬車に乗っているのが、女性二人だからだ。

一人はヴェールをかぶり、黒く男性的なほどのドレスをまとっており、馬車が止まると、よろよろと立ち上がってドアを手探りした。酔ったようによろめきながら、降りようとするが、両手が長い木の箱でふさがっている。科学器具の容器のような箱だった。ところが二人目の女性が、このヴェールをつけた女性に荒々しくつかみかかり、淑女を座席に引き戻《もど》してしまう。

なおも革の馬具をつかんだままのマロリーは、びっくりして見つめてしまう。二人目の女性というのは、赤髪の売春婦であり、ジン酒場《パレス》かそれ以下の場所にふさわしいような、派手な衣裳《いしょう》を着ている。塗りたくった綺麗《きれい》な顔には、物凄《ものすご》いまでに思いつめた表情がうかんでいた。

その赤髪の売春婦がヴェールの淑女を殴るのを、マロリーは眼にした。計算ずくで人目につかない殴り方であり、手慣れた痛めつけ方で、固めた拳《こぶし》を婦人の肋《あばら》に叩《たた》きこむ。ヴェールの女性は体を二つに折って、座席に崩れこんだ。

マロリーは駆り立てられるように、即座に行動に移った。馬車の側面に駈《か》け寄って、漆塗りのドアをぐいと引き開け、

「これはどういうことだ……」

吼鳴《どな》るように言う。

「消えな」と売春婦が言う。

「この御婦人を殴りつけるのを見たぞ。よくもまあ」

馬車がぐらりと動きだし、マロリーは危うく倒されそうになる。マロリーは素早く体勢を立て直して、馬車を追って駈け出し、淑女の腕をつかむと、

「すぐ止めろっ」

淑女がまた立ち上がった。黒いヴェールの下の丸く穏やかな顔は、力なく夢見るようだ。再び馬車から降りようとするが、馬車が動いていることに気がついていないらしい。平衡を保つこともできない。きわめて自然に、貴婦人らしい仕草で、マロリーに長い木の箱を手渡してよこした。

マロリーは扱いにくい容器を両手でつかんで、よろめいてしまう。ぎっしり集まった群衆から叫びが上がる。ゴロツキの不注意な御し方に腹を立てているのだ。馬車は、またもガタガタと音をたてて止まり、馬が鼻を鳴らして後足立ちになりかける。

御者が怒りに身を震わせて、鞭《むち》をほうり出し、跳び降りてきた。見物人を押しのけて、マロリーに向かってくる。ポケットから、四角ばって薔薇《ばら》色の色眼鏡を引き出すと、ポマードで固めた髪の上から両耳に掛ける。マロリーの前で足を止めると、撫《な》で肩をいからせ、カナリア色の手袋をした手の一方を伸ばして、横柄な身振りで、

「その持ち物を、今すぐ返せ」と命令口調で言う。

「これはどういうことなんだ……」マロリーはやりかえす。

「今のうちにその箱を返せばよし、さもなくば痛い目にあうぞ」

マロリーはこの小男を見下ろしながら、この大胆な脅しにびっくりしてしまう。危うく笑い声をあげそうになり、実際に笑ってしまったところだろうが、四角い眼鏡の奥の、相手の落ち着きのない瞳《ひとみ》には狂ったような輝きがあり、阿片チンキ狂《ローダナム》のようだ。

マロリーは容器を丁寧に、泥だらけのブーツのあいだに置いてから、「マダム」と呼びかけ、「よろしければ、降りていらしてください。こんな連中には、あなたに無理強いする――」

ゴロツキが素早く、派手な青の上衣《うわぎ》の奥に手を入れて、びっくり箱よろしく跳びだしてきた。マロリーは掌《てのひら》で押しやるようにして、それを避けたが、左脚に鋭い痛みが走った。

ゴロツキは半ばよろけてから、踏みとどまり、再び唸り声とともに躍りかかってくる。その手には、ほっそりと光る刃《やいば》があった。

マロリーは、シリングフォード氏の科学的ボクシング理論で稽古《けいこ》をつけてもらっている門人だ。ロンドンにいるときは、王立協会が開いている専用体育館で、毎週スパーリングしているし、北アメリカの荒野で過ごした数か月も、荒っぽいことこの上ない喧嘩沙汰《けんかざた》への手ほどきになった。

マロリーは、相手がナイフを持つ腕を自分の左腕で払っておいて、右の拳《こぶし》を相手の口に叩《たた》きこんだ。

踏みにじられた芝生に落ちた錐刀《ステイレト》が、ちらりと眼にはいる――質《たち》の悪そうな両刃の短剣であり、柄は緋色の樹脂材《グッタ＝ペルカ》から作ってある。と、男が口から血を流しながら、襲いかかってきた。その攻撃には、まとまりというものがない。マロリーはシリングフォードの第一スタンスをとると、悪漢の頭を攻める。

最初のやりとりや刃物の光からは身を引いていた見物人も、今は二人を取り囲み、いちばん内側の輪になっているのは、労働者や、それをくいものにしている競馬場ゴロだ。荒荒しく、はやしたてるような手合いであり、期待もしていなかった状況で刃傷沙汰《にんじょうざた》が見られたのを喜んでいる。マロリーが得意の拳を見事に相手の顎に決めると、群衆は喝采《かっさい》し、その中に倒れこむ相手の男を抱き止めて、抛《ほう》り返してよこし、そこに次の一撃が真向《まっこう》から決まる。洒落者《しゃれもの》が崩折れ、サーモンピンクの絹のクラヴァットに血がにじむ。

「貴様、破滅させてやる」

地面に這《は》いつくばったまま、そう言う。歯が一本――見たところ、糸切り歯のようだが――血まみれになって折れていた。

「危ないっ」

誰《だれ》かが叫んだ。その声に、マロリーは振り返る。赤髪の女が背後に立っていて、悪鬼のような眼をして、手に何かを光らせている――妙なことに、ガラス容器のように見えた。女の眼が素早く下を見た――が、マロリーは用心深く、女と長い木の箱とのあいだに立つ。一瞬、緊張に満ちた睨《にら》み合いになり、その間、売春婦はさまざまな手段を秤《はかり》にかけているようだった――やがて女は、手負いのゴロツキのかたわらに駈《か》け寄った。

「必ず破滅させてやるからな」

ゴロツキが血まみれの唇のあいだから、そう繰り返す。女が手を貸して、それを立たせた。見物人たちはその男を、臆病者《おくびょうもの》で口ほどにもない奴《やつ》と嘲《あざけ》る。

「やってみるがいい」

マロリーは拳《こぶし》を振りながら、挑発する。

ゴロツキは、爬虫類《はちゅうるい》のような怒りをこめた眼をマロリーに向けて、女にぐったりもたれかかる——そして、二人とも、よろよろと人混《ひとご》みの中に消えていった。マロリーは勝ち誇って箱を拾い上げ、振り返ると、輪になって笑っている男たちを掻《か》き分ける。中の一人が、力一杯、背中を叩《たた》いてよこした。マロリーは置き去りになった四輪馬車に向かう。

体を引き上げて中にはいると、擦り切れたヴェルヴェットと革の内装になっていた。人混みの騒ぎは収まりつつある。レースが終わったのだ。誰かが勝ったのだ。

貴婦人は見すぼらしい座席にぐったりと腰かけ、呼気でヴェールが小刻みに揺れている。マロリーは素早くあたりを見回して、襲ってくる者がいないかと確かめたが、人混みしか眼にはいらない——人混み全体が、とても奇妙に眼にはいってきた。まるで、その一瞬《ダゲレオ》が凍りついて、スペクトルの極めて微細な濃淡までも捉《とら》えるような途方もない手法で、銀板写真《タイプ》にしたかのよう。

「私の付添いはどこですの……」

婦人が尋ねてきた。静かだが、混乱したような声だ。

「その付添いとおっしゃるのは、誰ですか、マダム……」

マロリーは、ちょっと面食らってそう言い、

「あの御友人たちは、レイディに同伴するには適当とは想えませんが――」

マロリーの左の太腿《ふともも》の傷口から出血している――それがズボンに染み出てきた。マロリーはどっかりと、擦り切れたフラシ天の座席に腰をおろし、傷を受けた脚に掌《てのひら》を圧《お》しつけ、婦人のヴェールの奥をのぞきこむ。入念な巻き毛は色が薄く、白いものが混じっているように見えるが、腕のいい小間使いに絶え間なく手入れされている様子を示している。けれど、その顔には、奇妙に見慣れたところがあるようだ。

「私が存じあげている方でしょうか、マダム……」とマロリーは尋ねる。

返事はなかった。

「同道いたしましょうか……」とマロリー、「ダービイには、相応しい御友人もいらっしゃるんでしょうか、マダム……。面倒を見てくださる方でも……」

「王族席」と婦人がつぶやく。

「王族席にいらっしゃりたいんですね……」

こんな錯乱した狂女に王族を煩わせるなど、マロリーにとっては好ましくないことだ。が、そこで思い当たった。そういう場所なら、警官を見つけるのは、たやすいことだろう――そして、確かにこれは、何かしら警察の仕事ではあるのだ。

この不幸な女性の意向に添ってやることが、いちばん単純な手立てだと想い、

「承知いたしました」

そう言って、一方の腋《わき》の下に木箱をかかえこみ、相手にはもう一方の肘《ひじ》を差しだして、

「すぐさま王族席に参りましょう。一緒にいらしていただけますか……」

マロリーは女性を導くようにしてスタンドに向かい、ちょっと脚を引きずるようにしながら、人波を分けていく。二人で歩くうち、女性がいくらか正気を取り戻したようだ。その手袋を着けた手をマロリーの前腕に置く軽さときたら、蜘蛛《くも》の糸のようだ。

マロリーは喧騒《けんそう》が途切れるのを待った。スタンドの白塗りの柱の下まで来たとき、ようやく静かになったので、

「自己紹介させていただいて、よろしいでしょうか。私はエドワード・マロリーと申します。王立協会の特別会員でして、古生物学者です」

「王立協会」

女性がぼんやりとつぶやき、ヴェールを着けた首を、茎の先の花のようにうなずかせる。さらに何かつぶやいたようなので、

「何とおっしゃいました……」

「王立協会よ。私たちは宇宙の謎《なぞ》から生き血を吸ってしまった――」

マロリーは眼を瞠《みは》るばかりだ。

「和声の科学の基本関係は」

女性は語り続け、その声にきわめて生まれの良いことと、大いなる疲れと、深い冷静さとを漂わせて、

「機械的な表現を可能とし、緻密《ちみつ》にして科学的な音楽作品を生むことも、あらゆる複雑さ

なり範囲なりの程度を生むことも許されます」

「もちろんです」

マロリーはなだめるつもりで言う。

女性はひそひそ声で、

「皆さん、私が作り出した、あるものをご覧いただけば、私に見切りをおつけになることもありますまい。それなりの形で、私の整然たる連隊は、地上の支配者に有能に仕えることでしょう。そして、私の連隊が、いかなる素材から成り立っているかといえば——厖大《ぼうだい》な数字なのです」

女性が熱を帯びたような真剣さでマロリーの腕をつかんでおり、

「私たちは、音楽にあわせ、抗《あらが》いがたい力をもって行進します」

ヴェールの顔をマロリーに向け、奇妙に元気のこもった熱心さで、

「これ、とても謎《なぞ》めいていると想いません……。もちろん私の兵士は数字から成り立っていなくてはなりません。さもなくば、まったく実体を欠くものです。とはいえ、その数字とは、どういうものか。そこに不思議があります——」

「これは奥様の箱でしょうか……」

そう言って、マロリーは箱を差し出し、正気に引き戻《もど》そうとしてみた。

女性は箱に眼をくれたが、見たところ見憶《みおぼ》えがないようだ。箱は磨き上げた紫檀《したん》の見事な品で、角々は真鍮《しんちゅう》で縁取ってある。婦人ものの手袋箱かとも想えるが、それにしては素

っ気なく、しとやかさを欠いている。細長い蓋《ふた》は小さな真鍮のフックふたつで閉めてある。女性が手を伸べて、手袋の人差指で箱を撫《な》ぜるさまは、まるで、それが現実に存在することを自分に納得させるかのようだ。何かの刺激によって、自分自身の不幸に徐々に気づきはじめたらしく、

「お預かりいただけますかしら」

ややあってマロリーにそう言い、静かな声を奇妙に哀れな訴えに震わせながら、

「私に代わって保管していただけますかしら」

「もちろんですとも」

マロリーは、我にもなくほろりとして、

「もちろん、お預かりいたします。お望みのあいだじゅう」

二人でゆっくりとスタンドを登っていき、王族席に至るカーペット敷きの階段にやってきた。マロリーの脚は鋭く疼《うず》き、ズボンが血でねばりつく。この程度の軽傷から考えると意外なほど、頭がぼんやりしてきた——この女性の奇妙な演説や、それに輪をかけておかしな態度に、頭がぼうっとしてしまったのだ。それとも、もしかしたら——不吉な想いがうかんできたが——あのゴロツキの錐刀《スティレット》には、何かの毒が塗ってあったのかもしれない。あとで調べられるように、あの錐刀を奪い取っておかなかったのが悔やまれる。もしかしたら、この狂女とて、何かの薬物を与えられているのかもしれない——おそらく、マロリーは誘拐の悪企みを挫《くじ》いてやったのだ——

下のほうでは、走路を整備して、これからのガーニー競走に備えている。巨大なガーニー五台が——それに小さくて玩具のような〝ゼファー〟とが——位置につこうとしている。マロリーは一瞬、足を止め、乱れた想いで、はかなげな車を見つめた。途方もないことに、あの車に一財産を賭《か》けてしまったのだ。女性は、その瞬間にマロリーの腕を放すと、王族ボックスの白壁めがけて急ぎ足になった。

びっくりしたマロリーは、脚を引きずるようにして、それを追う。女性は一瞬、ドアのところの守衛二人の横で足を止めた。二人は私服警官らしく、とても背が高く頑健そうだ。女性が、いつもしているらしく素早い動作でヴェールを撥ねのけ、マロリーにも初めて、その顔がはっきりと見えた。

エイダ・バイロン、総理大臣のお嬢さんだ。レイディ・エイダ・バイロン、〝機関《エンジン》の女王〟だ。

そのままドアをくぐりぬけ、守衛の彼方へ去って、背後を一瞥《いちべつ》することもなく、礼の言葉ひとつかけるでもない。紫檀《したん》の箱をかかえたマロリーは、すぐさま後を追おうと、

「待ってください、令婦人」

「ちょっと待ってください」

体の大きいほうの警官が、慇懃《いんぎん》に声をかけてきた。逞《たくま》しい手を挙げ、マロリーをじろじろ見つめて、木箱と湿ったズボンの脚に眼をとめる。髭《ひげ》をたくわえた口を歪《ゆが》めて、

「王族席のお客様ですかな……」

「いや」とマロリー、「でも、レイディ・エイダが、今しがた、ここをお通りになるのを見たはずでしょう。何かひどく恐ろしいことが、おありになったんです――お困りではないかと心配で。私もいささか、お力添えはできましたが――」

「お名前は……」もう一人の警官が叱《しか》りつけるように言う。

「エドワード――ミラーです」

マロリーは言ってしまう。ぎりぎりの瞬間になって、保身のための気配りに、いきなり身が凍りつく想いをしたからだ。

「市民カードを拝見できますか、ミラーさん」と最初の警官、「お持ちの箱には、何がはいっているんですか。中身を拝見してもよろしいでしょうか」

マロリーは箱を振るようにして引き離し、一歩後退《あとずさ》りする。警官が、軽蔑《けいべつ》と疑念をないまぜにした一触即発の気配でこちらを見つめる。

下の走路で大きな爆音が起こった。イタリア製ガーニーの破裂した裂け目から蒸気が吹き出し、間歇泉《かんけつせん》のようにスタンドに霧をかける。スタンドでは、ちょっとしたパニックが生じた。マロリーはこの好機をとらえて、ひょこひょこと立ち去る――警官たちは、おそらく持ち場の安全を優先したのだろう、追ってこようとしなかった。

マロリーは脚を引きずりながらスタンドを降り、できるだけすみやかに群衆にまぎれこむ。保身のつもりで、縞柄《しまがら》の帽子をはぎとり、コートのポケットにつっこんだ。

スタンドの、王族席から何ヤードも離れた場所に、席を見つけた。真鍮《しんちゅう》の縁取りの箱は両膝《りょうひざ》に落ち着ける。ズボンの脚には、ささやかな裂け目があるだけだが、その下の傷口はなおも血をにじませている。マロリーは腰かけたまま、狼狽《ろうばい》して顔をしかめ、痛む傷口に掌《てのひら》を圧《お》しあてる。

「ちっ」

マロリーのうしろのベンチの男が言う。自信と酒がたっぷりの口調で、

「こういうスタートのしそこねがあると、圧が下がっちまう。単純な比熱の問題だ。つまり、いちばん大きなボイラーが確実に勝つってことだ」

「となると、どれなの」

男の連れが訊《き》いたが、男の息子でもあろう。

男が競走予想表をがさがさいわせ、

「となると、〝ゴライアス〟だな。ハンセル卿の競走車だ。この姉妹車が去年、勝っているし——」

マロリーは蹄《ひづめ》で踏み固められた走路に眼を落とす。イタリア競走車の運転者が、狭い操縦位置から、かろうじて引き出されて、担架で運ばれていく。イタリア製ボイラーの破れ目からは、なおも汚い蒸気が一筋、立ち昇っている。競馬場の係員たちが、何頭かの馬を、動かなくなった巨体につないでいる。

他の競走車の煙突からは、勢いよく、丈高く蒸気が昇る。〝ゴライアス〟の煙突のてっぺんを飾る、磨き上げた真鍮《しんちゅう》の鋸歯《きょし》模様が、とりわけ立派だ。それにくらべて矮小《わいしょう》に見え

るのが、ほっそりして、奇妙に脆弱《ぜいじゃく》そうなゴドウィンの〝ゼファー〟の煙突だ。煙突は支えワイアで固定してあり、そういうワイアが線流型の涙滴方式の全体にわたって繰り返されている。

「ひどいことだね」と若いほうの男が言い、「きっと、あの爆発で、可哀そうに外国人の首なんかちぎれてしまったに違いない」

「とんでもない」と年上の男、「あいつは派手なヘルメットをかぶっていたさ」

「身動きしていないよ」

「イタリア人どもが技術面で、まともに競争できないなら、ここに来るべきじゃないんだ」

年上の男が断固として言った。

動けなくなった蒸気車が、苦しげな馬によって引きのけられると、観客から賞賛の叫び声があがる。

「これでようやく競技が楽しめるぞ」と年上の男が言う。

マロリーは、緊張しきって待つうち、いつの間にか紫檀《したん》の箱を開けていた。両手の拇指《おやゆび》が、勝手に意志をもったかのように、小さな真鍮の留め金を外す。緑色のベーズ地で内張りした中には、長く一列になってミルク色に白いカードが収まっていた。列の真ん中から一枚、引き出してみる。機関《エンジン》用のパンチ＝カードであり、フランスの特別規格に切ってあって、不可解なほどなめらかな人工素材でできている。片隅に手書きで#１５４と記してある。かすかな藤色《モーヴ》のインクだ。

マロリーはカードを慎重に元の位置に戻《もど》し、箱を閉じた。

旗が振られ、ガーニー群が発車した。

〝ゴライアス〟とフランスの〝ヴァルカン〟とが、ただちに先頭にたつ。慣れない遅れのために――致命的な遅れだ、とマロリーは胸で心臓が締めつけられるように感じながら想い――〝ゼファー〟の小さなボイラーが冷えてしまい、きっと勢いが大きく殺《そ》がれてしまったのだ。〝ゼファー〟は大型マシーンのあとからよろよろ進み、深くえぐれた轍跡《わだちあと》で、半ば珍妙なぐらいに跳ねている。まともな牽引力《けんいんりょく》が得られないようだ。

マロリーは驚く気にもなれなかった。破滅への諦《あきら》めで一杯になっている。

〝ヴァルカン〟と〝ゴライアス〟とが、最初の曲がり角で位置争いにはいった。残り三台のガーニーは、そのうしろで一列になっている。〝ゼファー〟は、きわめて莫迦《ばか》莫迦しいことに、考えうるかぎりで一番の大回りになり、他の車の進路のずっと外側を走る。あの小さい車のハンドルを握る二級親方ヘンリイ・チェスタトンは、狂いきってしまったようだ。マロリーは、破滅した人間特有の痺《しび》れたような冷静さで見守った。

〝ゼファー〟が、考えられないほどの速度を出しはじめた。他のガーニーをあっけないほど易々《やすやす》と抜き去る。まるで、ぬるぬるした南瓜《かぼちゃ》の種を拇指《おやゆび》と人差指でぎゅっと挟んだかのよう。半マイルのターンでの速度は驚くばかりで、傾いて、眼に見えて二輪だけになった。最後の行程では、わずかな盛り上がりにぶつかって、車全体がはっきりと宙に浮いた。大きな動輪が土埃《つちぼこり》と金属的な軋《きし》み音をあげて、地面から跳ね上がる。そのときになって、マロリーも気がついた。スタンドの大観衆が死んだように静まり返っている。

咳《しわぶき》ひとつ聞こえぬ中、〝ゼファー〟がゴールを飛ぶように過ぎた。それから、ずるずると止まり、競走相手が抉った轍跡を横切っては激しく揺れる。

丸々四秒もたってから、茫然《ぼうぜん》とした決勝係が、ようやく旗を振った。残りのガーニーはまだ、丸々百ヤードもうしろの遠い角を回っている。

観衆がいきなり驚きの叫びをあげはじめた――歓喜の声というよりは、まるで信じられないという声であり、奇妙な怒りすら混じっているかもしれない。

ヘンリイ・チェスタトンが〝ゼファー〟から降り立った。ネック＝スカーフを撥《は》ね上げ、余裕たっぷりに愛車の輝く車体によりかかり、落ちつき払って冷淡に、他のガーニーが苦しげにゴールを越えるのを見つめる。戻《もど》ってくるまでに、他の車は何世紀も古びたように想える。マロリーは気づいた。他の車は過去の遺物になっているのだ。

マロリーはポケットの中に手をつっこむ。賭《か》け札《ふだ》にあたる青い紙片は、きわめて無事なままだ。物質としては、まったく変化していないにもかかわらず、今やこのちっぽけな青い紙片が、間違いなく四百ポンドの勝ちを意味しているのだ。いや、全部で五百ポンドだ――そのうち五十ポンドは、勝ち誇っているマイクル・ゴドウィン氏に渡さなくてはならない。

マロリーは観衆の高まりゆく喧騒《けんそう》の中で、耳にある声が響くのを聞いた。

「僕は金持ちだ」

その声が静かに言った。自分自身の声だった。

マロリーは金持ちなのだ。

この映像は公式な銀板写真《ダゲレオタイプ》であり、ブリテンの貴族階級が、友人知己の限られた範囲に配る種類のものだ。写真家は女王の夫君たるアルバート公とも想われる。かの人物は大いに喧伝《けんでん》されたとおり、科学的なことに興味をもっていたため、明らかにブリテンの急進派エリートときわめて親しくなっていたからだ。部屋の広さといい、背景幕の贅《ぜい》を凝らした生地といい、アルバート公がウィンザー宮殿に構えていた写真サロンを強く示唆している。

写っている女性はレイディ・エイダ・バイロンと、その連れにして自称付添いのレイディ・メアリ・サマヴィルだ。レイディ・サマヴィルは『自然諸科学の関連』の著者にして、ラプラスの『天体力学』の翻訳者であり、自分より若い連れの気まぐれに慣れた女性らしく、諦《あきら》めの表情をうかべている。どちらの女性も金塗りのサンダルをはき、まとった白い襞布《ひだぬの》は、どことなくギリシアのトーガに似ているが、フランスの新古典主義に強く影響されている。実は、この服装は〝光協会〟の女性会員の衣裳であり、この協会は〝産業急進党〟の秘密の内部組織であるとともに国際的宣伝機関でもあるのだ。年上のサマヴィル夫人は、その上からブロンズ色の帯をまとい、それには天文学のシンボルがついている。これは、この女性碩学《せきがく》がヨーロッパの科学評議会で占める高い地位の、密《ひそ》かなシンボルでもある。

レイディ・エイダは、右手人差指の印鑑つき指輪の他は両腕とも剝《む》き出しにして、アイザック・ニュートンの大理石の胸像の額に月桂冠《げっけいかん》を置いている。カメラ位置を慎重に定めてあるにもかかわらず、奇妙な衣裳はレイディ・エイダを引き立てておらず、顔にはストレスが表れている。この銀板写真が撮影された一八五五年六月後半には、レイディ・エイダは四十一歳だった。この直前にダービイで巨額の損失をこうむっていた。ただし、親しい人のあいだで周知の事柄だった賭《か》けでの損失は、より巨額の損失の隠《かく》れ蓑《みの》になっていたようだ。その損失とは、おそらく脅迫によるものだったであろう。

レイディ・エイダは機関《エンジン》の女王であり、数字の女魔術師だ。バベッジ卿《きょう》はレイディを〝リトル・ダァ〟と呼んでいた。政府には公式の役職をもたず、短いあいだ花開いた数学の天才も、すでに過去のものとなっている。けれども、おそらく、産業急進党の大雄弁家とされる父親と、党の黒幕にして最先端の社会理論家たるチャールズ・バベッジとの主要な橋渡し役である。

エイダこそは母親である。

その想《おも》いは閉ざされている。

第三の反復

裏取引屋

THIRD ITERATION　Dark-Lanterns

想い描こう。エドワード・マロリーが古生物学宮殿の豪奢《ごうしゃ》な中央階段を昇っていく。階段のどっしりした漆黒の手すりは、黒エナメル仕上げの鉄細工で支えてあり、そこに表されているのは古代の羊歯《しだ》や蘇鉄《そてつ》や銀杏《いちょう》だ。

マロリーのあとからは、顔を赤くしたベルマンが従っているとしよう。ベルマンは、長い午後をかけた、慎重で順序正しい買物の成果である十余りの高級な荷物を運んでいる。マロリーが昇っていくとき、オウエン卿《きょう》が巨体を揺すりながら降りてくるのが眼にはいる。その眼ヤニだらけの瞳《ひとみ》には、不機嫌そうな表情をうかべている。この高名な爬虫類《はちゅうるい》解剖学者の眼は、殻を開けて解剖の支度の整った殻つき牡蠣《かき》に似ているな、とマロリーは想う。マロリーは帽子を持ち上げる。オウエンが何やらつぶやくが、それが挨拶《あいさつ》なのかもしれない。

最初の幅広い踊り場で曲がるとき、一団となった学生たちが開いた窓のところに腰かけて静かに議論しているのを、マロリーはちらりと眼にする。宮殿の岩石庭園にうずくまる石膏《せっこう》の巨獣たちには、夕闇が落ちかかっている。微風《そよかぜ》に長いリネンのカーテンが揺れる。

マロリーは衣裳簞笥《いしょうだんす》の鏡の前で、向きを変え、右、左と向いてみた。上衣のボタンを外し、両手をズボンのポケットにつっこむ。このほうがウェイストコートがよく見える。これは小さな青と白の正方形を、眩暈《めまい》がするほどのモザイクに織りあげたものだ。エイダ・チェッカーズ、と仕立屋が呼んでいた。かのレイディが、ジャカード織機に純粋幾何学を織らせるようプログラムして創り出したものだ。このウェイストコートが全体でもピカ一だな、とマロリーは想う。とはいえ、まだ何か欠けているようだ。杖だろうか。葉巻ケースの蝶番《ちょうつがい》を撥《は》ね開けて、鏡の中の紳士に極上のハヴァナ葉巻を勧めてみる。結構な仕草だが、銀の葉巻ケースを女性のマフよろしく持ち歩くわけにはいくまい——それでは、まさに屋上屋を重ねることになる。

ドア脇の壁に埋め込んだ通話管から、鋭く金属を叩く音が発した。部屋を横切っていって、マロリーはゴム裏のついた真鍮《しんちゅう》の蓋《ふた》を開き、

「マロリーだが」

腰をかがめるようにして、大声で言う。デスク係の声が上がってきたが、遠くで虚ろに響く、幽霊のような声であり、

「お客様です、マロリー博士。その方の名刺を送りましょうか……」

「ああ、お願いする」

マロリーは気送格子を閉じるのに不慣れで、鍍金《めっき》した錫《すず》の留め金にてこずる。円筒形をした黒い樹脂素材《グッタ＝ペルカ》が、銃から発射されたかのように筒から飛び出してきて、向かいの壁に激突した。慌てて拾いあげに行くと、驚くほどのことではないが、その位置の壁紙を貼《は》った漆喰《しっくい》壁には、すでにいくつも凹みができていた。円筒の蓋《ふた》をねじあけて、中身を振り出す。贅沢《ぜいたく》なクリーム色の簀《す》の目名刺用紙には、**ローレンス・オリファント——著述家・ジャーナリスト**とある。ピカディリーの住所と電信番号もあった。この名刺から判断するかぎり、ずいぶん気取ったジャーナリストだ。どことなく聞き憶《おぼ》えのある名前。ブラックウッド誌で、オリファントなる人物の書いたものを読んだことがあるのではないだろうか。

名刺を裏返して、機関《エンジン》点刻の肖像写真をじっと見ると、白っぽい髪の紳士であり、前のほうが禿《は》げかけている。大きな茶色のスパニエルのような瞳《ひとみ》、訝《いぶか》しげに微笑《ほほえ》みかけた口許《くちもと》、顎《あご》の下にはもつれたような鬚《ひげ》がある。この鬚と禿のせいで、オリファント氏の細長い頭蓋《ずがい》骨《こつ》が、禽龍《イグアノドン》ほどどにも長く想える。

マロリーは名刺をノートブックにはさみこむと、部屋を眺め回す。ベッドには買物によるガラクタが散らばっている——売掛スリップ、薄葉紙、手袋箱、靴型、と。

「オリファント氏には、ロビイでお眼にかかると伝えてくれたまえ」

新品のズボンのポケットに収めるものを収めると、部屋を出てドアに錠をおろし、大股に廊下を進んで行き、汗をかいた四角い黒大理石の柱に縁取られて、傷や穴があいた化石化した石灰岩の壁を通りすぎる。新品の靴が一歩ごとにきゅっきゅっと音をたてた。

　オリファント氏は、予想もしなかったほど手脚が長く、きわめて小綺麗《こぎれい》かつ金のかかった服装をして、係員に背を向けてフロント・デスクにもたれかかっていた。両肘《りようひじ》を大理石のカウンター面について、両脚を踵《かかと》のところで交差させている、このジャーナリストのだらしないポーズからは、スポーツを楽しむ紳士が気楽にくつろいでいる雰囲気が伝わってくる。マロリーは、偉大な巨獣《レヴィヤタン》について吃驚《びっくり》仰天の記事を書こうという売文屋の、水割りジン呑《の》み記者には、もう厭《いや》と言うほど会ってきているけれど、かすかに不安の疼《うず》きを覚えた――この男は、きわめて恵まれた人間らしい、なめらかな落ち着きを発散している。

　マロリーは自己紹介してから、このジャーナリストの指の長い手に、筋ばった力がこもっているのを身をもって知った。

「地理学協会の仕事にたずさわっております」

　オリファントが告げる。その声はある程度大きく、近くで油を売っている碩学《せきがく》たちのグループの耳にも届くほどで、

「探検委員会でしてね。あることについて、ご相談してみたいと想いましてね、マロリー博士」

「構いませんとも」

　マロリーは言う。王立地理学協会には、ふんだんに資金がある――中でも、力のある探

検委員会が協会交付金の受給者を決めるのだ。

「二人きりで、お話しできませんでしょうか……」

「もちろんです」

マロリーは承知して、このジャーナリストの後から宮殿の談話室にはいる。オリファントが、中国の漆塗りの仕切りで半ば蔭《かげ》になった、静かな片隅を見つけた。マロリーは上衣の裾《すそ》を撥《は》ね上げて、椅子《いす》につく。オリファントは壁に背を向けて、赤い絹張りの長椅子の奥の端に腰を載せた。静かに談話室を見渡すが、盗み聞きしている人間がいないかどうか確かめているのだと、マロリーにもわかった。

「この宮殿について、よく御存知のようですね」とマロリーは口を開き、「よくいらっしゃるんですか、委員会のお仕事で……」

「頻繁に、というわけではありません。ただ、御同僚に一度ここでお会いしたことがあるんです、フランシス・ラドウィク教授という方ですが」

「ああ、ラドウィク、なるほど。気の毒に」

マロリーは、ラドウィクと仕事の上でつながりを持った人間に出会ったことに、多少苛《いら》立《だ》ちはしたが、驚くにはあたらないことだ。ラドウィクというのは、出所がどこであれ、交付金をもらえるチャンスがあれば、まず見逃さない男だったからだ。

オリファントが真顔でうなずいて、

「私は碩学ではありませんよ、マロリー博士。実を言えば、旅行記作家なんです。本当のところ、つまらん本ばかりですが、中にはある程度、一般に歓迎された本もありまして」

「そうですか」

そう答えたが、マロリーはもう相手の本性がわかった気がしている――富裕な暇人で、ディレッタント。恐らく、親族のコネクションがあるのだ。こういう熱心な道楽者というのは大半が、科学には何の役にも立たない。

「地理学協会の内部ではですね、マロリー博士」とオリファントが話し始め、「現在のところ、しかるべき主題に関して猛烈な議論があるんです。恐らく、論争については御存知でしょうが」

「海外におりましたもので」とマロリー、「あまりニュースに縁がなかったんです」

「確かに、ご自身の科学論争に没頭されてらっしゃることでしょうからね」

オリファントの微笑《ほほえ》みは好感のもてるもので、

「〝激変説〟対〝斉一説〟ですか。ラドウィクがよくその件については言ってました。とても激しい口調で、と言わねばなりますまいな」

「難《むつか》しい問題です」とマロリーはつぶやき、「やや難解ですし――」

「私個人としては、ラドウィクの説は薄弱だと想っています」

オリファントが何気なく言ったので、マロリーは心地良い驚きを味わった。ジャーナリストが身を乗り出してきて、嬉《うれ》しくなるほど真剣に、

「こうしてお訪ねした目的を、もう少し説明させてください、マロリー博士。地理学協会

の内部にも、アフリカに分けいってナイル川の源流を探るより、我々自身の社会の源流を探るほうが有益なのではないか、と考える者がいます。探険を物理的な地理に限定する必要があるでしょうか。政治的あるいは、まさに倫理的な地理について問題がいくらもあるんです。未解決の問題が」

「面白《おもしろ》いですな」

マロリーは答えたが、この客が何を言おうとしているのか、さっぱりわからなくなった。

「ご自身、著名な探検家として」とオリファント、「これから申し上げるような提案について、どうお考えになるか、です」

その視線を、奇妙なことに、今は中ぐらいの距離に据えたまま、

「たとえばですが、ワイオミングの広野を探検するのでなく、このロンドンの特定の街角を探検するとしたら……」

マロリーは意味なくうなずいて、オリファントが狂っているのではないか、という可能性を瞬間的に考えてみた。

「そうしてですね」

相手が、熱狂を抑えているかのように、かすかに身震いをしてから、こう続ける。

「完全に客観的で、ひたすら統計学的な調査ができるのではありますまいか。社会を調査するのにですね、完璧《かんぺき》に斬新《ざんしん》な精度と密度が得られるのではありますまいか。それによって、新たな原理を抽出するのです——時が経つとともに人口が多彩に群れ集まることから

も、通貨が手から手へときわめて眼につかない形で渡っていくことからも、混沌《こんとん》たる交通の流れからも——我々が今は曖昧《あいまい》に、警察関係とか、保健関係とか、公共サーヴィスなどと呼んでいる話題がありますが——それを捉《とら》えるのも、全《すべ》てを見透かし全てに浸透する、科学的な眼なのです」

オリファントの瞳《ひとみ》には、熱狂家の輝きがあふれていて、この突然の激しい興奮ぶりから、さっきまでの倦怠感《けんたいかん》たっぷりの雰囲気が表向きだけだったことがわかる。

「理論的には」とマロリーはあやふやに言い、「それも有望そうですが、現実問題としては、それほど広範囲で野心的な企画に必要となるような機関《エンジン》資源を、科学界が提供できるとは想えませんね。私自身、発見してきた骨の単純な強度分析を手配するのに、骨を折っている有様ですから。機関《エンジン》作業には、常に需要がありますから。それに、どうして地理学協会が、そういう問題に取り組むのですか……。海外の探険作業に必要なところから、なぜ資金を割くんです……。むしろ、直接、議会が調査したほうが——」

「しかし、政府は、そのために必要な展望も、知的冒険意識も、目的意識も欠いているんです。ただ、機関《エンジン》が、たとえばケンブリッジ研究所のものでなく、警察のものだとしたら、どうです……それなら、どうお考えになりますか……」

「警察の機関《エンジン》ですって……」

マロリーは答える。そのアイディアがあまりにも途方もないものなので、

「警察が、自分のところの機関《エンジン》を貸すはずがないじゃありませんか」

「機関《エンジン》は、夜間たいてい遊んでいるものです」とオリファント。

「本当ですか……」とマロリー、「なるほど、こいつは面白い――でも、仮にそうした機関《エンジン》が科学による利用に供されるとしてですよ、オリファントさん、そういう遊んでいる回転時間は、たちまち他《ほか》の、もっと緊急を要する企画に充《あ》てられてしまうでしょう。おっしゃるような提案が、行列のいちばん前に出るためには、強力な後ろ楯を必要としますよ」

「でも、理論的には、賛成なさいますか……」とオリファントが食い下がり、「仮にそういう資源が利用できるとしたら、基本的な考え方は意義深いとお考えになりますか……」

「詳細な提案を見なくては、そういう計画を積極的に支持するわけにもまいりませんが、正直に申し上げて、そちらの地理学協会で、私などの声にさほど重みがあるとも想えません。そちらでは特別会員じゃないですから」

「ご自身の、高まる一方の令名を過少評価なさってますな」オリファントが反論し、「陸の巨獣《ランド・レヴィヤタン》の発見者たるエドワード・マロリーを推挙すれば、地理学協会など易々と動きます」

マロリーは口もきけなかった。

「ラドウィクが特別会員になったでしょう」とオリファントがなめらかに言い、「翼手龍《プテロダクティル》のことがあった後です」

マロリーは咳払《せきばら》いして、

「きっと意義深いことで――」

「その件については、私にお任せいただけると光栄に存じます」とオリファント、「面倒なことはありますまい。それはお約束します」

オリファントの自信ありげな様子には、疑いの余地はない。マロリーには、既成事実だということがわかった。見事に操られてしまったのだ。こうまで言ってくれているものを、体裁良く断る手立てなどないし、資金潤沢で強力な地理学協会で特別会員になることは、軽く見るべきことではない。職業の上では恩恵に属する。自分の名前のあとに付けた特別会員の称号が、眼に見えるようだ——マロリー、王立協会特別会員《F・R・S》、王立地理学協会特別会員《F・R・G・S》と。

「こちらこそ光栄です」とマロリー、「ただ、私などのために、あまりお手数をおかけするのではと」

「私も古生物学には、深甚なる興味をいだいております」

「旅行記を書く方が、そういう興味をお持ちとは、驚きましたな」

オリファントが繊細な指先を合わせて尖塔《せんとう》のようにし、それを髭《ひげ》がなく長い上唇に当てて、

「気がついたことなんですがね、マロリー博士、〝ジャーナリスト〟というのは曖昧《あいまい》だから便利な肩書でして、いくらでも変な問い合わせができるんです。生まれつき私は、幅は広いものの、嘆かわしいほど浅薄な好奇心の持ち主なんです」

オリファントが両手を広げ、

「真の学者さんのためなら、できるだけのことはします。が、権威ある地理学協会の中枢において、現在のような、頼まれもしない役割を担う資格があるのかどうか、怪しく想ってもいるんです。にわかに名前が高まると、妙な反動もあるものでしょ」

「正直に言っておきますが、あなたの御著作は存じあげないんです」とマロリー、「海外に行っていたもので、すっかり読みそこなってしまって。でも、どうやら、大衆向けに大成功をおさめられたようですね」

「著作じゃありませんがね」

オリファントが、びっくりしながらも可笑《おか》しそうに、

「東京《トウキョウ》使節団にかかわっていたんです。日本の。去年の暮れのことでした」

「わが国からの日本使節に対して狼藉沙《ろうぜきざ》汰《た》があった、そうでしたね……。外交官が怪我《けが》をしたんでしたっけ……。私はアメリカにいたもので――」

オリファントはためらうようだったが、左腕を曲げると、上衣《うわぎ》の袖《そで》としみひとつないカフを引き上げて、左手首の外側関節にある赤く皺《しわ》になった傷痕《きずあと》を見せる。ナイフ傷だ。いや、それより深い――サーベル傷だろう、腱《けん》に達している。マロリーは初めて、オリファントの左手の指二本が曲がったままであることに気づいた。

「それじゃあ、あなたがたなんですか。ローレンス・オリファント、東京《トウキョウ》使節団の英雄とは。これで、あなたの名前を想い出しましたよ」

マロリーは髭を撫《な》ぜ、

「それを名刺にお書きになればいいんですよ。そうすれば、即座に想い出しましたのに」

オリファントが袖《そで》を元《もと》に戻し、やや当惑気味な表情で、

「日本での刀傷というのも、妙な身分証明書《カルト・ディダンティテ》ですが――」

「実に広範な興味をお持ちなんですねえ」

「時には、巻きこまれざるを得ないこともあるものですよ、マロリー博士。いわば、国家の利害を考えるとね。あなたご自身、そういう状況についてはよく御存知のはずでしょう」

「どうも、わかりかねますが――」

「ラドウィック教授は、今は亡きラドウィック教授ですが、そういう巻きこまれ方についてよく御存知でしたよ」

そう言われて、マロリーも、オリファントがほのめかしている内容に思い当たった。語気を荒げて、こう答える。

「御名刺によれば、ジャーナリストということになっておられる。これは、ジャーナリストと云々すべき話題ではありません」

「残念ながら、あなたの秘密は門外不出というのとは程遠い」

オリファントが、丁寧ながら軽蔑《けいべつ》をこめて言い、

「ワイオミング探検隊の全員が真相を知っています。十五人もいれば、中には口の固くない者もおります。ラドウィックの部下たちだって、内密の活動について知っていました。あ

の件の手配をした者、あなたに計画を実行してくれるよう依頼した者たちも知っていることです」

「でも、どうしてあなたが知ってらっしゃるんですか……」

「ラドウィクの殺害を調査しましたので」

「ラドウィクの死が——アメリカでの活動につながっている、と……」

「そういうことと承知しています」

「これより先に話を進める前に、現況を明らかにしておかなくてはなりませんな、オリファントさん。あなたが〝活動〟とおっしゃるとき、正確にはどういう意味ですか……。はっきりおっしゃってください。用語を明確にして」

「わかりました」

オリファントがつらそうな表情で、

「私が指しているのは、あなたを説得してアメリカの野蛮人たちに連発ライフルを密輸させた公式団体です」

「して、その団体の名前は……」

「王立協会の自由貿易委員会です」

オリファントが、辛抱強く答え、

「委員会の目的は——公式には——国際的な交易関係を研究することです。関税、投資、その他のことですね。あの連中の野望は、残念ながら、その役割を逸脱しています」

「自由貿易委員会は、政府の立派な一部門ですよ」

「外交の領域ではですね、マロリー博士、あなたの行為は、ブリテンと公式に戦争状態にない国家の、敵に対して内密に武器を提供したものと見なされるんです」

「すると、こう結論してもよろしいのか」

マロリーは声に怒りをこめて言いかけ、

「あなたはきわめて批判的に、ご覧になっていると――」

「銃器密輸についてはね。ただし、それがこの世界で役割を持つことは否定しませんから、お間違えなく」

オリファントがまたも、盗み聞きする者がないかと眼を光らせ、

「しかし、対外政策の中で、おのれの役割について自惚《うぬぼ》れた考えをもつ、ひとり決めの狂信者たちによって、執り行われるべきではないのです」

「ゲームにアマチュアがいてほしくない、ということですね……」

オリファントがマロリーの眼を見据えたが、何も言わない。

「プロフェッショナルがお望みなんでしょう、オリファントさん。あなたご自身のような……」

オリファントが身を乗り出し、肘《ひじ》を膝《ひざ》について、

「プ、プ、プロフェッショナルな部局なら、ですよ」と、はっきりした口調で、「ロンドンのど真ん中で、外国の手先によって部下が切り裂かれるのを、ほうってはおきませんよ、マロリ

ー博士。しかも、ここで申し上げておかなくてはいけないが、現在あなたが置かれている立場が、きわめてそれに近いのです。自由貿易委員会は、あなたがいかに立派に任務を果たしたとしても、もうあなたを助けてはくれません。あなたの命に危険があることすら、あなたに伝えてくれていません。違いますか……」

「フランシス・ラドウィクは、鼠殺し賭博屋《とばくや》での喧嘩《けんか》で死んだんです。それも何か月も前でしょう」

「この一月でした――たった五か月前のことです。ラドウィクは、あなたの委員会から支給されたライフルで、内密にコマンチを武装させ、そのテキサスから戻《もど》ったところでした。ラドウィク殺害のあった晩には、テキサスの前大統領の命を狙《ねら》った者がおります。ヒューストン大統領は、きわめて危ういところで命をとりとめました。大統領の秘書であったブリテン市民は、残虐にナイフで刺殺されました。殺人者は今も、大手を振って歩いているんですよ」

「それでは、テキサス人がラドウィクを殺したとお想いなんですか……」

「ほぼ確実にそうだと想っています。ラドウィクの活動は、ここロンドンでこそ、あまり知られていないかもしれませんが、しじゅう仲間の死骸《しがい》からブリテン製の弾丸を摘出していて、不平だらけのテキサス人にとっては、きわめて明白なものです」

「あなたのおっしゃりようが気に入りませんな」

マロリーは、徐々に怒りがこみあげてきて、そう言い、

「銃を与えなければ、我々に協力してくれたはずがないんです。シャイアンの手助けがなかったら、何年も掘りつづけることになったでしょうし——」

「そういう言い分がテキサス・レインジャーズ相手に通用するとは想えませんな」とオリファント、「それを言うなら、大衆向けの報道機関相手でも同じことですが——」

「僕は報道機関に向けて喋《しゃべ》るつもりはありません。あなたと話したことだって、後悔しています。どう見ても、あなたは委員会に友好的ではありませんから」

「委員会についてなら、すでに知りたくもないほど、たっぷりと知っています。私がここに来たのは、警告を発するためなんですよ、マロリー博士、情報を求めてのことではありません。あけすけに喋りすぎたのは、私のほうです——そうせざるを得ませんでした。委員会のヘマのために、きわめて明らかに、あなたの生命が危険にさらされているんですからね」

その言い分には、説得力があった。

「その点はわかりました」とマロリーも認め、「警告してくださったことについては、礼を申します」やや考えてから、「でも、地理学協会というのは、どういうことなんですか、オリファントさん。この件について、どういう関係があるのですか……」

「油断なく、観察力に富む旅行家なら、科学の既得権を犯すことなく、母国の利益に役立つことができます」とオリファント、「地理学協会は昔から、重要な情報源でした。地図製作、海軍航路——」

マロリーはこう反論する。

「そういうときは〝アマチュア〟と呼ばないわけですね、オリファントさん。そういう人間も、やってはならないときに裏取引屋とつきあうのに……」

沈黙が長引いたあと、

「そういう人間は我々のアマチュアですから」

そうオリファントが素っ気なく言う。

「でも、厳密に、違いはどういうところですか……」

「厳密な違いはね、マロリー博士、委員会のアマチュアたちは殺されている、ということです」

マロリーは唸《うな》った。椅子《いす》に背をもたせかける。もしかしたら、オリファントの暗黒理論にも、正当な裏付けがあるのかもしれない。マロリーのライヴァルであり、もっとも侮りがたい論敵であったラドウィクが突然亡くなったことは、以前から、あまりに好都合な幸運だと想っていた。

「で、そのテキサス人の暗殺者ですが、どんな容貌《ようぼう》ですか……」

「背が高く、黒髪で、逞《たくま》しい体つきだと言われています。広いつばの帽子をかぶり、褪《さ》めた色の長い大外套《おおがいとう》を着ています」

「まさか、鼠面で小柄な、競馬場の洒落者《しゃれもの》じゃありますまいね。額が突き出ていて」

マロリーは自分のこめかみに手をやり、

「それにポケットに錐刀《スティレット》を隠し持つような……」

オリファントが眼を丸くして、

「それはまた」

低く声をもらす。

いつの間にかマロリーは楽しみはじめているのを感じた。慇懃《いんぎん》なスパイの意表を衝けたことで、どこか深いところで満足感を覚えたのだ。

「かすりっ傷をつけられましたぁ、そいつにゃあ」

マロリーは、大袈裟《おおげさ》なサセックス訛《なま》りになって、そう言い、

「ダービイ競馬日の、競技場です。稀《まれ》に見る、執念深い奴で――」

「どうなったんです……」

「僕が殴り倒しました」とマロリー。

オリファントが眼をみはり、それから吹き出して、

「思いもかけない腕をお持ちなんですね、マロリー博士」

「それは、あなたについても言えることではありませんか」

そう言ってから、間を置いてマロリーは、

「ただ、申し上げておきますが、そいつが狙《ねら》っていたのは僕とは想えません。そいつは若い女を、競馬場娼婦《しょうふ》を連れていまして、その二人で、あるレイディを困らせて――」

「続けてください」

オリファントが先をうながし、

「これは並外れて興味深い」

「それが続けられないんです」とマロリー、「問題のレイディが、名士だったのですから」

「そうした思慮深さは」

オリファントが落ち着き払って言い、

「なるほど紳士にふさわしいことです。しかしながら、ナイフでの刃傷沙汰《にんじょうざた》というのは重罪です。警察には、お伝えにならなかったのですか……」

「ええ」

マロリーは答え、オリファントの抑えた興奮ぶりを楽しみながら、

「それも、そのレイディがいらしたからです。その方に累《るい》を及ぼしたくなかったものですから」

「もしや」オリファントが思いつきのように、「そういうのが全て《すべ》芝居で、あなたを表向き賭博喧嘩《とばくけんか》に巻き込むためではありませんか。それに似たことがラドウィクのときもありました――それで死んだのですよ、鼠殺し賭博屋で」

「それが」とマロリー、「そのレイディというのは、他《ほか》ならぬエイダ・バイロンなのです」

オリファントが身をこわばらせ、

「総理大臣のお嬢さんの……」

「他にはおりますまい」

「明白でしょうな」

オリファントがそう言うが、いきなり口調に、温かみを欠いた軽みを含ませて、

「ただ、レイディ・エイダに似た女性はいくらもいる、という気もしてきました。我らが〝機関《エンジン》の女王〟はファッションの女王でもありますから。何千人もの女性が、あの方のモードを追っています」

「僕とて正式にご紹介を受けたことはありませんよ、オリファントさん。でも、王立協会の開会中にお見かけしたことがあります。機関《エンジン》数学についての講演も聞きました。僕の見間違いではありません」

オリファントが上衣《うわぎ》から革の手帳を取り出して、片膝《かたひざ》に載せ、壺《つぼ》ペンのキャップを外してから、

「その事件について、話してください」

「極秘にしていただけますか……」

「お約束します」

マロリーは控え目な事実だけを開陳した。エイダを悩ませていた人間や、その状況については、できるかぎり詳述したけれど、樟脳処理《しょうのうしょり》セルロースのフランス版の機関《エンジン》カードがはいっていた木製ケースについては、一言も触れない。マロリーは、あのことを、レイデ

ィと自分だけの私事と見なしている——あの奇妙な品の保護を託されたのであり、そのことは神聖な義務と考えている。カードのはいった木製ケースは、標本用の白リネンにくるんで、実用地質学博物館にあるマロリーの個人用ロッカーに、石膏《せっこう》標本に混じるようにして置いてあり、将来の処置を待っている。

オリファントが手帳を閉じ、ペンをしまってから、ウェイターに飲物をくれるように合図した。ウェイターはマロリーに気づいて、マロリーにはハックル＝バフを持ってきた。オリファントはピンク・ジンだ。

「私の友人たちに、お会いいただきたいですな」とオリファント、「中央統計局は犯罪階級について、浩瀚《こうかん》なファイルを保管しています——人体測定値、機関《エンジン》肖像、とかいったものです。あなたを襲った相手と、女性共犯者を、つきとめてみていただきたい」

「承知しました」とマロリー。

「それと、あなたには警察の保護をつけさせていただきます」

「保護……」

「普通の警察官ではないことは、もちろんです。特別公安部からの誰《だれ》かになるでしょう。あの男たちなら、とても慎重ですから」

「いつもお巡りにつけまわされるわけにはいきませんよ」とマロリー、「人に何と言われるか……」

「私はむしろ、あなたがどこかの小路で腹を刺されて発見されたとき、人が何と言うかを心配しますね。著名な恐竜碩学《せきがく》が二人、どちらも謎《なぞ》めいた殺され方をしたら……。報道機関が、大騒ぎになるでしょう」

「護衛などいりません。あんなチビのヒモ野郎、怖くはありませんから」

「その男は些細《ささい》なことかもしれません。その男の正体をつきとめていただければ、少なくとも、そのことは確かめられます」

オリファントが品良く溜《た》め息《いき》をもらし、

「きっと、こうしたことはみんな、帝国の基準から言ったら、きわめて莫迦気《ばかげ》た些事《さじ》なのです。ただ、私が見るところでは、そういうことに含まれて金の支配があります。ロンドンの外国人社会という裏事情に生きる、そうした後ろ暗い類《たぐい》のイングランド人が、必要とあれば、力を貸すということがあります。さらに突き詰めれば、アメリカ大陸を揺るがす戦争を逃れて、こちらに来ているアメリカ難民の内心での共感ということもあります」

「すると、レイディ・エイダが、どういうわけか、そういう恐ろしい事件に巻き込まれている、と……」

「いいえ、とんでもないことです。そんなことは、まずありえないと安心してくださっていい。お見かけになった女性がエイダ・バイロンだったはずなど、ないのですから」

「それなら、一件は片づいたものと見なします」とマロリー、「レイディ・エイダの利害がからんでいる、とおっしゃるなら、いかなる条件にも応じたことでしょうが、そういうことでしたら、僕なりに運に任せてみますよ」

「決断が博士次第なのは、もちろんのことです」

オリファントが冷淡に言い、

「それに、もしかしたら、そういう断固たる処置をとるには、まだ時期尚早かもしれません。私の名刺はお持ちですね……。事態に進展がありしだい、お伝えください」

「そうしましょう」

オリファントが立ち上がり、

「それに、お忘れなく。誰《だれ》かに訊《き》かれたら、私たちが今日話しあったのは、地理学協会の件だけですから」

「まだ、あなたの雇い主の名前をうかがっていませんよ、オリファントさん。本当の雇い主の名前を」

オリファントが細長い頭を厳粛に振って、

「それをお知りになっても、何の利益もありません――そういう質問には、不幸しか返ってきません。知恵がおありなら、マロリー博士、二度と裏取引屋とは関係をもたれないことでしょう。運が良ければ、ああいうことはなかったこととなり、悪夢のように、結局は跡形もなく消え去ることでしょう。私としては、お約束したとおり、地理学協会にあなたのお名前を推挙しておきますし、中央警察裁判所機関《ボウ・ストリート・トエンジン》を使いうるという、私からの提案を真剣に考えてみていただきたい」

マロリーが見守っていると、この並外れた人物が背を向けて、宮殿の贅沢《ぜいたく》なカーペットの上を大股《おおまた》に歩み去ってゆく。長い脚が鋏《はさみ》のように交差した。

新品の鞄《ヴァリーズ》を片手につかみ、もう一方の手では頭上の吊《つ》り紐《ひも》をつかんで、マロリーは乗合《オムニ》バスの混み合った通路を寸刻みに進みながら、ガタガタいう出口乗降段をめざしていた。不潔な舗装材馬車《タールマク》と出会って、運転手が速度をゆるめたとき、マロリーは舗道めざして跳んだ。

そうすまいとしたのに、マロリーは間違ったバスに乗ってしまったのだ。それとも、もしかしたら、車そのものは正しかったのに、とうに目的地を通りすぎるまで乗り続けてしまったのかもしれない。〝ウェストミンスター・レヴュー〟の最新号に夢中になっていたからだ。この雑誌を買い求めたのは、オリファントによる記事が載っていたからだ。クリミア戦争の成り行きについての、機知に富んだ戦後分析になっていた。明らかになってみれば、オリファントというのは、クリミア地域について専門家のようなものであり、交戦が始まる丸一年も前に、『黒海のロシア沿岸』なる本を出版していた。この本は、オリファントが過ごした、陽気だが、きわめて広範囲にわたったクリミアでの休暇を詳述している。マロリーの、新たに醒《さ》まされた眼から見ると、最新記事のいたるところに密《ひそ》かなほのめかしがあるようだ。

浮浪児が、小枝箒《ぼうき》でマロリーの足の前の舗道を掃いた。少年が不思議そうに顔を上げて、

「何です、旦那《だんな》……」

マロリーは厭《いや》な気分で、はっと気づいた。独り言を言っていたのだ。ぼんやりと気をとられて立ったまま、オリファントの狡賢《ずるがしこ》さについて、声に出してつぶやいていたのだ。少年が、マロリーの注意を引いたと見るや、後ろ宙返りをやってのける。マロリーはそれに二《タ》ペンス貨を抛《ほう》ってやってから、行きあたりばったりに向きを変え、その場を離れた。自分がいるのがじきに、レスター・スクエアだと気づく。ここの砂利道といい、正式の庭園といい、強盗や追いはぎに会うのにぴったりの場所。夜ともなれば、とりわけだ。というのも、周囲の街路には劇場やパントマイムや幻燈屋《げんとうや》ばかりだから。

ホイットコム・ストリートを横切り、次にオクスンドン・ストリートを横切って、ヘイマーケットにはいることになった。夏の真昼の陽射しの中では奇妙に見える。今は騒がしい娼婦《しょうふ》たちが眠っていて、ここにいないからだ。好奇心に駆られて、マロリーは道路沿いに歩いてみる。昼間は大いに違って見える。見すぼらしく、場所自体に倦《う》み疲れているようだ。とうとうマロリーの足取りに気づいたのか、ヒモが一人近づいてきて、鞘型嚢《フレンチ・レターズ》の包みを差し出す。花柳熱に対する確実な備えだと言う。

マロリーはそれを買い、包みごと鞄《かばん》に落としこんだ。

左に折れて、ドシドシ騒がしく忙しいペル・メルに踏みこむ。幅広い舗装道路の両側には黒い鉄の柵《さく》に囲まれた会員制クラブがあり、そうした大理石の正面入口は街路の押し合いへしあいから、ぐっと奥まっている。ペル・メルのはずれ、ウォータールー・プレイスの奥には、ヨーク公の記念碑が建っている。〝一万率いる偉大なるヨークの老公〟も今は、遠くで煤《すす》にまみれて黒ずんだ彫像にすぎず、その円柱も、鋼の尖塔《せんとう》のある王立協会の本部には圧倒されてしまう。

もうマロリーにも自分の居場所がわかった。ペル・メルにかかる、高くなった歩行者用橋を渡ると、その下では、汗まみれになってカーチーフを頭に巻いた男たちが、交差点を、鋼の腕を叩《たた》きつけるような掘削機で引き剥《は》がしている。新しい記念碑の基礎を準備しているらしいが、きっとクリミアでの勝利を讃《たた》えるものだろう。マロリーがリージェント・ストリートを大股《おおまた》に進んでピカディリー・サーカスに至ると、そこでは地下鉄道の煤けた大理石の出口から群衆が絶え間なく溢《あふ》れ出てくる。この人間の急流に流されるまま身を任せることにした。

ここには強烈な悪臭が、下水臭がある。まるで焦げた酢だ。一瞬、マロリーはこう想像してみた。この瘴気《しょうき》が群衆そのものから発しており、そのコートや靴のパタつく割れ目から生じるのだ、と。そこには地下めいた強烈さがあり、熱い燃え殻と腐敗性の滴りとの、何やら猛烈で深く埋もれた化学作用がある。ここでマロリーも気がついた。これは何かの方法で押し出されてきているのに違いない。ロンドンの熱い内臓部から、下を突進する列車によって、排出されているのだ。そのあと、マロリーは人に揉《も》まれながらジャーミン・ストリートを進むことになり、間もなく、パクストン&ホイットフィールドのチーズ専門店の、頭がくらくらするような商品の匂《にお》いを嗅《か》いでいた。急ぎ足でデューク・ストリートを渡るころには、悪臭のことも忘れ、キャヴェンディシュ・ホテルの錬鉄のランプの下で足を止めて鞄《かばん》の留め金を掛けなおし、それから向かいの目的地、実用地質学博物館に行く。そこは堂々として堅牢で、砦《とりで》のような建物だった——マロリーは、ここが館長の精神によく似ていると想う。階段を昇って、石造りの、嬉《うれ》しいほどの涼やかさにはいる。革装の訪問簿に麗々しく署名してから、先に進み、巨大な中央ホールにはいる。ここの壁面には、輝くガラスを前面に配した高価なマホガニー製キャビネットが並ぶ。光が、鋼とガラスの大きな丸天井から降り注ぎ、そこでは掃除夫が一人、装帯でぶらさがり、一枚ずつガラスを拭いているが、マロリーが見るところでは、果てしない繰り返しになってしまいそうだ。

博物館の一階には脊椎《せきつい》動物門が展示してあり、加えてそれに関連する層位地質学のさまざまに驚異的なイラストレーションがある。上の、手すりや柱のあるギャラリーには、一連のもっと小さなキャビネットにはいって、無脊椎動物がある。本日の見学者は心地良い規模で、驚くほど女性や子供の数が多く、中には、どこかの政府学校の生徒だろう、ずらりと制服を着た、みなりの良くない労働者階級の生徒たちのクラスがいた。生徒たちは、赤ジャケットのガイドの助けで、真剣にキャビネットを見つめている。

マロリーは、何の表示もなく背が高いドアをくぐり、両側が錠のおりた貯蔵室になっている廊下を進む。廊下の突き当たりでは、館長室の閉じたドアごしに、一人の威厳ある声だけが聞こえてくる。マロリーはノックし、微笑《ほほえ》みをうかべて耳を澄ませる。その声が、とりわけて朗々たる修辞的終止に至ったからだ。

「はいりたまえ」

館長の声が響く。マロリーが中にはいると、トマス・ヘンリイ・ハクスリーが立ち上がって出迎えてくれた。握手をかわす。ハクスリーは、秘書の、眼鏡《めがね》をかけた若者に口述していたのだ。若者には、野心あふれる大学院生のような雰囲気があった。

「さしあたり、そこまでだ、ハリス」とハクスリー、「リークス君を呼んでくれたまえ、雷龍《ブロントサウルス》のスケッチを持ってくるように、と」

秘書が鉛筆書きのノートを革張りの表紙にはさみこみ、マロリーに会釈して去った。

「どうしていたね、ネッド……」

ハクスリーがマロリーを上から下まで見回す。この、間隔が狭く、容赦ない観察力を秘めた瞳《ひとみ》が、人毛の毛根に〝ハクスリー層〟を発見したのだ。

「見たところ、実に元気そうじゃないか、まったく。立派とさえ言いたいほどだ」

「ちょっと運がつきまして」

マロリーはぶっきらぼうに言ってしまう。

驚いたことに、小さくて金髪の少年が、平襟のスーツに膝丈《ひざたけ》の半ズボンをきちんと着て、ハクスリーの山積みになったデスクの蔭《かげ》から現れた。

「で、こちらはどなた……」とマロリー。

「未来さ」

ハクスリーが皮肉っぽく言い、かがみこんで子供を抱きあげると、

「息子《むすこ》のノエルだ。今日は父親の手伝いというわけさ。はじめまして、とマロリー博士に

挨拶《あいさつ》なさい」

「はじめまして、マロイーさん」と少年が甲高く言う。

「マ、ロ、リ、ー博士だよ」

ハクスリーが優しくたしなめる。

ノエルが眼を丸くして、

「医学博士なの、マロイーさん……」

そう考えて、どうやら怯《おび》えたらしい。

「おやおや、最後に会ったときは、歩けるかどうかだったのにね、ノエル君」

マロリーははっきり声高に言ってやり、

「そうしたら、今日の君は立派に小さな紳士だ」

ハクスリーが息子を猫可愛がりしているのは知っていたから、

「で、君の弟君はどうしてる……」

「今は妹もいるんだ」

そうハクスリーが言って、少年を降ろし、

「君はワイオミングに行っていたからな」

「嬉《うれ》しいだろう、ノエル君」

少年が一瞬、微笑《ほほえ》みを見せる。警戒気味の礼儀正しさだ。少年は父親の椅子《いす》に跳び乗った。マロリーは鞄《かばん》を本箱の上に載せる。本箱にはモロッコ革装にしたキュヴィエの著作の原本が揃《そろ》っていた。

「興味をお持ちになりそうな品を持ってきましたよ、トマス」

そう言いながら、鞄を開き、

「シャイアン族からあなたへの、贈り物です」

鞘型《フレンチ・レターズ》嚢を〝ウェストミンスター・レヴュー〟の下にしまいこむようにしながら、紐《ひも》で縛った紙包みを取り出し、それをハクスリーのところに持っていく。

「これまた例によって、記述民族学的珍品でないといいが」

ハクスリーが微笑みをうかべて言い、ペーパー＝ナイフできちんと紐を切って、

「あの汚いビーズや何や、我慢がならないから――」

紙包みからは、縮れて茶色の、薄く平たいものが六枚出てきた。大きさは半クラウン貨ほどだ。

「シャイアン族の呪《まじな》い師からあなたへの、貴重な貢ぎ物ですよ、トマス」

「国教会主教みたいな人たちじゃないのかね……」

ハクスリーが微笑んで、その革のような物体を一枚、光にかざしながら、

「乾燥させた植物性のものだ。サボテンかな……」

「そのようです」

「キュー国立植物園のジョーゼフ・フッカーなら、わかるだろう」

「その呪医者は、かなりよく我々の探検の目的を把握してましてね。死んだ怪獣を、イン

グランドで、蘇（よみがえ）らせるのだろう、と想ってました。言うのによると、こういう薄板を使うと遠くまで旅できるんだそうですよ、トマス、そして生き物の魂を連れ戻《もど》すことができるそうです」

「どうすれば、いいのかね、ネッド、これをロザリオにつけるのか……」

「いいえ、トマス、食べるんです。食べて、唱えて、ドラムを叩《たた》いて、無茶苦茶に踊るうち、発作を起こして倒れます。それが通常の方法、らしいです」

マロリーはくすくす笑う。

「ある種の植物毒は幻覚を起こす作用を持つ」

ハクスリーがそう言い、薄板を慎重にデスクの抽斗《ひきだし》にしまいながら、

「ありがとう、ネッド。きちんとカタログに載せるようにさせるよ、あとで。どうやら業務に圧倒されて、我らがリークス君も手一杯のようだな。普段なら、もっと素早いんだが」

「今日は、いい見学者が集まっていますね」

マロリーは、沈黙を生じさせないように口に出す。ハクスリーの息子はポケットからタフィを出して、包み紙を外科手術のように丁寧に剝《む》いていく。

「うむ」とハクスリー、「ブリテンの博物館、我らが知性の砦《とりで》、と首相が得意の弁舌で言ったとおりさ。とはいえ、教育こそ、大衆の教育こそ、さしあたって最大の急務だというのは否定しても始まらない。でも、そんなものは全部投げうってね、ネッド、君のように

現地踏査に戻《もど》りたいと想うときがあるよ」

「あなたは、ここで必要とされているんですよ、トマス」

「そうは言うがね」とハクスリー、「出かけようとしてみるんだ、年に一度。たいていウェールズでね――丘《おか》歩きさ。心が洗われるよ」間を置いてから、「私が貴族に叙せられそうだというのは、知っていたかい……」

「いいえ」

マロリーは喜びの声をもらし、

「トム・ハクスリーが卿《きょう》とは。ほおお。何と素晴らしいニュースだ」

予想外にハクスリーは、むっつりした顔で、

「王立協会で、フォーブズ卿《きょう》に会ったんだ。こうさ、『さて、私にとっても嬉《うれ》しいことを君に伝えよう――君は貴族院にぴったりだ。金曜の晩に選抜が行われてね、どうやら君は選ばれた一人にはいっているようだ』」

ハクスリーが、見るかぎりでは苦労もせずに、フォーブズの仕草や言い回し、声音までも真似る。それから眼を上げて、

「自分でリストを見たわけじゃないが、フォーブズの威光はかなりのものだから、ほぼ確実だという気がする」

「もちろんですとも」

マロリーは大喜びで、

「お偉いさんなんでしょう、フォーブズって」

「公式に確認してもらうまでは、それほど確信は持てない」とハクスリー、「正直に言うがね、ネッド、ちょっと不安があるんだ。総理大臣の健康状態が、ああだからね」

「ええ、残念なことですね」とマロリー、「でも、それがどうしてそんなに気懸かりなんですか……。あなたの業績なら説明の要もない」

ハクスリーがかぶりを振り、

「こういうタイミングは偶然とは想えない。バベッジとエリート仲間の何かの策謀じゃないかと想う。まだバイロンに力があるうちに、貴族を科学碩学《せきがく》で一杯にしてしまおうという、最後の試みじゃなかろうか」

「そこまで勘ぐらなくても」とマロリー、「あなたは進化論争でも、一方の雄ですよ。どうして御自分の幸運に疑いをさしはさむんです……。僕の眼から見たら、まさしく当然としか想えませんがね」

ハクスリーが両の手でラペルをつかみ、この深く真情を吐露する姿勢で、

「貴族になっていようといまいと、ひとつだけ、はっきり言える——自分の問題は、それ自体のなりゆきにまかせてきた。特別な恩恵を望んだことはない。称号が自分のものになったとしても、それは自分で策謀したためではない」

「策謀などのはいりこむ余地はありませんよ」とマロリー。

「あるとも」

ハクスリーが鋭く言い返し、

「これは大っぴらには言えないがね」

声をひそめてから、

「君と私は昔からの知り合いだ。君のことは同志と想っているよ、ネッド、真実を語りあえる友だとね」

ハクスリーが自分のデスクの前のトルコ・カーペットの上を行ったり来たり歩きはじめ、

「これほど重要なことなのだから、謙遜《けんそん》のふりをしても始まらない。我々には、果たすべき重要な責務がある――我々自身に対しても、外の世界に対しても、科学に対しても。我々は賞賛を受け容れるが、それとて嬉《うれ》しいからではない。そして、数多くの困難に耐えるが、その中には、疑問の余地のない苦痛がさまざまにある。苦痛と、危険すらも」

マロリーは心が乱れている。知らせが急だったことと、ハクスリーの真剣さの重みとに虚を衝かれてしまった。でも、ハクスリーは昔からいつもこうだった、と思い直す――若い学生だったときから、この男のそばにいるとショックと刺激があったものだ。カナダから戻《もど》って以来初めて、マロリーは自分が本当の世界に帰ってきたと感じる。より清潔で高度な、ハクスリーの精神が住まう世界だ。

「どんな危険が……」

遅まきながらマロリーは尋ねる。

「倫理的な危険、同様に身体的な危険もある。世俗的な権力をめぐる抗争は、常に冒険をともなうものさ。貴族というのは、政治的な身分だ。党と政府さ、ネッド。金と法律。誘惑、恐らくは下劣な妥協——。この国の資源は有限だ——競争は激烈。科学と教育との地位は確保しなければならない。否、広げるべきだ」

ハクスリーが凄味《すごみ》のある微笑《ほほえ》みをうかべ、

「何とあっても、我々は進んで困難と戦わなくてはならない。そうしないならば、ただ座して、これからの世界を悪魔の想うままにさせるばかりだ。そして、私としては、科学が身をひさぐのを見るぐらいなら、体を八つ裂きにされたほうがましだ」

ハクスリーの遠慮のない物言いにびっくりして、マロリーは少年のほうにちらりと眼をやったが、少年はタフィをしゃぶりながら、ぴかぴかの靴で椅子《いす》の脚を蹴《け》っている。

「あなたなればこその仕事ですよ、トマス」とマロリー、「御承知でしょうが、僕にできる手伝いは何でもします。大義のために、僕が必要でしたら」

「そう言ってくれると嬉《うれ》しいよ、ネッド。君の熱意にも、頑固なまでに目標を見失わないことにも、信頼を置いている。信頼に足ることは証明ずみだものな、ワイオミングの原野で二年も重労働をしてきたんだから。あのな、毎週のように会う人間たちで、科学への献身を口にする連中はいるよ、でも連中が夢見ているのは、金のメダルと教授帽でしかないんだ」

ハクスリーの足取りが早くなり、

「偽善とおべっかと利己主義の、おぞましい靄《もや》が、現在のイングランドでは何もかも包みこんでいる」

ハクスリーがぴたりと足を止め、

「言いかえればね、ネッド、ときどき自分でも私自身がそれに染まっているんじゃないかと想うんだ。そんな可能性は、心の底から厭《いや》だと想っているがね」

「ありっこないことですよ」とマロリーはうけあう。

「君に戻《もど》ってきてもらえて嬉しいよ」

ハクスリーがまた歩きはじめ、

「しかも、なおさらいいことに、有名になった。その有利さは利用しなくてはいけない。旅行記を書くべきだ。君の冒険を詳細に物語ってね」

「そう伺うと偶然なんですが」とマロリー、「ちょうど、そういう本を鞄《かばん》にいれているんです。『中国と日本への特使』ローレンス・オリファントの本です。とても頭の回る男のようですね」

「地理学のオリファントかね……。あれは手がつけられない。才が鼻につくし、政治家のように嘘《うそ》をつく。いや、私が言っているのは、大衆向けの書き物だ。職工でもわかるような、居間をペンブローク・テーブルや焼物の羊飼いや羊飼い女で飾るような手合いでもわかるような本だ。言っておくがね、ネッド、偉業をなしとげるためには肝腎《かんじん》なことなんだ。それに加えて、いい金にもなる」

マロリーは面くらって、

「調子が乗れば、僕だって喋《しゃべ》りますけどね、冷静になって本を一冊書くとなると――」

「グラブ・ストリートの物書きを見つけて、粗削《あらけず》りな部分に仕上げをさせるさ」とハクスリー、「ごく当然のやり方だから、大丈夫だよ。ディズレイリという男がいるんだ。その父親が〝ディズレイリ季刊〟を創刊してね。ちょっと無鉄砲な男だ。煽情《せんじょう》小説を書く。屑《くず》だ。でも、素面《しらふ》のときは、頼りになる奴《やつ》さ」

「ベンジャミン・ディズレイリですか……。妹のアガサが、その人のロマンス小説に夢中になっていますよ」

ハクスリーのうなずき方は、どこかマロリーにこう告げているようだった。ハクスリー一族の女性なら、大衆小説を読んでいるところを他人に見られることなどありえない、と。

「君の王立協会でのシンポジウムについて話し合っておかなくてはならないな、ネッド、これから君が雷龍《ブロントサウルス》について発表するときのことさ。大掛《と》かりな行事になるだろうし、きわめて貴重な大衆向けの演壇になる。宣伝のための、よく撮れた写真はあるかね……」

「いいえ、全然」とマロリー。

「それなら、モール&ポリブランクがぴったりだ。紳士階級のための銀板写真家《ダゲレオタイピスト》だ」

「それは書き留めておきましょう」

ハクスリーがデスクのうしろにあったマホガニー枠の黒板に歩み寄って、銀製のチョーク挿しを取る。振り返ってから、**モール&ポリブランク**、と、素早く流れるような草書体で書いた。

「キノトロピストも必要になるが、それについても、ぴったりの人間がいる。王立協会の仕事をずいぶんやってくれている男だ。いささか過剰なほど凝った仕事をする傾向があるから、チャンスありと見たら、クラッキングで客をさらってしまうぞ。ひびはひとつずつ金属で埋める、と本人は言うがね。とにかく、抜け目ない奴《やつ》さ」

ジョン・キーツ、と書いた。

「これはありがたいなあ、トマス」

ハクスリーが動きを止めて、

「もうひとつあるんだよ、ネッド。言うのをためらってしまうんだが」

「どういうことです……」

「君の感情を傷つけたくないんだ」

マロリーは心にもない微笑《ほほえ》みをうかべて、

「僕が大した喋《しゃべ》り手じゃないのは、自分でもわかってますけど、これまでは何とかやってきましたよ」

ハクスリーは動きを止めていたが、いきなり手を挙げて見せ、

「これは何と呼ぶね……」

「チョークと呼びますが」

マロリーは相手に調子を合わせて、そう答える。

「チャアクか……」

「チョーク」とマロリーは繰り返す。

「その口を開けたままのサセックス母音を、何とかしなくちゃならないな、ネッド。知っている人間がいるよ。発声教師《エロキューショニスト》だ。とても控え目な小男でね。実はフランス人なんだが、君など聞いたこともないほど上品な英語を喋る。あの男について一週間もレッスンを受ければ、奇跡が起きる」

マロリーは顔をしかめ、

「まさか僕に奇跡が必要だとお想いなんじゃないでしょうね」

「とんでもない。これは単純に、耳を教育することなんだ。人気の出てきた弁論家のうち、どれほど多くが、この紳士の客になっていたか知ったら、君もびっくりするよ」

ジュール・ダランベール、とハクスリーが書いてから、

「このレッスンは、やや高価につくが――」

マロリーは、その名前を書き留めた。

ドアをノックする音がした。ハクスリーが黒板を、黒檀《こくたん》の柄のついた黒板消しの埃《ほこり》っぽいフェルトで拭って、

「はいりたまえ」

石膏《せっこう》のしみのついたエプロン姿の、ずんぐりした男が現れた。

「トレナム・リークス君は憶《おぼ》えているだろうね、我らが副館長だ」

リークスが丈の高い二折判《フォリオ》のバインダーを腋《わき》の下にはさんで、マロリーと握手する。最

後にマロリーが会ったときから、リークスはいくらか禿《は》げあがり、肉がついたようだ。

「遅れて申し訳ありません」とリークス、「スタジオでは、困りきっておりまして。あの脊柱《せきちゅう》の配列で。驚くべき構造なんです。単純な大きさだけでも、とんでもない問題になっております」

ハクスリーがデスクの一部を空けた。ノエルが父親の袖《そで》を引っぱって、何やらささやく。

「ああ、いいとも」とハクスリー、「ちょっと失礼するよ、おふたかた」

ノエルの先にたってオフィスから出て行く。

「昇進おめでとうございます、リークスさん」とマロリー。

「ありがとうございます」

リークスが答える。バインダーを開いてから、リボンつきの鼻眼鏡を鼻に固定すると、

「それに、この大発見についても、ありがとうございます。ただ、こう言っておくべきでしょうな、これは我らが施設のスケールに挑むものだ、と」

グラフになったフールスキャップ判の用紙を叩《たた》き、

「ご覧になると、おわかりでしょう」

マロリーはそのスケッチをじっと見た。博物館中央ホールの平面図であり、そこにレヴィヤタンの骨格が重ねてある。

「頭蓋骨《ずがいこつ》はどこです……」と尋ねる。

「首は完全に入口ホールまで伸びてしまいます」

リークスが誇らしげに言い、

「キャビネットをいくつか移動させなくてはなりますまい――」

リークスがそれを、何枚もあるスケッチから選び出した。マロリーはそれを見つめて顔をしかめ、

「こういう解剖学的配置にした根拠は何ですか……」

「この生物について、さしあたっては、きわめて限られた論文しか発表されておりません」

傷ついた様子でリークスが言い、

「いちばん長く、詳細なものは、先月の〝紀要〟に載ったフォーク博士のものです」

フォールダーの中から雑誌を差し出す。

マロリーはそれを払いのけるようにして、

「フォークは完全に、この標本の性質をねじまげているよ」

リークスが眼をぱちくりして、

「フォーク博士の評判は――」

「フォークは斉一論者だぞ。ラドウィクの同輩で、いちばん近い盟友なんだ。フォークの論文なんて薄っぺらな戯言《ざれごと》だ。あの主張によれば、この生物は冷血動物で半水棲《はんすいせい》ということになる。柔らかい水草を食べて、のろのろ動いたことになる」

「でも、これほど大きい生物ですよ、マロリー博士、これほどの体重がある。どう見ても水中生活のほうが、体重を支えるだけでも――」

「なるほど」

マロリーは言葉をはさむ。何とか自分の癇癪《かんしゃく》を抑えようと努める。気の毒なリークスを困らせても、何にもならない――この人物は役人であって、これ以上の知識はないのだし、悪意があるわけでもない。

「それで、あなたがどうして首をだらりと伸ばさせたか、理由がわかる。ほぼ床と平行だもの――それに、トカゲのような――いや、両生類のような――脚の関節になっているのかも説明がつく」

「そうなんです」とリークス、「想像できますのは、これがあの長い首で水草を採取しているところでして、こうすれば、あの巨体を遠くまで動かすことも、とても早く動かすことも、めったに必要がないわけです。ただ、捕食獣から逃げるときは別でしょうが、それも、これほどの化け物に襲いかかろうとするほど、腹を減らしたものがいれば、の話です」

「リークスさん、この生物は、柔らかな体の山椒魚《さんしょううお》を大きくしたようなものじゃないんだ。あなたは、重大な考え違いの犠牲になっている。この生物は現代で言えば象やキリンのようなもので、ずっと大きなスケールだということだ。進化の結果、樹木のてっぺんをむしりとって食べるようになったんだよ」

マロリーはデスクから鉛筆を取って、素早く手際良くスケッチして、

「大半のときは後肢で立って、尾を支えに、首は地面から高く上げていたはずだ。尾部の脊柱《せきちゅう》が、こうして太くなっていることに注目してほしい。大変な圧力がかかったこと、すなわち二足姿勢をとっていたことの、確実な証拠だ」

　青写真を叩《たた》き、さらにこう続ける。

「こういう生物の群れなら、森林ひとつを短時間で食い尽くしただろう。移動したんだよ、リークスさん、象のように、長距離を素早く。破壊的な食欲で、風景そのものを変えてしまいながら、ね。雷龍《ブロントサウルス》は、直立して、胸幅狭い姿勢をとっていた。肢はきわめて柱に近く、垂直だった。それで素早く象のように膝《ひざ》を曲げずに歩いた。こういう蛙みたいなことはしなかったはずだ」

「この姿勢は、鰐《わに》を手本にしたつもりです」とリークスが反論する。

「ケンブリッジ機関《エンジン》解析研究所が、僕の応力解析を完成させてくれた」

　マロリーは言う。自分の鞄《かばん》に歩み寄って、ファンフォールド紙の束を装丁したものを抜き出し、それを叩きつけるように置いて、

「肢をこんな莫迦《ばか》げた位置にしていたら、陸地では一瞬たりとも過ごせなかったはずだ」

「さようです」リークスが静かに言い、「それが水棲だという仮説の根拠になっているのです」

「この足先を見てみたまえ」とマロリー、「礎石のように厚くなっているだろう。泳ぐた

めに水掻《みずか》きをつけた足じゃない。それに脊柱の突起を見てくれ。この生物は股関節のところから体を起こして、高い場所に伸び上がったんだ。建設クレーンのようなものさ」

リークスが鼻眼鏡《はなめがね》を外した。ズボンのポケットから出したリネンのカーチーフで眼鏡を拭きはじめて、

「これはフォーク博士が不愉快な想いをなさいますぞ。それは博士の同僚の方々も同じだと存じます」

「あの連中とは、これからさ」とマロリー。

ハクスリーが、息子の手を引いてオフィスに戻《もど》ってきた。リークスからマロリーへと眼を移して、

「おやおや。もう議論にどっぷりかね」

「フォークのナンセンスのせいですよ」とマロリー、「あの男は、恐竜が生きるに適しなかったと証明する気でいるようです。僕の巨獣《レヴィヤタン》を水に浮いたナメクジ扱いにして、池の水草を飲み込ませている」

「あまり脳をもっていなかったことは、賛成するだろう」とハクスリー。

「あれがのろのろしたものだとしたらね、トマス、筋が通りませんよ。誰もが認めるとおり、ラドウィクの恐竜は飛ぶことができたんです。ああいう生物は敏捷で活動的だったんですよ」

「実を言うとね、ラドウィクが戦列を離れてから、その話題については修正意見が出てき

ているんだ」とハクスリー、「一部では、ラドウィクの空飛ぶ恐竜も滑空できるだけだったと言っている」

マロリーは室内にいる子供のことを慮《おもんぱか》って、悪態を嚙《か》み殺し、

「要するに、すべては基本理論に戻ってくる、ということですね。斉一論一派としては、こういう生物が頭も動きも鈍いように想わせたい。そうすれば恐竜も、あの派の、ゆるやかな発展、現在に至るまでのゆっくりとした発達というスロープに合う。ところがですね、天変地異の役割を認めるなら、こうした壮大な生物にも、ダーウィン的適者としての身分をずっと大きく与えることができるんです。ただ、そうなると、フォークやその仲間のような格の、ちゃちな現代の哺乳類の虚栄心は傷つくでしょうがね」

ハクスリーが腰をおろした。片手を頰髯《ほおひげ》のある頰にあて、

「あの標本の配置に異議があるのかね……」

「マロリー博士としては、立たせるほうがいいとお考えのようです」とリークス、「樹木のこずえを食べる寸前のように」

「そういう体勢も可能なのかね、リークス君……」

リークスは仰天したようだ。鼻眼鏡をエプロンの奥のポケットにしまいこむ。それから頭を搔《か》いて、

「おそらくできるかと存じます。天窓の真下に据えつけて、天井の梁《はり》から固定すれば、です。首をちょっと曲げる必要があるかとは想いますが——首を観客に向けることができま

すよ。それなら、とても衝撃的でしょう」

「人気という猛犬《ケルベロス》に餌《えさ》か」とハクスリー、「ただ、私としては、古生物学の高ぶった神経の重要性を疑問にしたい。正直に言って、この議論については、どうも不安がある。まだフォークの論文も読んでいないし、マロリー君、君はまだこの話題について何も発表していない。それに、激変説論争の火に油を注ぐのは気が進まない。『自然は飛躍しない《ナートゥーラ・ノン・ファキト・サルツム》』だよ」

「でも、自然は明らかに飛躍するんです」とマロリー、「機関《エンジン》の模擬実験《シミユレーション》でも証明されています。複雑なシステムは、突然に変換を起こすことがあるんです」

「理論はともかくだ。さしあたっての証拠から、どれだけのことが言えるかね……」

「かなりの立証ができます。公開講義では、それをするつもりです。完璧《かんぺき》な立証にはなりませんが、反対陣営よりはましです」

「学者としての評価を、それに賭《か》ける気はあるかね……。あらゆる疑問、あらゆる反論を考慮してみたのか……」

「間違いはあるかもしれません」とマロリー、「でも、向こうほど、とことん間違っていることはありません」

ハクスリーがデスクを壺《つぼ》ペンで叩《たた》き、

「こう尋ねたらどうだね――初歩的な問題としてだが――この生物はどのようにして、木を含んだ葉叢《はむら》を食べることができたのか。首はせいぜい馬なみの大きさしかなく、歯は驚くほど貧弱だが」

「歯で噛《か》んだのではありません」とマロリー、「これには砂嚢《さのう》があって、その内側には挽《ひ》き潰すための石がありました。胸郭の大きさから判断して、この器官は長さ一ヤード、重さ百ポンドほどもあったようです。百ポンドの砂嚢とあれば、雄象四頭分の顎《あご》の筋力すらしのぎます」

「どうして爬虫類《はちゆうるい》が、それほどの栄養量を必要とするんだね……」

「本質的には温血動物ではありませんが、高い代謝率をもっていました。単純に、表面積と体積の比率の問題です。あれほどの大きさの体軀《たいく》となれば、寒い気候であっても体温をたもつことができます」

マロリーは笑顔になり、

「方程式は簡単に計算できますから、協会の小型機関《エンジン》でも、せいぜい一時間しかかかりません」

「これは、とんでもない厄介ごとになるぞ」とハクスリーがつぶやく。

「政治を真実に優先させますか……」

「一本取られた。負けたな、リークス君――配置計画は、御苦労だったろうが、変えてもらわなくてはならないようだ」

「スタジオのみんなは、無理難題が大好きです」

リークスが忠義者らしく言い、

「それに、これは余計なことかもしれませんが、ハクスリー博士、論争があると見学者数に驚くほど効果があります」

「もうひとつ、細かいことですが」

マロリーは急いで言い、

「頭蓋骨《ずがいこつ》の状態で。残念ながら、標本の頭蓋骨は断片状になっていて、綿密に調べなくてはならないし、ある程度の推測もまじえなくてはならない。頭蓋骨のことについては、スタジオで一緒に参加したいんだが、リークスさん」

「どうぞ、どうぞ。あなたにも鍵《かぎ》をお渡ししておくようにさせます」

「石膏《せっこう》の成形について知っていることは、すべてギディオン・マンテル卿《きょう》から教わったんだが」

マロリーは、懐かしむ口振りも明らかに言い、

「最後にあの大切な技術を使ったのは、ずいぶん昔になってしまった。これほど立派な環境で、最新の技術の進歩をまぢかに見られるとは、大いに楽しみだ」

ハクスリーが微笑《ほほえ》みをうかべ、それはどうかと言う口調で、

「君に満足してもらえればいいがね、ネッド」

カーチーフで首筋を拭いながら、マロリーは厭《いや》な気分で中央統計局の本部を眺めた。古代エジプトが死に絶えて、もう二五世紀にもなるのに、マロリーはそれについて熟知

し、嫌うまでになっている。フランスによるスエズ運河掘削は壮大な企図であり、そのためにエジプト的なものは何でもパリジャンの流行になった。その熱狂ぶりはブリテンをも襲い、国じゅうに、スカラベのタイピンや隼《はやぶさ》の羽のティーポットや倒れた方尖塔《オベリスク》の毒毒しい立体画や鼻の欠けたスフィンクスの模造大理石ミニチュアなどがあふれた。製造業者が機関刺繍《エンジンししゅう》で、異教の神々の獣頭のごたまぜを、カーテンやカーペットや馬車用膝掛《ひざか》けにするに至っては、マロリーには我慢がならない。とりわけ嫌悪感を覚えるようになったのは、ピラミッドについての間の抜けた戯言《たわごと》だ。ピラミッドなど廃墟《はいきょ》であるにもかかわらず、マロリーの神経にいちばん障るような、阿呆《あほう》な感嘆を誘うからだ。

マロリーとて、スエズという工学的な離れ技については、もちろん感嘆をもって読んだ。石炭が不足していたため、フランス人は巨大な掘削機械の燃料に、瀝青《ビチューメン》がたっぷりしみこんだミイラを使った。それがコルク材のように山積みになっていて、トン単位で売られたという。それにしても、地理学雑誌でエジプト学に奪われているスペースが腹立たしい。

中央統計局は、形もどことなくピラミッド的である上、装飾の細部では極端にエジプト風になっており、ウェストミンスターという政治の中心に、どっかと腰をおろし、上のほうの階が傾斜していって石灰岩の頂点になっている。空間を確保するために、建物の下の部分は不正確に膨れ、どこかしら大きな石の蕪《かぶら》といった形だ。聳《そび》えたつ煙突に貫かれた壁面には、回転する換気扇の森が散在し、その翼が煩《わずら》わしくも隼の羽の形をしている。この大建築物全体を上から下まで穴だらけにして、太く黒い電信線が通っているさまは、帝国の情報の個々の流れが堅牢な石に穴を穿《うが》ったかのようだ。密生した電線が、導管から腕木から垂れ下がって続く電信柱は、出入りの激しい港に見る艤装《ぎそう》なみにもつれあっている。

マロリーはホースフェリー・ロードの熱くべたついたタールマク舗装を横切りながら、頭上で蜘蛛《くも》の巣状になった電線に群れる鳩の糞《ふん》に気をつけた。

局の要塞《ようさい》のような扉が、蓮華《れんげ》模様を頂につけた円柱や英国風にしたブロンズのスフィンクスに囲まれて、高さ二十フィートほどもあり、のしかかるように現れた。もっと小さな通用扉がその両端に組み込まれている。マロリーは顔をしかめながら、涼しく薄暗く、微《かす》かながら隅々まで行き渡った灰汁《あく》と亜麻仁油の臭《にお》いの中に足を踏みいれた。ロンドンという煮立ったシチューは背後にしてきたけれど、この忌々しい場所には窓がない。エジプトもどきの噴射が暗闇を照らし、その炎は、磨きあげた錫《すず》の、扇形の反射鏡の中で軽やかに吹き荒れる。

マロリーは訪問デスクで自分の市民カードを提示した。受付係――あるいは、最新式の局制服を妙に軍隊風に身につけているところを見ると、もしかしたら何かの警察官なのかもしれない――は、マロリーの行き先を丹念に書き留めた。カウンターの下から機関《エンジン》印刷による建物の平面図を取り出し、曲がりくねった経路を赤インクで書き込んでくれる。

マロリーは、地理学協会の指名委員会に今朝出席したことから、まだ腹立たしい気分だったので、ややぶっきらぼうに礼を言った。どういうわけか――裏でどう汚く糸が引かれているのかわからないが、陰謀であることは明確そのものに――フォークが地理学協会の指名委員会に名を連ねていたのだ。雷龍水棲説《ブロントサウルスすいせいせつ》がハクスリーの博物館からはねつけられたフォークは、マロリーの樹木食仮説を個人攻撃として受け止め、その結果として、普通に気持ち良く形式を踏むはずのところが、またも急進的な激変説の公開裁判になってしまった。マロリーは、最終的には特別会員の地位を勝ちとることができた。オリファントが充分に根回しをしておいてくれたので、フォークの土壇場での不意討ちも功を奏さなかったのだが、それにしても、あの成り行きには、まだ腹が立つ。自分の声望に傷がついたのが感じられる。エドワード・マロリー博士──低俗新聞がどうしてもこだわるのによれば〝巨獣《レヴィヤタン》マロリー〟だが──は、狂信的で、狭量にすら見せかけられたのだ。それも、よりによって威厳ある第一級の地理学者たち、メッカのバートンとかコンゴのエリオットといった人たちの前でだ。

マロリーは独り言をつぶやきながら、地図に従っていく。学術上の論争は、トマス・ハクスリーに好運をもたらしたようには、マロリーに好運をもたらしてくれることがないようだ。ハクスリーは権威との確執があっても、論争の魔術師として名を馳《は》せるばかりなのに、マロリーはこんなガス照明の霊廟《れいびょう》をとぼとぼ歩く羽目になってしまう。ここで、卑しむべき競馬場のヒモの正体をつきとめることになっているのだ。

最初の曲がり角を回ったところで、大理石の浮き彫りに〝モーセの蛙の災い〟が描かれているのを見つけた。これはマロリーにとって昔から、聖書の物語の中ではお気に入りのひとつだった。見とれて足をとめていたら、危うく鉄の手押し車に轢《ひ》かれそうになった。

車には縁ぎりぎりまでパンチ＝カードの束が積んである。

「どいた、どいたあ」

甲高い声をあげる車押しは、真鍮《しんちゅう》ボタンのサージ服にメッセンジャーの前びさし帽をかぶっている。マロリーはびっくりして見たが、この男は車輪のついたブーツをはいていた。頑丈な編み上げ靴に、小さな車軸とスポークなしで丸いゴムがついている。この若者は猛然と廊下を走っていって、重い車を巧みに操り、角を曲がって姿を消した。

マロリーは縞模様《しまもよう》の木挽台《こびきだい》で封鎖した廊下を通りかかった。そこでは、一見したところ狂人と想われる人間が二人、ガスに照らされた暗がりで、両手両膝をついてゆっくりと這《は》っている。マロリーは眼をみはった。這う人たちは、ぽっちゃりした中年婦人で、喉《のど》から足まで、しみひとつない白をまとい、髪もぴったりした伸縮性のターバンに収めている。遠くから見ると、その衣裳が不気味にも死装束に想える。見ていると、二人組の一方がのろのろと立ち上がり、引き伸ばし式の棒の先につけた海綿モップで、丁寧に天井を拭きはじめた。

二人は掃除婦だった。

地図に従って昇降機《リフト》のところに着くと、制服を着た係員に招じいれられ、別の階に運ばれた。ここの空気は乾いて動きがなく、廊下は一層忙《せわ》しげだ。奇妙な格好の警察官がもっとおり、それに混じって首都の真剣な顔つきの紳士たちがいる——恐らく法廷弁護士、あるいは事務弁護士、それとも大資本家の法律代理人だろう。大衆の意向や傾向に関する知識を手に入れ、受け売りすることを仕事にしている男たちだ。つまりは、実体のないものだけを扱う政治人間なのだ。だから、恐らくは妻も子も、褐色砂岩の我が家もあるのだろうに、ここで見る男たちは、マロリーの眼にはどことなく幽霊めいて、あるいは聖職者めいて映る。

何ヤードか先で、マロリーは二人目の車輪つきメッセンジャーを不意に避けることになった。装飾を施した鋳鉄製の柱で体を支える。金属に手を灼かれた。贅沢《ぜいたく》に飾りたててある——蓮華《れんげ》模様だ——けれども、この柱は煙突だ。調節不備な煙道の、くぐもった唸《うな》りや轟《とどろ》きを発しているのが聞きとれる。

また地図を参照して、左右に事務室が並ぶ廊下にはいる。白衣の事務員たちが、ドアからドアへと出入りして、カードを積んだ一輪車を転がしていく若いメッセンジャー少年たちを避ける。ここではガス燈《とう》も明るいけれど、絶え間ない風にゆらめいている。マロリーは肩ごしに振り返ってみた。廊下の突き当たりに、巨大な鋼枠の送風ファンが立っている。かすかにきしる音を発して、油をさしたチェーンで駆動されており、このピラミッドの奥深くにある眼に見えぬ発動機で動かされているのだ。

マロリーはやや頭がぼうっとしてきた。こういう場所に来たのは、大間違いだったかもしれない。ダービイ競馬日の謎《なぞ》を追うなら、オリファントの役人仲間などと一緒にヒモどもを捜すより、もっと良い方法があったはずだ。この場所の空気そのものに気が滅《め》入《い》る。空気は焦げたようで石鹼《せっけん》臭く生気を欠いているし、床も壁も磨きあげられて輝いている。

ここほど普通の汚れを持たない場所など、これまで見たこともない——こうした廊下も何かを想《おも》い出させる。別の迷路の旅を——

ダーウィン卿《きょう》だ。

マロリーと、かの偉大な碩学《せきがく》とは、ケントの葉蔭《はかげ》になった生垣の小道を歩いていたのだった。ダーウィンはステッキで湿った黒土をつついていた。ダーウィンはいつまでも、あの絶え間なく、整然と、圧倒的に厳密な口調で、ミミズについて語っていた。ミミズは地下で人目につかず常に働き続け、ついには巨大なサルセン石すらもゆっくりと黒土の中に沈みこませるほどだ。ダーウィンはストーンヘンジで、その過程を計測し、あの古代遺跡の時代を測定しようとしたのだった。

マロリーは口髭《くちひげ》をぐいと引く。手にした地図のことは念頭にない。ある幻影が訪れた。ミミズが天変地異的な狂暴さで掻《か》き回し、地面が魔女の秘薬のごとく沸きかえり泡立つ。何年かで、あるいはほんの数か月かもしれないが、よりゆるやかだった累代の遺跡が、座礁したかのように、太古の床岩まで沈んでしまう——

「はあ……。何か御用でしょうか……」

マロリーは、びくりとして我にかえった。白衣の事務員が前に立ち、眼鏡をかけて訝《いぶか》しげな顔で、こちらの顔をのぞきこんでいる。マロリーは、当惑して睨《にら》みかえした。あの天恵の一瞬、啓示を得られる直前にあったのに、今はそれが消え、出しそこねたくしゃみのように、みじめにも恥ずかしい。

さらに悪いことに、今になって気づいたが、マロリーはまた声に出して独り言を言っていたのだ。たぶんミミズについてだろう。ぶっきらぼうに地図をつきつけ、

「五階のQC＝50を捜している」

「それは、〝定量犯罪学〟ですね。ここは〝犯罪抑止研究〟です」

事務員が、近くの事務室のドアの上にかかった小看板を指さす。マロリーはぼんやりとうなずく。

「QCなら〝非線形分析〟のすぐ先ですから、右手の角を曲がってください」

そう事務員が言う。マロリーは先に進んだ。事務員の怪しむような視線が背中に感じられる。

QC部門では小さい区切りが蜂の巣状になっており、首までの高さの壁を穴だらけにして、石綿《アスベスト》貼《ば》りの物入れがある。手袋をしてエプロンを着けた事務員が傾斜をつけたデスクにきちんと向かい、パンチ＝カードを調べ扱うのに、さまざまなクラッカー専用の道具を使う――シャフラー、ピン＝マウント、アイシングラス色分類、精密ルーペ、絹油布、精巧な、尖端《せんたん》にゴムをつけたピンセット。マロリーは、こうした見慣れた作業を眼にして、急に楽しくなって自信を取り戻した。

QC＝50は局の定量犯罪学担当次官のオフィスになっており、オリファントに聞いたところでは、その次官の名前はウェイクフィールドという。

ウェイクフィールド氏はデスクをもたない。あるいは、デスクが自分のオフィス全体を

取り囲み、呑《の》みこんでしまったため、ウェイクフィールドはその内側で仕事をしている。書き物テーブルは壁スロットから巧妙な蝶番《ちょうつがい》システムで飛び出し、やがてまた不思議な特殊家具のシステムの中へと姿を消す。新聞ラックがあり、手紙ばさみがあり、巨大な埋め込み式カード＝ファイルがあり、カタログがあり、コード一覧書があり、クラッカー用ガイドがあり、精巧な複数文字盤の時計があり、電信指針盤は三台あって、その鍍金針《めっきばり》がカチカチとアルファベットを刻み、プリンタ群がせわしげにテープをパンチしていく。

ウェイクフィールド本人は、砂色の髪が後退しかけた青白いスコットランド男だった。その視線は、あからさまにはぐらかそうとしているのではないとしても、極端にうつろいやすいものだ。著しく下顎《したあご》が引っ込んでいるために、下唇にへこみができていた。

マロリーは、こういう地位にあるにしては、ずいぶん若い男だと想った。せいぜい四十歳だろう。おそらく、熟練クラッカーの大半がそうであるように、ウェイクフィールドも機関《エンジン》業務と一緒に成長してきたのだ。バベッジの最初の機関《エンジン》は、今や栄えある記念品となっているけれど、それでも三十年足らず前のものでしかない。しかし、機関術《エンジンリ》の急速な発達は、あたかも精神の強力な牽引車《けんいんしゃ》であるかのように、ある世代を率いてきた。

マロリーは自己紹介してから、

「遅くなって申し訳ありません。ここの廊下で、ちょっと道に迷いまして」

そういう話は、ウェイクフィールドにとって目新しいことではないらしく、

「お茶をさしあげましょうか。とても上質のスポンジケーキがあるんです」

マロリーはかぶりを振ってから、派手な仕草で葉巻ケースを開き、

「お喫《す》いになりますか……」

ウェイクフィールドが真っ青になって、

「いや、結構です。火災事故、断固、規則違反です」

マロリーは残念ながらケースをしまい、

「なるほど——でも、上質な葉巻なら、格別な害はないと想うんですが……」

「灰ですよ」

ウェイクフィールドが厳しく言い、

「それに空気中の粒子です。空中を漂って、歯車オイルを汚し、嚙《か》み合わせを損ないます。そして、局の機関《エンジン》を掃除することとなったら——ま、それがシーシュポス的骨折りであることは、申しあげる必要もないと想いますが、マロリー博士」

「確かに」

マロリーは口ごもる。話題を変えようと想ったので、

「ご承知のことでしょうが、私は古生物学者ですけれども、クラッキングについても多少の技術をもっています。ここで回転させているのは、ギア=ヤードにして、どのぐらいになります……」

「ヤードですって……。我々はここのギア長をマイル単位で計っているんですよ、マロリー博士」

「何と。それほどのパワーですか」

「それほどの厄介ごと、とおっしゃってもよろしいが」

そう言って、ウェイクフィールドが謙虚に白手袋の手を振り、

「回転の摩擦で熱が高まり、それによって真鍮《しんちゅう》が膨張し、それが歯車の歯を傷つけます。湿り気の多い気候ですと、歯車オイルが凝固し――乾いた気候となれば、回転する機関《エンジン》は多少のライデン電荷を発生させることすらあって、それがあらゆる汚れを引きつけます。歯車は詰まって引っ掛かり、パンチ＝カードはローダに貼《は》りつき――」

ウェイクフィールドが溜《た》め息《いき》をもらしてから、

「清潔さと熱と湿度については、あらゆる予防手段を講じても、決して損にはならないと悟りました。我々のお茶のケーキすら、局のために特別に焼いてもらっておりましてね、屑《くず》の危険を減らしているんです」

その〝屑の危険〟という言い回しが、どこかマロリーには滑稽《こっけい》に感じられたけれど、ウェイクフィールドがきわめて生真面目な顔をしているので、冗談のつもりは全くないらしい。

「コルゲートの酢クレンザーは試してみたことがありますか」とマロリー、「ケンブリッジでは、あれ一本槍ですが」

「ああ、ええ」

ウェイクフィールドが間延びした言い方で、

「懐かしの機関《エンジン》解析研究所ですか。我々も、学者さんのように、のんびりしたペースだったらいいんですが。ケンブリッジでは真鍮《しんちゅう》を甘えさせていますがね、こうした公共事業ですと、きわめて厳しいルーチンを走らせ、走らせ直して、十進レヴァを歪《ゆが》ませてしまうわけです」

マロリーは、最近まで研究所に行っていたので最新知識があり、それを示すつもりで、

「新しいケンブリッジ・コンパイラの話はお聞きになりましたか……。あれだとギアの磨滅を、もっとずっと万遍なく振り分けることができるとか――」

ウェイクフィールドはそれを無視して、

「議会や警察にとっては、この局は単なる情報源なんですよ。いつでも要求に即座に応《こた》えなくてはならないくせに、それにもかかわらず、厳しく首筋を抑えられている。資金的に、ということですな。こちらが必要なことは理解してもらえないのです。昔ながらの悲しむべき物語です。きっと、わかっていただけるでしょう。ご自身、科学者でいらっしゃるのだから。礼を失するつもりはないんですが、下院などは真のクラッキングと発条式《ぜんまい》焼《や》き串《ぐし》回転機の区別もつかない」

マロリーは口髭《くちひげ》を引っぱって、

「確かに残念ですな。マイル単位のギアとは。それによって、どれほどのことができるか想像すると、その希望たるや息も止まるほどです」

「いや、その息はすぐ継ぐことができるはずですよ、マロリー博士」とウェイクフィール

ド、「クラッキングにおいては、需要が常に膨らんで、能力を圧倒するんです。まるで、それが自然の法則かのように、ね」

「法則かもしれませんな」とマロリー、「我々にはまだ理解できない、自然のどこかの領域では」

ウェイクフィールドが礼儀正しく微笑《ほほえ》みをうかべ、時計にちらりと眼をやって、

「残念ながら、向上心など日常の業務に呑《の》みこまれてしまいます。機関《エンジン》哲学について語りあう機会など、めったにありません。私のいわゆる同僚、オリファント氏は、もちろん例外ですが。もしや氏から、我々の機関《エンジン》について夢のような計画を聞いていらっしゃるのではありませんか……」

「ごく手短にだけですが」とマロリー、「氏の、その、社会研究の計画には、グレート・ブリテンにある機関《エンジン》パワー以上のものが必要なように想われました。ピカディリーや何かでの、すべての取引を監視するとか。正直に言って、ユートピア的空想、という気がしました」

「理論的にはですが」とウェイクフィールド、「完全に可能なことなのです。我々は無論のこと、電信取扱やクレディット記録といったものを緊密に監視しています。人員という要素が唯一、本当の障害でしてね。というのも、訓練された解析家だけが生の機関《エンジン》データを、扱いうる知識に変えることができるわけでして。そして、あの計画の野心的なスケールを、局の現在の要員資金の控え目なスケールと比べますと――」

「御業務のぎりぎりの負担に、さらに無理を言いたくはないんです」

そうマロリーは口をはさみ、

「ただ、あなたなら、のさばっている犯罪者と女性共犯者の正体をつきとめるのに手を貸してくださるかもしれない、とオリファント氏がおっしゃるもので。こちらへの依頼用紙は三枚綴《つづ》りのものを二通、書き入れまして、個別メッセンジャーに届けさせましたが——」

「先週ですな、ええ」ウェイクフィールドがうなずき、「そこで、当方もできるだけのことはしておきました。我々はいつでも喜んで、オリファント氏や博士のような格別に名高い紳士方のお役に立っています。高名な碩学《せきがく》を襲い、殺すと脅すなど、無論、深刻な事件です」

ウェイクフィールドが、針のように尖《とが》らせた鉛筆と枡目《ますめ》いりの紙綴りを取り上げて、

「ただ、オリファント氏の専門的な興味を引きつけたにしては、いささか当たり前の事件ではありませんか……」

マロリーは何も言わない。

ウェイクフィールドが真剣な顔で、

「率直におっしゃっても、ご心配には及びません。オリファント氏や、あの方の上役方が我々の力添えを要請なさるのは、これが初めてではないんですから。それに、もちろん、誓約して公務に仕える身ですから、厳格な秘密保持については私からも保証できます。何

をおっしゃっても、それがこの壁の外にもれることはありません」

身を乗り出してきて、

「そこで。何をお教えいただけますかな……」

マロリーは懸命に素早く考えた。レイディ・エイダがどんな大失策を犯したとしても——いかなる絶望あるいは無謀によって、あんなゴロツキやその情婦風情の手中に陥ったにせよ——〝エイダ・バイロン〟の名前が、この枡目いりの紙に載ることによって、それが好転するとは、とうてい想えない。それにオリファント氏も、当然、喜びはすまい。

そこでマロリーは、不承不承告白するふりをして、

「そうおっしゃられると弱いんですよ、ウェイクフィールドさん。だって、私には大した事件だと想えないんですから——あなたのような方に、じきじきに対応していただくほどのことじゃないんです。お送りした書きつけでも申しましたとおり、ダービイで酔っぱらったギャンブラーに出会いましてね、そやつがナイフをちらつかせたわけです。私は、大したこととも想わなかったんですが——オリファント氏が、私の身に本当の危険が迫っているやもしれない、とおっしゃるわけです。私の同僚が、最近、妙な状況で殺されたことを強調されましてね。それに、その事件は、まだ未解決のままですし」

「フェンウィク教授でしたか、恐竜碩学《せきがく》の……」

「ラドウィクです」とマロリー、「あの事件は御存知ですか……」

「刺殺でした。鼠殺し賭博屋《とばくや》で」

ウェイクフィールドが鉛筆の消しゴムで歯を叩《たた》きながら、

「あらゆる新聞に載って、碩学諸氏の評判を落としたものです。どうやらラドウィクは、皆さんの顔に泥を塗ったようですな」

マロリーはうなずいて、

「私もそう想います。ただ、オリファント氏は、こうした出来事が関連していると感じておられるらしい」

「ギャンブラーが、碩学を狙《ねら》って殺している、と……」とウェイクフィールド、「正直に申し上げて、動機が思い当たりません。ただし、あるいは、こんな思いつきを許していただきたいが、ギャンブルで巨額の借金があれば別ですが。博士とラドウィクは、親しくしてらしたんですか……。賭《か》け仲間とか……」

「とんでもない。あの男はろくすっぽ知らなかった。それに、私にそんな負債がないことは、保証します」

「オリファント氏は偶然を信用しないからなあ」

そうウェイクフィールドが言う。マロリーの言い抜けを信じたらしい。眼に見えて興味を失っていくようで、

「もちろん、悪党の正体を明らかにしておくのが、賢明というものです。それだけの御用でよろしいなら、確かにお役に立てます。うちの者に閲覧室と、それから機関《エンジン》のところに連れて行かせましょう。その襲ってきた男の番号がわかってしまえば、安全がより確かに

なりますから」

ウェイクフィールドが蝶番式《ちょうつがいしき》のゴム栓をはねあげて、伝声管に大声をかける。若いロンドン子《コクニー》の事務員が現れた。手袋とエプロンを着けている。

「これは、うちのトバイアス君です」とウェイクフィールド、「何なりと申しつけてください」

面談は終わりだ――ウェイクフィールドの眼がすでに、他の業務の忙しさにどんよりしてきている。機械的に会釈して、

「お会いできて光栄でした。他に御用があるときはお知らせください」

「御親切に」とマロリーは答える。

若者は髪の生え際から一インチも剃《そ》りこんでいて、当世風の知的容貌《ようぼう》になるよう、額を高くしているが、最後に床屋に行ってから時間がたってしまっている。というのも、今はおつむの前にずっと一筋、ぼさぼさと不精髭《ぶしようひげ》のようなものが生えてしまっているからだ。マロリーは若者のあとについて小部屋の迷路を抜け、廊下に出ながら、若者の奇妙によろよろする足取りに気づいた。この事務員の靴の踵《かかと》は擦り減ってしまって、釘《くぎ》が見えている。それに安物の木綿のストッキングが、足首のところでたるんでいる。

「どこに行くんだい、トバイアス君……」

「機関《エンジン》っす。下の階の」

二人、昇降機《リフト》のところで足を止めた。精巧な表示装置によれば、今は別の階にいる。マ

ロリーはズボンのポケットに手をつっこみ、ジャックナイフや鍵《かぎ》をよける。ギニー金貨をひとつ取り出して、

「さあ」

「どういうこってす……」

尋ねながら、トバイアス君が受け取る。

「それがいわゆるティップというものさ」

マロリーは陽気なふりで言い、

「〝迅《T》速さを保証《I》せんがため《P》〟とね」

トバイアスは、まるでこれまでアルバートの横顔を見たことがないかのように、コインをじっと見つめる。眼鏡《めがね》の奥からマロリーに、鋭く陰気な眼を向けてきた。

昇降機のドアが開いた。トバイアスがエプロンにコインを隠す。トバイアスとマロリーがちょっと混みあった中に足を踏み入れると、係員がケージを鋸歯車《のこぎりはぐるま》ぞいに局の内部へと下ろしていく。

マロリーはトバイアスのあとから昇降機を降り、並んだ気送メールシュート投函口《とうかんぐち》を通りすぎ、端に厚いフェルトを貼《は》った両開きの自在ドアを抜ける。また二人きりになっていた。トバイアスがいきなり足を止め、

「公僕に心付けを出すほど、分別のない方ではないでしょうに」

「君なら使い道がありそうに想ったんでね」とマロリー。

「十日分の給料っすよ……。そりゃありますとも。あなたに下心がないならね」

「悪事を企《たくら》んでいるわけじゃない」マロリーは静かに言い、「ここは馴染みのない土地だ。そういう状況のときは、地元ガイドがいるほうが賢明だという知恵がついたのでね」

「でも、ボスじゃどこがいけないんです……」

「君から私に、それを教えてもらえると想っていたんだがな、トバイアス君」

コインよりも、この発言そのものが、トバイアスを味方につけたようだ。肩をすくめてから、

「ウェイキイは悪い方じゃありません。俺《おれ》があの立場なら、同じように振る舞うでしょうよ。ただ、今日ね、あの人、あなたの番号を走らせたんすよ、旦那《だんな》。そいで、あなたについて、九インチも高い束を出した。お喋《しゃべ》りなお友だちがいるんじゃないすか、マロリーさん」

「そんなことがあったのか」

そう言って、マロリーは無理矢理微笑《ほほえ》み、

「そのファイルを読んでみたら面白《おもしろ》いだろうな。ぜひ見てみたいもんだ」

「たぶん、あの情報は渡るべきでない人手に渡ることになるでしょう」

若者がそう認め、

「もちろん、現場を見つかったら、クビがかかります」

「仕事は好きかね、トバイアス君」

「給料は大したことないす。ガス燈《とう》で眼がやられますし。でも、それなりにいいところもあるんす」

また肩をすくめて、別のドアを押すようにして通り、騒がしい待合室にはいる。壁三面には棚やカード＝ファイルが並び、四面目は雷文模様のガラスになっていた。

ガラスの向こうに、聳《そび》え立《た》つ機関群《エンジン》の広大な空間がある――機関《エンジン》の数があまりにも多いので、最初マロリーは、壁面が凝った舞踏場のように鏡張りになっているに違いないと想った。まるでどこかのカーニヴァルの、眼を欺くための仕掛けのようだ――巨大で同型の機関群《エンジン》は、真鍮《しんちゅう》でできた複雑に嚙《か》み合う時計のような仕掛けで、鉄道車両を立てたほどに大きく、それぞれが一フィートも厚く詰め物をしたブロックの上に載っている。三十フィートも頭上にある白塗りの天井では、ベルトつき滑車が忙しく回転し、小さい歯車が、軸受つきの鉄の柱の巨大なスポーク式はずみ車から力を受け取っている。機械のせいで小さく想える白衣のクラッカーたちが、汚れひとつない通路を歩いていく。髪は皺《しわ》だらけの白のベレエ帽にくるみこみ、口と鼻は四角い白ガーゼに隠している。

トバイアスが、こうした堂々たる歯車群に、完璧《かんぺき》に無関心な眼をちらりと向けてから、

「一日じゅう、小さな穴を見つめてるんす。間違いなんか、あっちゃいけない。キイパンチをひとつ間違えたら、聖職者と放火犯人ほども結果が変わっちまう。無実の人間が気の毒にも、大勢そうして破滅してます――」

化け物じみた時計仕掛けの、カチカチシュウシュウいう音が、その言葉を搔《か》き消してし

まう。

身なりも良く、物静かな男たちが二人、閲覧室での作業に没頭していた。大きく正方形のアルバムになった着色プレートの上にかがみこんでいる。

「お掛けください」とトバイアス。

マロリーが閲覧室のテーブルに向かって、ゴム車輪に載った楓材《かえでざい》の回転椅子《いす》に腰をおろすと、トバイアスが、あるカード＝ファイルを選びだした。マロリーの真向かいに腰かけてカード群をめくり、手を止めては手袋の指先を小さな蜜蠟《みつろう》の容器にいれる。カードを二枚取り出して、

「これがご依頼のものですか……」

「質問表の書類は書きこんだよ。でも、そちらで全部、機関《エンジン》書式にしてくれたのかな……」

「ま、QCがご依頼は受け付けましたが」

トバイアスが言って、眼を細めるようにし、

「〝犯罪人体測定部〟に送らなくてはなりませんでした。このカードは利用された形跡がありますね——ある程度、もう分類作業を進めていますね」

いきなり立ち上がって、ルーズ＝リーフ式のノートブックを取ってきた——クラッカー用のガイドだ。マロリーのカードの一方を、ガイドの中の何かの凡例とつきあわせ、上の空の軽蔑《けいべつ》の色をうかべて、

「書式は完全に書き込んでいただけたんでしょうね……」

「そのつもりだが」マロリーは曖昧な返事をする。

「被疑者の身長」若者がつぶやき、「腕の長さ──左耳、左足、左前腕、左人差指の長さと幅」

「推定できるかぎりは書いておいた」とマロリー、「どうして左側だけなのか、教えてもらえるかな……」

「肉体労働の影響が少ないからです」トバイアスが上の空で言い、「年齢、肌・髪・眼の色。傷痕《きずあと》、あざ──ああ、なるほど。変形部」

「その男は額の横に隆起があった」とマロリー。

「前部斜頭蓋症《しやとうがいしよう》」

そう口に出して、若者がガイドにあたり、

「珍しい。だから、気になったのか。でも、役に立つはずだ。あそこじゃ頭蓋骨《ずがいこつ》には弱いですからね、〝犯罪人体測定部〟では」

トバイアスがカードを拾って、あるスロットに落とし、それからベルのロープを引く。甲高くベルが鳴った。じきにクラッカーが現れてカードを受け取っていく。

「このあとは……」とマロリー。

「回転が終わるまで待ちます」と若者。

「どのぐらい……」

「いつも予想の倍かかります」

答えながら、若者が自分の椅子《いす》に腰をおろし、

「たとえ予想を二倍にしておいてもね。どこか自然の法則みたいっす」

マロリーはうなずく。待つ時間はしかたがないし、かえって有益かもしれない。

「ここに勤めて長いのかね、トバイアス君……」

「気が狂うほど長くはないすけど」

マロリーはくすくす笑う。

「冗談を言っていると想われるんすか……」

トバイアスが険悪な表情で言う。

「それほど厭《いや》なら、どうしてここに勤めているんだね……」

「多少なりとも良識のある人間なら、誰《だれ》だって厭っすよ」とトバイアス、「もちろん、ここだって申し分ない仕事すよ、上のほうの階で仕事をして、大物でいられるなら」

手袋の拇指《おやゆび》で控え目に、天井を指して見せてから、

「俺《おれ》は、もちろんそうじゃないわけで。ただ、どうしても、この仕事には小者が必要なんです。何十、何百人という単位で、俺たちみたいなのが必要なんす。俺たちは留まりゃしません。この仕事を二年、あるいは三年やったら、眼や神経がやられます。小さな穴ばかり見つめていたら、本当に狂ったっておかしくないんす。徹底的に狂ってもね」

トバイアスが両手をエプロンのポケットにすべりこませ、

「きっと、こう考えてらっしゃるでしょ。俺たち下働きがみんな白鳩みたいな格好をしてるのを見て、みんな中身も同じなんだって。でも、違うんすよ、全然違う。いいっすか、ブリテンには読み書きや、綴《つづ》り方《かた》や足し算を、ここで必要とされるほどキチンとできる人間なんて、数が限られてるんす。それができる人間なら、たいてい、その気さえあれば、もっといい仕事に就きます。だから、この局には、つまり――その――突飛なのが集まるんす」

トバイアスが薄い笑みをうかべ、

「ときには女性を雇ったことだってあったんす。縫い子っす。ジェニー編み機に職を奪われて。政府がそれを雇い入れて、カードを読んだりパンチさせたんす。細かい仕事には熟練してますからね、かつての縫い子さんたちは」

「出鱈目《でたらめ》な政策みたいだな」とマロリー。

「状況に迫られて、ですね」とトバイアス、「仕事の性質上。女王陛下の政府の仕事はなさったことがあるんすか、マロリーさん……」

「ある意味ではね」

マロリーは答えた。王立協会の自由貿易委員会のために働いたことがある。委員会の愛国的な言辞を信じ、舞台裏で力を尽くしてやるとの約束を信じた――ところが、お役御免となると、関係は断たれ、独力でやるしかなかった。委員会のゴールトン卿《きょう》と内密に会って、温かな握手をかわし、「君の勇敢な功労を、公式に認めることができない」ことは

「実に残念」という言葉があった。そして、それきり。署名入りの書きつけひとつなかった。

「政府のどんな仕事ですか……」とトバイアス。

「いわゆる〝陸の巨獣《ランド・レヴィヤタン》〟は見たことがあるかい……」

「博物館で」とトバイアス、「雷龍《ブロントサウルス》と呼んでましたね。爬虫類《はちゅうるい》の象みたい。鼻の先に歯があって。あれは木を食べたんですね」

「よく知っているね、トバイアス」

「あなたが巨獣《レヴィヤタン》マロリーですか」とトバイアス、「あの有名な碩学《せきがく》なんだぁ」

顔を真っ赤にしている。

ベルが鳴った。トバイアスが跳び上がるように立ち上がる。壁のトレイから、アコーディオン状になった紙の束をもってくる。

「運がいいです。男の被疑者が完了しました。頭《ず》蓋骨《がいこつ》の件が役に立つ、と申し上げたでしょ」

トバイアスが紙をマロリーの前のテーブルに広げる。

点刻による機関《エンジン》肖像写真を集めたものだった。卑屈な表情をうかべた、黒髪のイングランド人たちだ。機関《エンジン》印刷の小さな四角の描画点が、ちょっと大きすぎて、顔がわずかに歪《ゆが》められ、全員が口許《くちもと》に黒いよだれを垂らしているようだし、眼の端に泥がついているように見える。みんなが兄弟のように想え、道を外れ、夢を捨てた人類の奇妙な亜種のようだ。

肖像に名前はない――下に市民番号がある。

「何十人もいるとは想わなかったな」とマロリー。

「人体測定で、もっと限定ができれば、対象をもっと狭められたはずなんです」とトバイアス、「でも、時間をかけてくださっていいんです。よく見てください。そいつがいるものなら、この中です」

マロリーは、眼を剝《む》いて列をなす、番号つきの厄介者たちを見つめた。大半の者が、不安を覚えるほど変形した頭をしていた。あのゴロッキの顔なら、くっきりと憶《おぼ》えている。あの顔が人を殺しかねない怒りに歪み、折れた歯に血の混じった唾《つば》がついていたのまで憶えている。あの光景なら、心の眼に永久に刻みこまれている。その記憶の生々しいことといったら、マロリーが初めて、大成果がワイオミングの頁岩《けつがん》から突き出しているのを眼にしたときの、拳《こぶし》のような形をした獣の脊椎《せきつい》と同じようだ。あのときも、徐々にわかってくる長い一瞬に、マロリーはくすんだ石くれの奥を見透かして、そこに内在する、自身の大きな栄誉の輝きを、来るべき令名を見てとったのだった。それと同じようにして、あのゴロッキの顔にも、自分の人生を変えてしまうやもしれない、死につながる挑戦を看て取った。

けれども、ここにある、ぼんやりとして不機嫌そうな肖像は、どれひとつとして記憶とつながらない。

「その男のものがないい理由というのは、考えられるかね……」

「もしかしたら、その男には前科がないのかもしれませんね」とトバイアス、「もう一度カードを走らせて、一般住民を調べてみることもできます。ただ、そうなると何週間も機関《エンジン》を回転させることになりますから、上の階の人たちから特別認可を得なくてはなりません」

「どうして、そんなに時間がかかるのかな……」

「マロリー博士、ここにはブリテンの全員の記録があるんですよ。これまで一度でも職を求めた人、税金を払った人、逮捕された人、全員です」

トバイアスは言い訳するようで、手助けすることに痛々しいほど熱心で、

「もしや、外国人ではありませんか……」

「確実にブリテンの人間だし、悪党だった。武器を持っていたし、危険な男だった。でも、とにかく、ここにはいない」

「もしかしたら、似ていないだけかもしれませんよ。犯罪階級ときたら、犯罪写真のときに頬《ほお》をふくらませたりしますから。鼻の奥に綿を詰めこむとか、そういった手を使うんです。きっと、その中にいるはずです」

「そうは想えない。別の可能性はあるかね……」

トバイアスが、降参したように腰をおろし、

「それだけしかないんです。人相書きをお変えになるなら、話は別ですが」

「誰《だれ》かが、そいつの肖像を抜き取ったということは考えられるかね……」

トバイアスが愕然《がくぜん》とした表情で、

「そんなことをしたら、公式ファイルに変更を加えたことになります。重罪の流刑に匹敵しますよ。事務員が誰もそんなことをしないのは、確かです」

重い沈黙があった。

「とはいえ……」

マロリーはそう言って先をうながす。

「あの、ファイルはきわめて神聖なものなんす。そのために俺《おれ》たちが、ここにいるわけでしょ。でも、局の外の、位の高い公務員がいるのは確かです――帝国の内密の安全に仕える人たちです。言っているような方々を御存知なら」

「知らないつもりだが」とマロリー。

「大きな責任と決定権のある地位に就いた、ごく限られた紳士方ですが」

そうトバイアスが言う。部屋にいる他の男たちに、ちらりと眼をやってから、声をひそめて、

「もしかしたら、いわゆる〝特別内閣〟というのを耳になさったことはありませんか。あるいは、ボウ・ストリート警察の〝特別局〟とか……」

「他にもあるかね……」とマロリー。

「そうですね、王室なら当然のことです。ここでは、所詮《しょせん》、君主に仕えているわけですから。仮にアルバート公御本人が、我々の統計大臣に命令なされば――」

「総理大臣ならどうかね……。バイロン卿《きょう》なら……」

トバイアスは返事をしない。不愉快そうな顔になっていた。

「くだらない質問だったね」とマロリー、「忘れてくれたまえ。学者の癖なのさ——ある話題に興味を持つと、細部まで調べてしまう。衒学《ペダントリ》になってしまうところまでね。でも、この場では、関係のないことだ」

マロリーはもう一度写真に眼をやり、じっと注意を払うふりをして、

「きっと、私がいけないんだろう——ここの照明は万全とは言えないからね」

「ガスを上げましょう」

そう言って、若者が立ち上がりかける。

「いや」とマロリー、「女性の方のために、精力を温存しておこう。もしかしたら、そちらでは成果が上がるかもしれない」

トバイアスが椅子《いす》に腰を落ち着けた。二人で機関《エンジン》回転を待つあいだ、マロリーは気楽に無関心なふりを装って、

「ゆっくりの仕事だねえ、え、トバイアス君。君ほど知性のある若者なら、きっと、もっとやり甲斐《がい》のあることを求めるだろうに」

「機関《エンジン》は大好きなんす」とトバイアス、「こういう莫迦《ばか》でかい化け物じゃなく、もっと賢くて美的な奴《やつ》っす。クラッキングを身に着けたかったもので」

「じゃあ、どうして学校に行っていないんだい……」

「そんな金はないんです。家族も賛成してくれませんし」

「国家能力試験は受けてみたのかい……」

「俺《おれ》には奨学金は出ませんよ――算数でしくじったから」

トバイアスが沈みこんでしまい、

「どっちみち、科学者にはなれないんです。めざしているのは芸術っすから。キノトロピーなんです」

「劇場の仕事かね……。生まれつきのものだと言うね」

「余裕があると一シリングでも、回転時間に注《つ》ぎこむんす」と若者、「愛好家で小さなクラブを作ってまして。パレイディアム座が深夜は、キノトロープを貸してくれるんです。ときどき、実に素晴《すば》らしいものが見られますよ。素人《しろうと》のどうしようもないものもありますけど」

「素晴らしいねえ」とマロリー、「聞いたところでは、その――」

男の名前を想い出そうと苦労してから、

「ジョン・キーツというのが、とても腕がいいとか」

「年寄りですよ」

若者が冷酷にも肩をすくめて言い切り、

「サンディズをご覧になるといい。それかヒューズ。それともエティ。それにマンチェスターからのクラッカーが、実に見事な仕事をしてます――マイクル・ラドリーだ。この冬、このロンドンで、その男のショウを見たんです。講演旅行で、アメリカ人と一緒でした」

「キノトロープ講演というのは、とてもためになるだろう」

「それが、講師がおかしなヤンキーの政治屋だったんすよ。好きにできるものなら、講師を抛《ほう》りだして、音なしで画だけ走らせたかったです」

マロリーは会話が途切れるままにした。トバイアスはちょっと居心地が悪そうだ。もう一度口を開きたいのだが、そこまで勝手に礼を失するような真似はできないというわけだ。そのときベルが鳴った。若者が即座に席を立って、駄目になっている靴をガリガリと滑らせ、別のファンフォールド用紙の束を持って戻《もど》ってくる。

「赤髪です」

そう言って、おどおどした微笑みをうかべる。

マロリーはうなり声で返事をした。女たちを丹念に見つめていく。堕落した女たち、身を持ち崩した女たちだ。印刷された女らしさの、小さな黒い肖像点描画にも、拭《ぬぐ》うことができないほどはっきりと、堕落と崩壊の重苦しい表情が刻みこまれている。男たちと違って、女たちの顔はなぜか生き生きとマロリーに迫ってくる。ここの丸顔のロンドン女《コクニー》など、シャイアン族の女よりも野蛮な表情をしている。あそこの優しい眼をしたアイルランド娘は、突き出た下顎《したあご》のせいで、きっと人生をしくじったに違いない。あそこの街娼《がいしょう》は、鼠の巣のような髪で、ジンにどんよりしている。あそこの挑戦的態度、こちらの唇を噛《か》みしめた傲慢《ごうまん》さ——あそこで、凍りついたような媚態《びたい》を示しているイングランド女は、銀板写真《ダゲレオタイプ》の首固定具で項《うなじ》を長く締められすぎている。

傷ついた無邪気さを計算ずくで訴えている眼に、マロリーはショックとともに見分けがついた。マロリーは紙を叩《たた》き、眼を上げながら、

「この女だ」

トバイアスが跳び上がって、

「お手柄っす。番号を控えさせてください」

その市民番号を未使用のカードに、小型のマホガニー製スイッチプレスでパンチして、それからまた、壁トレイにカードを送りこむ。パンチで抜いた紙の屑は、蝶番《ちょうつがい》の蓋《ふた》がついたバスケットに慎重に捨てる。

「これで、あの女のことがすべてわかるのかい……」

マロリーは尋ねる。ジャケットの内懐に手を入れて、自分のノートブックを出す。

「大部分は。印刷された要約です」

「その文書を持ちかえって調べてもいいのかい……」

「いいえ。厳密に言いますと、警察官でらっしゃるわけではありませんから――」

トバイアスが声をひそめ、

「本当のことを言いますとね、軽罪判事さんか、その下の事務官に何シリングか内緒で払うと、この情報は手にはいるんです。誰《だれ》かの番号さえわかれば、あとは簡単なもんす。ありきたりのクラッカーの技術ですよ、犯罪階級の誰かの機関《エンジン》ファイルを読むなんて――そ

れを〝糸を引く〟とか〝間抜けの裏をかく〟とか言ってます」

マロリーはこのニュースが、素晴《すば》らしく興味深く想えたので、

「私が自分自身のファイルを求めたら……」

「いえ、それは、犯罪者ではなく、紳士でいらっしゃるから。普通の警察ファイルにははいってません。判事さんなり法廷事務官なり、そういう人が書類を書いて、その上で調査に足る正当な理由を示さなくてはなりません。そういう調査には、こちらも簡単には応じません」

「法的な規約かな……」とマロリー。

「いいえ。我々が厭《いや》がるのは法律のせいではなく、とにかく厄介だからなんです。そういう調査となると、機関《エンジン》の時間も金もかかりますけど、そのどちらについても、我々は予算超過しているんです。でも、国会議員から要請があったとしたら、あるいは貴族さんが――」

「仮に、この局に私の親友がいてくれてだね」とマロリー、「その友人が私の気前の良さを気に入ってくれたとするよ」

トバイアスは気が進まないようで、ちょっと遠慮がちに、

「簡単なことじゃないんです。回転で走らせると、ひとつひとつ記録されて、それぞれの要請には保証人がいなくてはなりません。我々が今日やったことは、ウェイクフィールドさんの名前でやってますから、そのことには問題がありません。でも、あなたの御友人は、

誰《だれ》か保証人の名前を捏造《ねつぞう》しなくちゃなりませんし、その嘘《うそ》の危険を背負うことになります。詐欺になるんす。機関《エンジン》詐欺は、クレディット窃盗や株式詐欺と同じことで、見つかれば同じように罰せられます」

「とてもためになるなあ」とマロリー、「本当に自分の仕事がわかっている技術者と話すと、いつも有益だと想うよ。君に私の名刺を差し上げておこう」

マロリーは札入れから、モール&ポリブランク製の名刺《カルト=ド=ヴィジート》を一枚出した。五ポンド紙幣を畳むと、それを名刺の裏側に圧しつけて手渡す。ずいぶんな金額になる。意図的な投資だ。

トバイアスがエプロンの下をあちこち手探りして、脂じみた革の財布を出し、マロリーの名刺と金をつっこむと、角が折れてぴかぴかした札を抜き出してきた。**J・J・トバイアス、郷士、**とグロテスクなほど凝った機関《エンジン》ゴチック体で札に書いてあり、**キノトロピー、および劇場蒐集《しゅうしゅう》品。**ホワイトチャペルの住所がある。

「一番下の電信番号は無視してください」とトバイアス、「それを借りるのは、やめにしなくちゃならなくて」

「フランスのキノトロピーには興味があるかね、トバイアス君」とマロリー。

「ええ、ありますとも」トバイアスがうなずき、「近頃《ちかごろ》は、なかなか素敵《すてき》な作品がモンマルトルから出て来るんです」

「確か、フランスの最高のオルディナトゥールは特別な規格のカードを使うんだね」

「ナポレオン規格です」トバイアスが即座に答え、「人工物質で作った、もっと小さなカードで、コンパイラの中をとても早く動きます。キノ作業では、そのスピードがとても便利なんですよ」

「そういうフランス式コンパイラを借りられる場所を知らないかな、このロンドンで……」

「フランスのカードからデータを翻訳するためですか……」

「うん」

マロリーはごくさりげない興味しかないふりで、

「フランス人の同僚から、科学的な論争にまつわるデータを受け取ることになっているんだ——やや専門的なことだが、それでも学問的には秘密を要することだから。個人的に、都合がいいときに、研究できるほうがいいからね」

「承知しました」とトバイアス、「つまり、フランス式コンパイラを持っている人間を知っていますし、ちゃんと支払ってくだされば、お好きなように使えます。去年は、ロンドンのクラッキング仲間のあいだで、フランス規格が大流行したんです。でも、〝グラン・ナポレオン〟のトラブルがあったりしたんで、機運が逆転しちまいました」

「そうなのかね」とマロリー。

トバイアスがうなずいて、知識を披露できるのが嬉《うれ》しげに、

「今の感じでは、フランス人は壮大なナポレオン計画で先を急ぎすぎて、技術的に失策を

犯したようなんす」

マロリーは口髭《くちひげ》を撫《な》でながら、

「まさかブリテンの専門家として、嫉妬《しっと》して言ってるんじゃなかろうね」

「そんなことはありませんとも。誰《だれ》でも知っていることですが、〝グラン・ナポレオン〟は、今年初め、何やら恐ろしい災難に見舞われたんです」

トバイアスがそう念を押し、

「以来、あの大機関《エンジン》はまともに回転していません」

ここで声をひそめて、

「一部では、破壊工作《サボタージュ》とも言われています。このフランス語、御存知ですか、サボタージュって……。サボーっていう、フランスの労働者がはく木靴から来てるんです。それで機関《エンジン》をブロックから蹴《け》り外すことができるらしくて」

それを想像して、トバイアスが笑みをうかべたが、マロリーが不安になるほど嬉しそうに、

「フランス人にも、こちらで何年も前にあったような、ラッダイト問題があるんすよ、ね」

汽笛が二度、短く鳴り、白塗りの天井に反響した。熱心な紳士二人に、同じように熱心な三人目が加わっていたが、その三人がアルバムを閉じて立ち去った。

またもベルが鳴って、トバイアスを壁トレイのところに呼び寄せる。若者がゆっくりと

立ち上がり、椅子《いす》をまっすぐにすると、ぶらぶらとテーブル沿いに歩いていって、アルバムに、ありもしない埃《ほこり》がないかと確かめてから、棚にしまう。

「我々の回答が待っているようだよ」とマロリー。

トバイアスが背中をマロリーに向けたまま、短くうなずき、

「たぶんそうでしょう。でも、俺《おれ》、超過勤務なんす。さっきの汽笛二回が――」

マロリーは待ちきれなくなって立ち上がり、トレイに歩み寄った。

「駄目、いけません」

トバイアスが金切り声をあげ、

「手袋をしなくちゃ。俺にやらせてくださいよ」

「手袋ねえ。誰《だれ》にわかるものか」

「〝犯罪人体測定部〟です、あっちでわかります。ここはあっちの部屋ですし、あの連中、剝《む》き出《だ》しの指の跡を何より厭《いや》がるんです」

トバイアスが書類の束をもって振り返り、

「さて、我々の被疑者はフローレンス・バートレット、旧姓ラッセル、リヴァプール出身です――」

「ありがとう、トバイアス」

マロリーはそう言いながら、ファンフォールド用紙の束を折って、エイダ・チェッカー模様のウェイストコートに収まりやすくし、

「君の手助けには、実に感謝しているよ」

ワイオミングでの極寒のある朝、茶色に萎《しお》れた大草原の草に霜が厚く降り、マロリーは探検隊の蒸気要塞《ようさい》の生温いボイラーの横にしゃがみこみ、乏しいバッファローの糞《ふん》による火をつつきながら、鉄のように固い乾燥牛肉の薄裂きを溶かそうとしていた。その肉を隊員は朝、昼、晩と食べていたのだ。その、とことん憂鬱《ゆううつ》だった瞬間、口髭《くちひげ》には凍りついた吐息が霜となり、ショヴェルで水ぶくれになった指は霜焼けに冒されて、マロリーは心の底から誓ったものだ。今後二度と、夏の暑さに不平を言ったりすまいと。

けれど、これほどうだるような暑さをロンドンで味わうとは、想いもしなかった。一晩じゅう風はそよとも吹かず、マロリーのベッドなど、悪臭を放つシチューのように想えた。シーツの上に寝て、裸の体には濡《ぬ》らしたトルコ・タオルを広げていたけれど、それでも一時間ごとに起き上がって、またタオルを濡らすありさまだ。今やマットレスがぐっしょりとなり、部屋全体が温室のように暑く、息が詰まりそう。その上、饐《す》えた煙草《たばこ》の臭《にお》いもある。フローレンス・ラッセル・バートレットの犯罪記録を読みながら、上質ハヴァナを半ダースも煙にしたからだ。記録は主に、リヴァプールでは著名な木綿商だった、その亭主の、一八五三年の春の殺人事件を扱っていた。

犯行手口《モーダス・オペランダイ》は砒素《ひそ》を盛るというものだった。バートレット夫人はそれを蝿取り紙から絞りとって、数週間にわたり、売薬の〝ゴーヴ博士の水治療強化薬〟に混ぜて飲ませた。

マロリーは、ヘイマーケットで過ごした夜もあるから知っているが、〝ゴーヴ博士〟の薬は歴然たる媚薬《びやく》だ。なのに、ファイルは、一切そのことに触れていない。一八五二年にバートレットの母親が病で絶命し、一八五一年には亭主の兄が亡くなっていることも記録されているが、それぞれの死亡証明書は死因を、穿孔性潰瘍《せんこうせいかいよう》および急性瀉下症《コレラ・モーバス》としていた。ここで言われている病気も、砒素中毒とよく似た症状を呈する。これらの死について、公式に告発されることのないうち、バートレット夫人は隠し持ったデリンジャーで看守を脅して、拘置を逃れた。

中央統計局は夫人がフランスに逃れたと疑っているらしい、とマロリーは見る。というのも、一八五四年のフランス警察報告書の翻訳を誰かが付け加えているからだ。そこにはパリ裁判所での痴情沙汰《クリム・パッショネル》裁判のことが書いてある。アメリカ難民とされる〝フローレンス・マーフィー〟なる堕胎医が、ヴィトリオラージュすなわち顔を傷つけ、あるいは不具にする意図で硫酸をかけた罪で、逮捕され審理を受けたのだ。被害者マリイ・ルモワーヌは、リヨンの著名な絹商人の妻であり、どうやら痴情関係の競争相手だったらしい。

けれども〝マーフィー夫人〟は硫酸犯《ヴィトリオリユーズ》として審理を受けた最初の週のあいだに、拘置からも、その後のフランスの警察記録からも姿を消してしまう。

マロリーは顔と首と腋《わき》の下を生水をひたした海綿で拭いながら、索漠たる想《おも》いで硫酸のことを考えた。

靴の紐《ひも》を結んでいるときには、またも汗まみれになっている。部屋を出て、街の異常な夏が宮殿までも覆いつくしているのを知った。ねっとりした湿気が大理石の床の上で、眼に見えぬ湿原のように沸き返っている。階段の下にある椰子《やし》までが、ジュラ紀を想わせる。宮殿の食堂に足を運び、冷たい固茹《かたゆ》で卵を四個と冷やしたコーヒー、燻製《くんせい》した塩鰊《しおにしん》、焼きトマトとハム少々に、冷たいメロンとで、いくらか人心地がついた。ここの食事はなかなかなのだが、鰊は傷みかけの臭《にお》いがした——無理もあるまい、この暑さでは。マロリーは伝票にサインしてから、郵便物を取りに行った。

鰊には不公平だったかもしれない。食堂を出てみると、宮殿そのものが悪臭を放っているのだ——悪くなった魚か、それによく似た臭いだ。正面ロビイには、朝、モップをかけてから残っている石鹸《せっけん》の香りがあったが、空気中には、何やら不快で、死んでから明らかに時間のたっているものの、湿って微《かす》かな悪臭がたちこめている。マロリーは、こういう悪臭を以前に嗅《か》いだことがあるのはわかっている——酸のような鼻をつく臭いに、脂じみた異臭がまじっている——が、その記憶はたどることができない。じきに、その悪臭がまた消えた。デスクに歩み寄って、郵便物を求める。ぐったりした受付が、丁重な挨拶《あいさつ》をよこした——マロリーは気前のいいティップでスタッフの忠実さを勝ち得ている。

「私のボックスには何も来ていないのかい……」

マロリーはびっくりした。

「小さすぎるんですよ、マロリー博士」

受付がかがみこんで、大きなワイア編みのバスケットを持ち上げたが、その縁ぎりぎりまで、封筒や雑誌や小包が詰まっている。

「まったくだ」とマロリー、「日毎《ひごと》にひどくなる」

受付が訳知り顔にうなずいて、

「名声の代償ですね」

マロリーは当惑しきって、

「これを全部読まなくてはならないんだろうなあ――」

「こう申し上げるのも何ですが、個人秘書をお雇いになったほうがいいかもしれません」

マロリーはうなり声を上げた。秘書とか、近侍《ヴァレ》とか、執事とか、女中とか、奉公に属するみじめなことは、すべておぞましく想える。自身の母親がかつて、急進派以前の昔、サセックスの裕福な家庭で奉公していたことがある。その事実が心に刻みこまれているのだ。

重いバスケットを読書室の静かな片隅に運んでいって、整理しはじめた。最初は雑誌だ――金背の〃王立協会紀要〃、〃万国爬虫類《はちゆうるい》学会報〃、〃動物分類学会報〃、〃計算機《アナル・シアンティ》学派科学記録《フィーク・ド・レコル・デ・ソルディナトゥール》〃。これにはグラン・ナポレオンの機構上の災難について面白《おもしろ》そうな記事が載っている――こうして学者らしく定期購読することによって、負担をさらに増やすことになっているのだけれど、こうしていれば、編集者は喜ぶ。喜んだ編集者というのは、自分の記事を載せてもらうための秘訣《ひけつ》の半ばをなす。

次に手紙だ。手早く、マロリーは手紙を山に分けていく。無心の手紙が最初だ。特に悲惨で真面目と想われた無心に、何度か応《こた》えるという過ちを犯してしまい、今や狡賢《ずるがしこ》い悪党どもが、虱《しらみ》のようにたかってくる。

二つ目の山は用務の通信だ。講演の招待、インタヴューの要請、店からの勘定書き、激変説論者の骨格屋や地質屋からの論文共同執筆の問い合わせ。

次に女手の手紙。博物学の色気過剰女どもだ——ハクスリーは〝花盗人〟と呼ぶ。何十人となく書いてよこし、大半はサインを求めるだけで、よろしければ、サイン入りの名刺をいただきたい、とくる。さらには、遠慮がちに、ありきたりのトカゲのスケッチを送ってきて、爬虫類分類のお知恵を拝借したいというのがある。その他《ほか》、上品に賛美してくれた上、詩のひとつも添え、シェフィールドあるいはノッティンガムあるいはブライトンにお立ち寄りの節は、お茶にご招待いたしたい、というのがある。さらに、数は限られるが、たいていは金釘流《かなくぎりゅう》の水茎に特徴づけられ、三本アンダーライン!!!に、リボンで束ねた髪の一房つきというのが、温かくも女性らしい賛美にあふれ、それがあまりに大胆な筆致なので、どぎまぎしてしまうという手合い。凝ったマロリーの肖像写真が〝英国女性家庭週報〟に載ってからというもの、そういうのが驚くほどどっと増えた。

マロリーはいきなり手を止めた。危うく妹のルースからの手紙をほうりだすところだった。可愛いルーシイちゃん——とはいえ、もちろん、一家の赤ちゃんも今は十七歳の乙女《おとめ》になっている。手紙をすぐに開いてみた。

「親愛なるネッド、

母上の手の具合が今日はひどく悪いので、母上の代筆をいたします。父上がロンドンからの素晴らしい膝掛け《ひざか》のお礼を申しております。フランスの塗布薬が私の手（母上の）には、とても効きましたか《ママ》手よりは膝に良いようです。こちらルーイスでは、あなたがいなくて寂しく想っておりますか《ママ》、王立協会の大変なお仕事で忙しいのはわかっております。ディズレイリ氏が〝ファミリー・ミュージアム〟でお書きになる、あなたのアメリカ冒険は、そのたび声に出して読み上げております。アガサが、いちばん好きな小説がディズレイリ氏の『タンクレッド』なので、どうぞお願いですからサインをもらってくださいとのこと。でも、大ニュースは私たちの愛するブライアンがボンベイから帰って、今日六月一七日は無事にここにいるということです。兄さんと一緒に、これから兄上になられる、同じくサセックス砲兵隊のジェリイ・ローリングズ中尉がいらして、中尉はマデリン姉さんに待つようにおっしゃって、姉さんはもちろん待っていました。これで結婚の支度が整い、母上は特にこう伝えてほしいそうです。結婚は教会ではなく、治安判事ウィザスプーン氏の立会いのもと人前結婚式をルーイス市庁舎で行います。六月二九日の式には参列してください。父上がほぼ最後の花嫁を手放すのですから——ここは書きたくなかったけれど、母上がどうしてもと言うので。

みんなの愛をこめて

ルース・マロリー（ミス）」

そうか――小さなマデリンが、とうとう一緒になるか。可哀そうに、四年間とは長い婚約期間だ。まして相手が、インドのような熱帯の伝染病地域に兵隊に行っていたとあれば、なおさらだ。指輪を受けたのが十八のときで、今は満二十二歳になっている。若くて活発な娘に、長い婚約期間を過ごせとは残酷なことで、だから、マロリーがこの前帰郷したときは、その試練のせいで、マデリンの舌も気性も鋭いものになっており、一家にとって厄介者になりかけていた。もうじき、家に残って老人たちの面倒を見るのは、小さなルーシイだけになってしまう。そして、ルースが結婚したら――ま、そのことは、時期が来たら考えることにしよう。マロリーは汗まじりの口髭《くちひげ》をこすった。マデリンは、アーネスティーナよりアガサよりドロシイより辛《つら》い人生を送ってきた。何かいいものを贈ってやろう、とマロリーは心に決めた。不幸な時期に終止符を打ったということを、はっきりさせる結婚祝いだ。

マロリーは手紙のバスケットを部屋にもってゆき、郵便物は、一杯になった大机の横の床に積んで、それから出がけにデスクにバスケットを返して、宮殿を出た。

クェーカーの一団が、男女混じって、宮殿の外の舗道に立っていた。例によって、耐えがたい説教歌をぶつくさ唸《うな》っていて、聞こえたところでは、〝天国への鉄道〟とか言っていたようだ。その歌は、進化とも冒瀆《ぼうとく》とも化石とも関係なさそうだが、無駄な抗議のあまりの単調さに、さすがのクェーカーとて飽き飽きしたのかもしれない。マロリーは急ぎ足で、そのそばを通り過ぎ、差し出されたパンフレットには眼もくれない。暑い。尋常でなく暑い。とてつもなく暑い。陽光は一筋もないが、空気には死んだように動きがなく、高く曇った空は鉛色に睨《にら》みつけてくるようで、雨を降らしたいのだが、そのコツを忘れてしまったかのようだ。

マロリーはグロースター・ロードを進んで、クロムウェル・ロードとの角に来た。交差点にはオリヴァー・クロムウェルの乗馬姿の真新しい彫像がある——クロムウェルは急進派の大のお気に入りなのだ。それにバスもあって、一時間に六台出ているが、どれもぎりぎりまで詰めこんでいる。こんな天候では、誰《だれ》だって歩きたくない。

マロリーはアシュバン・ミューズ角のグロースター・ロード地下鉄道に行ってみた。階段を降りようとしかけたとき、人々がまばらに、駈《か》けるようにして昇ってきて、あまりにも毒々しい悪臭を逃れているので、マロリーも足を止めてしまったほどだ。

ロンドン人は、地下鉄道からの異臭に慣れているけれど、この臭《にお》いときたら、まるで次元が違う。路上のたまらない暑さに比べたら、空気は涼しいかもしれないが、死にそうな臭いがしている。まるで何かが、密封したガラス壺《つぼ》の中で腐ったかのような臭いだ。マロリーは切符売場に行ってみたが、閉まっていて、**御不便をお詫《わ》びします**という札が出ていた。はっきりした理由は書いてない。

マロリーは踵《きびす》を返した。コートフィールド・ロードを渡ったベイリーズ・ホテルには、馬に引かせた辻馬車《つじばしゃ》がいる。道を渡ろうとしかけたところで、道端のすぐ近くに辻馬車が待っているのに気づいた。見たところ、空いている。御者に合図しながら、ドアのところに行った。馬車の中には、まだ乗客がいた。マロリーは礼儀正しくその男が降りるのを待った。ところが、この見知らぬ男は、マロリーの視線に腹を立てたらしく、顔にカーチーフを圧《お》しあてて窓の下まで体を沈みこませるようにする。咳き込みはじめた。もしかすると病気なのか、あるいは地下鉄道から昇ってきたばかりで、息が整わないのかもしれない。当惑しながらも、マロリーは道を渡って、ベイリーズ・ホテルのところで馬車を雇った。

「ピカディリー」

そう命じる。御者が、汗まみれの老いぼれ馬にピシリと鞭の音を聞かせて、クロムウェル・ロードを東に進みはじめた。移動が始まってしまうと、窓際には微風が感じられ、熱気も前ほどは鬱陶《うっとう》しくなくなって、マロリーも気分が良くなってきた。クロムウェル・ロード、サーロウ・プレース、ブロンプトン・ロード――壮大な再建計画の中で、政府はケンジントンとブロンプトンのこのあたりを、博物館や王立協会宮殿群を置いた広大な中央公園《コンコース》にするために確保している。そうした建物が一棟一棟、円蓋《えんがい》や列柱のある堂々と落ち着いた風情で、窓の外を流れていく――物理学、経済学、化学――。急進派の革新ぶりに不平を言う向きもあるかもしれないな、とマロリーは想う。しかし、人類にとって気宇広大な作業にいそしむ学者のために、立派な本部を建てることの意義と正当性は疑うことができない。明らかに、科学に貢献したという意味で、宮殿群は建設にかかった贅沢《ぜいたく》な費用を、少なくとも十数倍にして返済している。

ナイツブリッジを進み、ハイド・パーク・コーナーを過ぎて、ナポレオン門にかかる。

これは英仏協約を記念して、ルイ・ナポレオンから贈られたものだ。巨大な鉄のアーチであり、ふんだんな支柱やボルトの骨組みが、羽根を生やしたキューピッドや松明《たいまつ》を持って薄物をまとった女性たちを大勢支えている。見事な記念碑だし、最新の趣味にも合っている、とマロリーは想う。この優美な堅牢さが、大英帝国とその最強の盟友である帝政フランスとのあいだに、かつてわずかでも不和があったことなど否定しているようだ。マロリーは苦い想《おも》いで考える。たぶん、ナポレオン戦争の〝誤解〟というのは、独裁者ウェリントンに責めを帰するべきなのだろう。

ロンドンには、ウェリントン公爵のための記念碑はひとつもないけれど、あの人物についての口にできない記憶が、今も街につきまとい、鎮まらない幽霊となっているように、ときどきマロリーには想われる。かつては、ウォータールーでの偉大な勝利者は、まさにブリテン国家の救世主として、この地で賞賛された――ウェリントンは爵位を授かり、この地で最高の権力を握った。けれど、現代のイングランドでは、尊大な獣として、第二の失地王ジョンとして、不安がる国民を虐殺した者として、そしられている。この、昔の恐るべき敵への憎しみを、急進派は決して忘れない。ウェリントンの死から、丸一世代がたっているけれど、バイロン総理大臣などは今もよく、公爵の想い出に、あの恐るべき雄弁をもって辛辣《しんらつ》そのものの言葉を投げかける。

マロリーは忠実な急進党員であるけれど、単に修辞的な毒舌には納得しきれない。あの、とうに亡くなった独裁者については、内心独自の意見をもっている。六歳で、初めてロンドンを訪れたとき、マロリーは一度だけウェリントン公爵を見かけている――鍍金《めっき》を施した馬車で街を通りかかり、パカパカ、シャンシャンいう武装騎兵の護衛を従えていた。そして少年だったマロリーは、大いに感動したのだ――単に、あの有名な鉤鼻《かぎばな》の顔が、高いカラーと頬髯《ほおひげ》に隈取《くまど》られて、身だしなみ良く、厳《いか》めしく黙っていたから、というのではなく、自身の父親が、公爵の通過に畏怖《いふ》と感激をないまぜにしていたからだ。

あのようにして子供時代に――あれは一八三一年、〝騒乱の時代〟の最初の年であり、イングランドの旧体制の最後の年だった――ロンドンを訪れたことの、かすかな後味は、今もマロリーが首都を見るたびに、つきまとう。それから、ほんの数か月後、ルーイスでは、ウェリントンが爆弾による凶行で死んだという報《しら》せに、父親が狂喜した。けれど、マロリーは人知れず涙を流した。苦い悲しみが湧き起こったからなのだが、その理由も、今となっては想い出せない。

練り上げてきた眼で見ると、ウェリントン公爵は、理解を越えた激変の、時代遅れで無知な犠牲者なのだ――ジョン王というよりは、チャールズ一世に近い。ウェリントンは愚かにも、凋落《ちょうらく》し堕落したトーリー家柄貴族の利害を擁護した。そんな階級は、台頭する中産階級と碩学実力者とによって、権力の座から追われる運命だったのに。けれど、ウェリントン本人は、家柄貴族などではなかった――かつては、ただのアーサー・ウェルズリーであり、ささやかなアイルランド系の出自なのだ。

さらに言えば、マロリーの眼には、兵士としてのウェリントンが、その職業では実に賞賛に値する腕前をふるってみせたと想える。ウェリントンが、来るべき産業と科学の時代の革新の気風を完全に読み違えたのは、民間政治家として、そして反動的総理大臣としてだけだった。その洞察力の欠如の対価として、名誉も権力も、そして生命までも失うことになったのだ。

そして、ウェリントンが知悉《ちしつ》し悪政を行なったイングランド、すなわちマロリーの子供時代のイングランドはずるずると、ストライキや宣言や示威行進から、暴動へ戒厳令へ公然たる階級戦争へ、ついにはほぼ全面的な無政府状態へと進んでいった。総合的な新秩序について、大胆に合理的なヴィジョンを示すことができた産業急進党こそが、イングランドを混沌《こんとん》から救ったのだ。

しかし、それにしても、とマロリーは想う。それにしても、どこかに記念碑のひとつぐらいあってもいい——

二輪馬車はピカディリーを進んでゆき、ダウン・ストリート、ホワイト・ホース・ストリート、ハーフ・ムーン・ストリートと過ぎていく。マロリーは住所録を繰って、ローレンス・オリファントの名刺を見つけた。オリファントはハーフ・ムーン・ストリートに住んでいる。マロリーは馬車を止めて、オリファントが在宅しているかどうか確かめてみたいような気もした。もし、金のある廷臣の大半と違って、オリファントが十時前に起きているなら、バケツ一杯の氷といったようなものを用意しているかもしれないし、毛孔を開かせるような何かを少々御馳走《ごちそう》になれるかもしれない。オリファントの日常に大胆に割り込んで、あるいは何か内密の陰謀の不意を衝くことができるかもしれない、と想うとマロリーは楽しくなる。

けれど、物事には順番がある。用事が片づいてからなら、オリファントのところもいいかもしれない。

マロリーはバーリントン・アーケイドの入口で馬車を止めさせた。フォートナム&メイスンの巨大な鉄骨ジッグラトが道の反対側に聳《そび》え、宝石店や高級店と軒を並べている。御者が相当にふっかけてきたが、マロリーはおおらかな気分だったので、気にもとめなかった。御者どもは誰《だれ》にも厚かましいらしい。ピカディリーをちょっと進んだ先で、別の男が馬車から跳びおりて、下品に御者と言い争っている。

マロリーは、最近手に入れた富の力を心の底まで満足するほど示すのに、買物に勝るものはないと気づいている。半狂乱の向こう見ずで勝ち取った金だけれど、その出所の秘密は他には明かしていない。ロンドンのクレディット機械は、賭博《とばく》の儚《はかな》い儲《もう》けにも、後家さんの乏しい蓄えにも、同じように直ちに音をたてる。

さて、何にしよう。この巨大な鉄の花瓶だろうか、八角形の基部があって、縦溝つきの柱脚の前の透かし彫りの側面が八面、花瓶全体に独特の軽みと優美さを与えているが……。この柘植材《つげざい》を彫った腕木だろうか、彫りを施した天蓋《てんがい》がついて、ヴェネチアン・グラスの温度計を載せるようになっているが……。この黒檀《こくたん》の塩入れにしようか、円柱や凝った窪《くぼ》みパネルで飾りたててあり、添えられた銀の塩スプーンには三葉や樫葉《かしば》の模様があふれ、柄は螺旋《らせん》模様をめぐらして、望みのモノグラムが入れられるが……。

有名なアーケイドの張出し窓の店々の中にあって、小さいが素晴《すば》らしく趣味のいい店であるJ・ウォーカー社にはいって、マロリーは完璧《かんぺき》なほどに相応《ふさわ》しいと想える贈り物を見つけた。八日巻きの時計で、十五分毎《ごと》と毎時には繊細な大聖堂のような鐘を鳴らす。またこの時計は、日付と曜日と月の満ち欠けも示し、ブリテンの精密職人芸の抜群の逸品になっているが、機械を見る眼のない人間なら、当然、優雅な時計スタンドのほうをより賞賛するだろう。このスタンドは、最上質の漆塗《うるしぬ》り混凝紙《パピエ＝マシエ》で、ターコイズ＝ブルーのガラスを嵌《は》め込んであり、その上には大きな金鍍金《きんめつき》の人物像がいくつか載っている。それが示しているのは、若く、明白に魅力的な英国の象徴ブリタンニアが、ごく薄い物をまとって、文明とブリテンの人々の幸福のために、〝時間〟と〝科学〟とが示した進歩を称賛しているということだ。この天晴《あっぱ》れなテーマをさらに明確にするかのように、彫刻による七つの場面が、時計の基部に隠された歯車仕掛けによって週毎《ごと》に回るようになっている。

値も張ることに十四ギニー。これほどの芸術的な珍品となれば、単純なポンド＝シリング＝ペンスでは換算できないらしい。幸せなカップルには、手の中でジャラジャラいう十四ギニーの金貨のほうが役に立つかもしれないという、ひどく実利的な考えもマロリーには浮かんだ。けれど、金はじきに消える。若いときには、必ず金は消えてしまうものだ。こういう立派な時計なら、何世代にもわたって家に輝きを添えてくれるかもしれない。

マロリーは時計の代金を現金で支払い、一年がかりで払うクレディットの申し出は断った。横柄《おうへい》な齢嵩《としかさ》の店員が、糊《のり》のきいたリージェンシー・カラーに汗を流しながら、旅行というような緊急時に歯車を固定するためのコルク止め木の手順を実演して見せる。時計には掛け金と把手《とって》のついたケースがついてきて、その内貼《うちば》りは、ぴったり収まるコルクに赤紫色のヴェルヴェットをかぶせてある。

この貴重な品を、混《こ》み合った蒸気バスに持ち込めそうもないことはマロリーにもわかっている。またも二輪馬車を雇って、この時計ケースは屋根に縛りつけてもらわねばなるまい。厄介な問題だ。〝ドラグズマン〟と呼ばれる若い泥棒たちがロンドンを徘徊《はいかい》している。猿のような連中で、通りすがりの馬車の屋根に鋸歯《のこば》短刀で跳びあがり、荷物を固定している革帯を切ってしまうのだ。馬車がようやく止まったころには、盗人たちは何の咎《とが》めもなくどこかの悪の巣窟《そうくつ》の奥深く逃げおおせ、盗品は手から手へと渡して、犠牲者の旅行鞄《りょこうかばん》の個々の中身は十余の古物屋に収まってしまう。

マロリーは買物を抱えてバーリントン・アーケイドの反対側の門を抜けた。そこで警備にあたっていた巡査が、陽気に敬礼してよこす。その外のバーリントン・ガーデンズでは、へこんだ帽子に見すぼらしく脂じみた上着の若者が、それまでセメント植木鉢の縁に、表向きくつろいで腰をおろしていたのに、いきなり立ち上がった。

見すぼらしい若者が足を引きずるようにしてマロリーに近づいてきながら、芝居がかった絶望に両方の肩を落としている。帽子のつばに手を触れて、躊躇《ためら》いがちに哀れっぽい笑みをうかべ、一息にマロリーに語りはじめる。

「失礼ですが公道で勝手に話しかけたりして申し訳ありませんしかもこんな襤褸《ぼろ》にまで身を落としておりますが以前からこうだった訳でもなく自分の責任でもなく家族に病気があったことや故ない不幸のせいでして大変恩に着ますからひとつ時間を教えてください」

時間……。この男は何らかの方法で、マロリーが大きな時計を買ったばかりなのを知っているのだろうか。けれど、見すぼらしい男はマロリーがにわかに狼狽《ろうばい》したのは意にも介さず、同じ媚《こ》びるような一本調子で、熱心に先を続ける。

「物乞いをしようというのではありませんで私は立派な母親に育てられましたから物乞いを仕事にしようとは存じませんそんな恥ずべきことを望んだとしてもいかに仕事をすべきかわかりませんしむしろ飢え死にしたほうがましですが御慈悲とおぼしめしてお願いですからお荷物になさっているそのケースを私めに運ばせてはいただけないでしょうかお代は私の働きに対するお情けだけで結構で――」

見すぼらしい男が、いきなり言葉を切った。マロリーの肩ごしに眼を丸くし、口は縫い子が糸を嚙《か》み切るときのように、いきなり固く食い縛る形にする。見すぼらしい男は三歩、ゆっくり慎重に後退《あとずさ》り、自分自身と、何にせよ眼にしたものとのあいだに、マロリーを据えておこうとする。それから、口を開いて新聞紙を詰めてある踵《かかと》を直ちに返し、足を引きずる様子もなく足早に歩み去って、コーク・ストリートの混《こ》み合った歩道に姿を消した。

マロリーはすぐさま振り返ってみた。背後に、ひょろりと背が高く、痩《や》せた男がいる。ボタンのような鼻に、長くもみあげを伸ばし、短いアルバート上衣《うわぎ》に無地のズボンをはいている。マロリーの視線に捉《とら》えられた瞬間に、男はハンカチーフを顔にあてた。紳士らしく咳《せ》き込み、それからちょっと眼を拭う。そして、やにわに芝居がかった仕草で、何か忘れていたことを想い出した様子を見せた。くるりと向きを変え、のんびりとバーリントン・アーケイドの方向に戻《もど》りはじめる。一度としてマロリーをまっすぐ見てはいない。

マロリー自身も、時計ケースの掛け金に興味をそそられたふりをする。ケースを下に置き、かがみこんで輝く真鍮《しんちゅう》の嚙み合わせに眼をやるが、心は騒ぎ、背筋に冷たいものが走る。あやつはハンカチーフ芸で馬脚を現した。もう、あの男がケンジントンの地下鉄道駅のそばで出会った男と同一だとわかっている——馬車から降りようとしなかった咳男《せきおとこ》だ。それればかりではない。洞察に心を熱くしたマロリーは考える。あの咳男は、ピカディリーで御者と料金について言い争っていた粗野な男でもある。ケンジントンからずっと、マロリーを追跡してきたのだ。マロリーを尾行しているのだ。

マロリーは時計ケースをぎゅっとつかむと、静かにバーリントン・ガーデンズを進みはじめた。オールド・ボンド・ストリートを右に折れる。今や狩猟者の本能で、神経がぴりぴりしている。最初に振り返って見つめてしまったのは、間が抜けていた。気づいたことを尾行者に悟られてしまったかもしれない。マロリーは二度と振り返って見たりせず、せいぜいのんびりしたふりを装って、足を運んでいく。宝石店のヴェルヴェット台に載った貴族婦人のカメオや晩餐用《ばんさんよう》ティアラの前で足を止め、鉄柵《てっさく》づきの輝くガラスで、背後の通りを注視する。

たちまち〝咳男〟がまた姿を現したのに眼が留まる。さしあたり、男は充分に距離を置き、自分とマロリーとのあいだにロンドンの買物客のグループをいくつもはさむようにしている。〝咳男〟は三十五歳ほどだろうか、頰髯《ほおひげ》に白いものが混じり、黒っぽい機械縫いのアルバート上衣には、とりたてて眼につくところがない。顔つきもロンドンにはよくあるもので、あるいはちょっと陰気かもしれず、眼つきが少し冷酷で、ボタンのような鼻の下の口に凄味《すごみ》があるかもしれない。

マロリーはまた曲がって、左手のブルトン・ストリートにはいっていく。一歩ごとに時計ケースが厄介になってきた。このあたりの店には、都合がいい角度のガラスがない。美しい女性がいたので、帽子を取って会釈し、その女性の踵《かかと》を振り返って見るふりをする。

〝咳男〟は、なおも尾《つ》けてきている。

もしや、〝咳男〟はあのゴロツキや連れの女の仲間だろうか。雇われ暴漢か――殺し屋か。あのアルバート上衣のポケットにはデリンジャーを忍ばせているのか。それとも硫酸の罎《びん》か。暗殺者の銃弾の衝撃がいきなり来るのか、灼《や》きつくように濡《ぬ》れる腐食性の液体が降りかかるのか、そう想うと、マロリーの首筋が総毛立つ。

マロリーが足取りを早めはじめると、ケースが痛いほど脚にぶつかる。バークリー・スクエアにはいると、そこでは小型蒸気クレーンが、割り裂かれたプラタナスの木二本のあいだで元気良く音をたて、大きな鋳鉄の玉を崩れかけたジョージ王朝風のファサードに叩《たた》きつけている。見物人が群れをなして、その光景を楽しんでいた。マロリーは木挽台《こびきだい》のバリケードの手前で見物人に加わり、古い漆喰《しっくい》の厭《いや》な臭《にお》いの中、束《つか》の間《ま》の安全を味わう。横に視線を走らせて、〝咳男《せきおとこ》〟を見つけ出した。相手は相当に危ない感じだし、さしあたり人混《ひとご》みにまぎれたマロリーの姿を見失っているので、不安げだ。けれど、憎悪に狂っているとも、殺しに専心しているとも想われない——見物人の脚のあいだに眼を放って、マロリーの時計ケースを捜している。

　今なら、あの悪党を撒《ま》くことができるかもしれない。マロリーは素早くスクエアを横切って、木立を遮蔽《しゃへい》に利用していく。スクエアの反対のはずれで、チャールズ・ストリートにはいると、道の左右には壮大な十八世紀の屋敷が並んでいる。貴族の邸宅であり、凝った鉄細工には、当世風の紋章が掛かっている。マロリーの背後で、贅沢《ぜいたく》なガーニーが馬車小屋から出てきたので、足を止めて振り返り、道を確かめる余裕ができた。

　マロリーの作戦は失敗だった。〝咳男〟が、ほんの数ヤード後方にいて、ちょっと息を切らせ、ひどい熱気に顔を赤らめている程度で、眼をくらまされてはいない。マロリーに眼を向けないようにしながらも、こちらの次の動きを待ち構えている。マロリーに眼を向けない代わり、男は憧《あこが》れるかのように、《我只走歩兵》なるパブリック＝ハウスの入口を見つめている。マロリーは、とって返して《走歩兵》にはいろうかという気になった。あの中なら、人混みにまぎれて、〝咳男〟を撒くことができるかもしれない。それとも、走りだす乗合《オムニ》バスに、ぎりぎりの瞬間、跳び乗ってもいい——大事なケースを持ち込めれば、だが。

けれど、そういう便法に、あまり望みがあるとは想えない。相手にはしっかりした土地勘があり、ロンドン犯罪者の卑劣な策を身につけているのだ。マロリーは自分が鈍重なワイオミングの野牛であるかのような気がしてきた。重い時計を抱えて、先へと進んでいく。手が痛むし、疲れを覚えはじめている――

クィーンズ・ウェイを降りきったところでは、バケット掘削機《ドラグライン》一台と普通の掘削機二台が、シェパード・マーケットの残骸《ざんがい》で更なる破壊を執り行っていた。現場には板囲いをめぐらせているが、その板は熱心な見物人によって割られ、節穴を抜かれていた。頭にカーチーフを巻いた婦人や、嚙み煙草の唾を吐き散らす呼び売り商人が、いつもの場所から追い出されて、フェンスのすぐ外に最後の抵抗線の襤褸《ぼろ》店を開いている。マロリーは、並んで悪臭を放つ牡蠣《かき》や萎《しな》びた野菜に沿って歩いていく。板囲いのはずれに、計画違いからか、細い小路が残っていた――片側が埃《ほこり》っぽい板塀になっており、反対側は崩れかけた煉瓦《れんが》だ。小便に湿った古い丸石敷きの間からは、雑草が生えている。マロリーがのぞきこむと、ボンネットをかぶった婆さんが、しゃがんでいた姿勢から立ち上がり、スカートを直す。一言も発することなく、マロリーの横を通り過ぎた。マロリーは帽子に手を触れる。

ケースを頭の上までかつぎあげると、それを苔《こけ》むした煉瓦壁の上にそっと置く。崩れたモルタルのかけらで、しっかり支えにすると、その脇《わき》に帽子を置いた。

板塀に背中をぴったりと張りつける。

〝咳男《せきおとこ》〟が現れた。マロリーは男に躍りかかり、全力をこめて鳩尾《みぞおち》を殴りつける。男が唾《つば》や吐息とともに体を二つ折りにしたので、マロリーは左拳を短く男の顎脇《あごわき》に叩《たた》きこむ。男の帽子が吹き飛び、両膝《りょうひざ》をついてしまった。

マロリーは悪漢のアルバート上衣の背中をつかむと、思いきり煉瓦にぶつけてやる。男ははねかえって頭から伸びてしまい、息を荒げて横たわり、髯《ひげ》を蓄えた顔に汚物がこびりついている。マロリーは男の喉許《のどもと》と襟を両手でつかんで引き起こし、

「何者だ」

「助けて」

男は弱々しく嗄《か》れた声を上げ、

「人殺しぃ」

マロリーは男を三ヤードばかり小路の奥まで引きずっていき、

「とぼけるんじゃない、この悪党め。どうして尾《つ》けてきた……。誰に金をもらっている……。名前は何だ……」

男が必死でマロリーの手首をひっかき、

「放してくれ――」

上衣《うわぎ》の前がはだける。マロリーにも茶色の革のショルダー＝ホルスターが見えたので、すぐさまその中の武器に手を伸ばす。

拳銃《けんじゅう》ではなかった。手にしたそれは、長くて油を差した蛇のように抜け出てくる。棍棒《こんぼう》の一種であり、革編みの把手《とって》に太く黒い弾性ゴムの軸がある。先端が靴べらのように広が

って平らになっている。バネ鋼のようなしなやかさがあるところを見ると、鉄のコイルが芯《しん》にあるようだ。

マロリーはこの醜悪な武器を示してやる。これなら簡単に骨だって折れそうだ。〝咳男〟が尻込《しりご》みする。

「質問に答えろっ」

湿った稲妻の一撃がマロリーの後頭部を貫いた。危うく意識がなくなりかけ、自分が倒れるのを感じたが、マトンの脚のように麻痺《まひ》して重い腕で、汚い丸石敷きに体を支える。第二撃が襲いかかったが、かすめるように肩に当たった。マロリーは転げて、歯を剝《む》く──だみ声の、吼《ほ》えるような音が漏れた。自分の喉《のど》から出るのを聞いたことがないような叫びだ。襲いかかった男に蹴《け》りかかると、何とか相手の脛《すね》に当たった。男は悪態をつきながら、跳ねて退く。

マロリーは棍棒をなくしていた。這《は》うようにしながら体を起こし、眩暈《めまい》を覚えながら前かがみに立つ。二人目の男は、太めで小柄だった。丸いダービイ・ハットをかぶっているが、眉《まゆ》近くまで深く押し下げてある。〝咳男〟の伸びた脚のところに立ちはだかり、ソーセージのような革の棍棒を、マロリーを脅すように振って見せる。

マロリーの首筋を血が流れると同時に、吐き気まじりの眩暈が波のように襲ってきた。いつ気絶してもおかしくない感じがし、動物的な本能が、今倒れたら、死ぬまで叩《たた》きのめされると告げる。

踵《きびす》を返して、よろめく脚で小路を逃げ出した。頭がガタガタいい、きしる感じがする。まるで頭蓋骨《ずがいこつ》の縫合が割れたかのようだ。赤い靄《もや》が、眼の前に油のように渦巻く。よろめきながら、短いあいだ道路を進み、角を曲がって息をはずませる。壁に身を預け、両手を膝《ひざ》について支えにする。立派な男女が通り過ぎてゆき、どことなく不快そうな視線を投げてよこす。鼻からは血が流れ、口は吐き気に詰まったようになったまま、マロリーは弱々しくも挑戦するように、それを睨《にら》み返す。何となく、奴《やつ》らに血の臭《にお》いを嗅《か》がせたら、必ず打ちのめされるような気がするのだ。

時間がたった。さらにロンドン人が通り過ぎていくが、無関心や、好奇心や、かすかな嫌悪感を示し、こちらを酔っぱらっているか気分が悪いと想っているようだ。マロリーは涙ごしに、道向かいの建物に眼をやり、その角にある綺麗《きれい》にエナメル仕上げをした鋳鉄製の標識を見る。

ハーフ・ムーン・ストリートだ。ハーフ・ムーン・ストリートといえば、オリファントが住んでいる。

マロリーはポケットの中で手帳を手探りする。手帳はまだあり、手に馴染みのある、しっかりした革の装丁が祝福のように想える。震える指先で、オリファントの名刺を見つけた。

ハーフ・ムーン・ストリートの奥のはずれにあたる住所に着いてしまうと、もはやよろよろしてはいない。頭蓋骨の険悪な眩暈《めまい》が、疼《うず》くような痛みに変わっていた。

オリファントはジョージ王朝風の屋敷を、現代の間借り人用に分割したところに住んでいた。一階には凝った鉄の手すりがめぐらしてあり、カーテンを掛けた張出窓からはグリーン・パークの穏やかな景観が見渡せる。どこを取っても心地良く洗練された場所であり、痛みと眩暈と血の滴りがある人間には、まったく相応《ふさわ》しくない。マロリーは象の頭の形をしたノッカーを乱暴に叩《たた》いた。

　召使がドアを開けた。マロリーを頭から足の先まで見て、

「どんな御用で――。おお、これはまた」

　振り返り、叫ぶように声を張り上げて、

「オリファント様ぁ」

　マロリーはよろめいて、玄関広間に踏みこんだ。すべて優美なタイルと蠟《ろう》で磨いた羽目板張りになっている。すぐさまオリファントが現れた。こんな時刻にもかかわらず、オリファントは正装しており、ごく小さいボウタイでボタン穴には菊の花を挿している。

　オリファントは鋭い眼で一瞥《いちべつ》したとたん、状況を呑《の》みこんだらしく、

「ブライッ。すぐ台所へ行って、コックからブランデイをもらってきてくれ。水をいれた盥《たらい》。それに、清潔なタオルも」

　召使のブライが姿を消した。オリファントは、開いたままのドアに歩み寄って、用心深く道路を見回し、それからドアを閉じて、しっかり錠をおろす。マロリーの腕を取ると、導くようにして客間に連れて行ってくれたので、マロリーはぐったりとピアノ＝ベンチに

腰をおろす。

「やはり襲われましたか」とオリファント、「後ろからやられましたな。見たところ、臆《おく》病者《びょうもの》の不意打ちだ」

「ひどいですか……。自分では見えなくて」

「鈍器による打撃ですね。皮膚が破れているし、かなりの打ち身になっている。だいぶ血が流れたようだが、今は止まりかけています」

「大怪我《おおけが》ですか……」

「もっとひどい怪我も見たことがありますから」

オリファントの口調は皮肉めいた陽気さで、

「ただ、その立派な上着は取り返しがつかないことになったようです」

「ピカディリーじゅう、尾《つ》け回されまして」とマロリー、「二人目に気づかないうちに、手遅れになってしまった」

いきなり背筋を伸ばして、

「ちぇっ。時計だ。時計が、結婚祝いが。シェパード・マーケットのそばの小路に残してきてしまった。あの悪党ども、盗んでいったに違いない」

ブライが、タオルと盥《たらい》をもって、戻ってきた。主人より背が低く齢上《としうえ》で、綺麗《きれい》に髯《ひげ》をあたり、首が太く、膨れた茶色の瞳《ひとみ》をしている。毛の濃い手首など、炭鉱夫のように太い。ブライとオリファントとは互いに気楽に尊重しあっている雰囲気で、まるでこの男が家族

の信頼された家臣といった感じだ。オリファントはタオルを盥に浸して、マロリーの後ろに回り、

「動かないようにしてください」

「時計が」とマロリーは繰り返す。

オリファントが溜《た》め息《いき》をついて、

「ブライ、この方が置き忘れた品物を、確かめてきてもらえるかな……。当然、多少の危険の可能性はあるが」

「承知しました」

ブライが無表情に言い、

「それで、お客様たちはどういたしましょう……」

オリファントはそれについて考える様子で、マロリーの後頭部を拭いながら、

「お客様たちも一緒にお連れしたらどうだろう、ブライ。皆さん、外出を楽しまれるはずだ。裏からお連れしてくれ。あまり世間の眼を引くようなことは、しないように」

「皆さんには、何と申し上げれば……」

「もちろん本当のことを言ってくれ。我が家の友人が、外国の手先に襲われたと言ってくれ。ただ、誰《だれ》も殺してはならないと言うように。それに、仮にマロリー博士の時計が見つからなくても、それが皆さんの能力の表れだというふうには考えないように、と。必要とあればジョークでも言って、決して皆さんの体面が傷ついたとは想わせないように」

「承知しました」

ブライが言って、立ち去った。

「ご迷惑をおかけして、申し訳ない」とマロリーは口ごもる。

「とんでもない。こういうときのために、我々がいるのです」

オリファントがマロリーに、とても上質なブランディを指二本分、クリスタルのタンブラーに入れて勧めてくれる。

ブランディによって、喉の渇ききったようなショックがマロリーから薄れていき、後には痛みが残ったが、それもずっと鈍くなっていてつらくない。

「あなたのおっしゃる通りで、私が間違っていました」とマロリー、「奴《やつ》ら、私を獣のように追跡してきたんです。そこいらのゴロツキではありません——危害を加えるつもりだったのは、間違いない」

「テキサス人ですか……」

「ロンドン人です。もみあげを伸ばした背の高い男と、ダービイ・ハットの小柄で太った男です」

「雇われ者たちですな」

オリファントがタオルを盥《たらい》に浸して、

「一針、二針、縫ったほうが良さそうです。医者を呼びましょうか……。それとも私に任せていただけますか……。荒っぽい土地では、外科医の仕事も多少はやったことがあるんです」

「私もです」とマロリー、「必要と想われるなら、どうぞやってください」

もう一口、オリファントのブランディをごくりとやるあいだに、オリファントが針と糸を取ってきた。それからマロリーが上着を脱ぎ、歯をくいしばって青い花柄の壁紙を見つめていると、オリファントが手際良く破れた皮膚を縫い合わせてくれる。

「悪くない」

オリファントが満足げにそう言い、

「芳しからざる臭気に近づかないようにしてください。そうすれば、たぶん熱を出さずにすむでしょう」

「今日はロンドンじゅうが臭気そのものです。このおぞましい天候ときたら――。医者というのは信用ならないと想いませんか。自分たちの言っていることもわかっていない」

「外交官や、激変説論者と違って、ですか……」

オリファントの微笑《ほほえ》みが魅力的なので、マロリーは腹を立てる気にもなれない。ピアノ＝ベンチから上着を取り上げる。血の染みが衿《えり》に固まっている。

「で、どうしたものでしょう……。警察に行くべきでしょうか……」

「もちろん、そうなさるのは御自由です」とオリファント、「ただ、あなたの愛国的思慮から、ある種の事柄は口になさらない、と信じますが」

「ある種の事柄とは、たとえばレイディ・エイダ・バイロンとか……」

オリファントが顔をしかめて、

「総理大臣のお嬢さんについて、臆測《おくそく》をたくましくすることなど、残念ながら、きわめて思慮を欠く振る舞いでしょうな」

「なるほど。では、私が王立協会の自由貿易委員会のために銃砲を密輸したことは、どうです……。委員会のスキャンダルならレイディ・エイダの件とは違う、というふうに、根拠はないながら推測しますが……」

「さて」とオリファント、「私個人としては、委員会のへマを公に暴きたてるのは楽しいことではありますが、あの一件も内密《サブ・ローザ》にしておくべきだと存じますな――ブリテンの国益を考えて」

「なるほど。では、警察に告げることには、何が残っていますか……」

オリファントがうっすらと笑みをうかべ、

「身許《みもと》不明の暴漢によって、根拠不明の理由により、頭部を殴打された、と」

「莫迦《ばか》げたことを」とマロリーははねつけ、「諸君ら政府官僚は、何の役にも立たないのか……。宮廷遊戯にふけっているわけじゃないんだ。レイディ・エイダを虜《とりこ》にするのに手を貸していた女性犯の身許は私がつきとめた。名前は――」

「フローレンス・バートレット」とオリファント、「お願いですから、声を低く」

「どうしてそれが――」マロリーは言葉に詰まり、「友人のウェイクフィールド氏だな。たぶん統計局での私の行動を逐一見張っていて、すぐさま、あなたに報告に馳《は》せ参じたんだ」

「ウェイクフィールドの仕事ですからね、いかに退屈至極だろうと、当人の機関《エンジン》の振る舞いを見張るのは」オリファントが静かに言い、「実を言えば、あなたからお聞きしたかった——正真正銘の悪女《ファム・ファタール》から誘惑されたことが判明したんですからね。ところが、あなたは情報をわかちあうことに、あまり熱心ではいらっしゃらなかった」

　マロリーはうなり声を漏らす。

「これは通常の警察には扱いかねる問題です」とオリファント、「前にも、あなたには特別な身辺保護が必要だと申し上げた。こうなっては、残念ながら、どうしても、と申し上げなくてはならない」

「何たることだ」とマロリーはつぶやく。

「この任務には最適な男がおります。エベニーザー・フレイザー警部です。中央警察裁判所《ボウ・ストリート》の特別公安部の。きわめて特別の公安部ですから、あまり声を大きくなさらないように。ただ、フレイザー警部については——当人は人前では、フレイザー君と呼ばれるほうを好みますが——とても有能で、とても理解があって、きわめて思慮に富むことがおわかりになると想います。フレイザーに任せておけば、あなたは安全です——それが私にとって、どれほど安心できることか、口では申しきれません」

　家の裏手でドアが閉じた。足音があり、ギシギシ、カタカタと音がして、耳慣れない声が聞こえる。やがてブライがまた現れた。

「時計だ」とマロリー、「ありがたい」

「壁の上に見つけました。煉瓦《れんが》のかけらで支えてありまして、ちょっと隠れたようになっておりました」

そう言いながら、ブライがケースを置き、

「傷ひとつありません。おそらく悪党どもは、いったん隠しておいて、あとから奪うつもりだったと想われます」

オリファントが、一方の眉《まゆ》をマロリーに上げて見せながら、うなずき、

「よくやってくれた、ブライ」

「それに、こういう物がありましたが」

ブライが、足蹴《あしげ》にされたトップ・ハットを差し出した。

「あの暴漢のだ」

マロリーは断言する。〝咳男《せきおとこ》〟のつぶれた帽子は、饐《す》えた小便まみれになっていたが、誰も、そういう口にすべからざることには触れない。

「申し訳ありません。あなたさまの帽子は見つかりませんでした」とブライ、「浮浪児にでも、盗まれたものと想います」

オリファントが、想わず不快感にわずかに顔をしかめながら、駄目になったトップ・ハットを調べる。裏返して、裏地をひっくりかえし、

「製造業者の印はない」

マロリーはちらりと見て、

「機関《エンジン》製です。モーゼズ・アンド・サン社あたりでしょう。二年ほど前のものです」

「ほう」オリファントが眼をぱちくりさせ、「その点から見て、外国人の線は消えるな。ロンドンの古強者に違いない。安いマカッサル油を整髪に使っているが、頭蓋骨《ずがいこつ》の容量は充分にある男だから、ある程度の悪知恵は働くだろう。ゴミとして捨てたまえ、ブライ」

「はい」ブライが出て行く。

マロリーは深い満足感をこめて時計ケースをさすり、

「お宅のブライは、本当によくやってくれました。心付けを出したら、厭《いや》がるでしょうかね……」

「はっきりその通りです」とオリファント。

マロリーは余計なことを言ってしまったと感じ、歯を噛みしめて、

「お客様方はどうでしょう……。お礼を申し上げるお許しはいただけますか……」

オリファントが他意のない笑顔になって、

「構いませんとも」

マロリーを案内して、食堂にはいった。オリファントの食堂テーブルからは、マホガニーの脚が取り外され、広々と磨かれたテーブル面が今は、床上数センチのところに、四隅の彫刻部でじかに置かれている。その周囲にアジア人が五人、脚を組んだ異国の威厳をたたえて座っている。まじめくさった男が五人、ストッキングの足で、サヴィル・ロウ仕立

ての夜会服を着ている。全員が丈の高いシルクのトップ・ハットを身に着け、刈り込んだ頭に目深にかぶっていた。髪がとても短く、とても黒々としている。

それに女性も一人、それに加わっており、テーブルのはずれに跪《ひざまず》いている。この女性は仮面のような平静さを示して、絹のように豊かな黒髪をしていた。何やらたっぷりとした民族衣裳に身を包み、衣裳の燕《つばめ》や楓《かえで》の葉が鮮やかだ。

「エドワード・マロリー博士サン　ヲ　ゴショウカイ　シマス」

オリファントが言う。男たちが独特の優雅さで立ち上がった——ちょっと体を反らすようにして片足を下にすべりこませると、いきなりしなやかな両脚で立っている。まるで、全員がバレエの踊り手であるかのようだ。

「こちらの紳士方は日本のミカドこと皇帝陛下にお仕えになる方々です」とオリファント、「こちらはマツキ・コウアン氏、モリ・アリノリ氏、フクサワ・ユキチ氏、カナエ・ナガサワ氏、サメシマ・ヒサノブ氏です」

男たちは腰を折るようにして、順番に会釈する。

オリファントは女性のほうは紹介しようとしなかった——女性は無表情に身を固くして座っており、内心イングランド人の視線に腹を立てているかのようだ。マロリーは、そのことについて触れたり、女性のほうにあまり視線を向けたりしないほうが賢明そうだと想った。その代わりとして、オリファントに向き直って、

「日本人ですか……。その言葉を話せるのですか……」

「外交上の生かじりです」

「お願いですから、勇敢にも時計を取り返してきてください」

くださったことに、お礼を申し上げてください」

「おっしゃることはわかります、まろり博士」

日本人の一人が言った。マロリーは聞くそばから、みんなの憶《おぼ》えられそうもない名前は忘れていたが、この人物がユキチとか呼ばれていたような気がした。

「我らが君主が恩義を表明しているローレンス・オリファント氏の、ブリテンでの御友人をお助けできれば、我々にとって名誉であります」

ユキチ氏がまた会釈した。

マロリーは完全に途方に暮れた想いで、

「御丁寧なご挨拶《あいさつ》、ありがとうございます。実に上品にお話をなさる紳士でいらっしゃいますなあ。私自身は社交は得意ではありませんが、心から御礼申し上げます。皆さん、とても御親切で――」

日本人たちで話し合っていたが、

「外国人によってブリテン人たるお体に野蛮な暴行を加えられた、とのことですが、ひどいお怪我《けが》でないと良いと存じます」とユキチ氏。

「ええ」とマロリー。

「あなた様の仇《かたき》も、失礼で乱暴な者も見かけることがありませんでした」

ユキチ氏の口調は穏やかだが、そのキラリと光る瞳《ひとみ》から見て、仮にそういう悪漢に出会ったとき、ユキチやその仲間が何をしたかについて、マロリーには疑いの余地がない。全体として見ると、この五人の日本人は洗練されていて、学者めいた雰囲気をたたえている――二人は縁なし眼鏡をかけており、一人はリボンつきの片眼鏡《モノクル》をかけ、気取った黄色の手袋をしている。けれど、全員が若く敏捷《びんしょう》で逞《たくま》しい。そして、トップ・ハットが頭に載っている様子はヴァイキングの兜《かぶと》のようだ。

オリファントがいきなり脚を折って、微笑みとともにテーブルの一方の端に座りこむ。マロリーも座ったが、膝が音をたててポキッといった。日本人たちもオリファントに倣《なら》い、たちまち無味乾燥な威厳ある姿勢に戻《もど》ってしまう。女性は一インチたりとも動いていない。

「こういう状況ですと」とオリファントが口を開き、「ひどく暑い日ですし、帝国の仇敵《きゅうてき》を追っての外出でお疲れのことでもあり――多少のお神酒《みき》が相応《ふさわ》しいようですな」

テーブルから真鍮《しんちゅう》の鐘を取って、それを鳴らすと、

「じゃあ、懇《ねんご》ろにやりませんか。ナニ　ヲ　オノミ　ニ　ナリマス　カ」

日本人たちが話し合い、眼を輝かせて、楽しげにうなずき、鋭く賛成の声を上げて、

「ういすき――」

「ウィスキイですか、見事なお見立てだ」とオリファント。

間もなくブライが、酒壜《さかびん》を載せた手押し車とともにやってきて、

「氷が少なめになっておりますが」

「どういうことだい、ブライ」

「氷屋がコックに少ししか売りませんで。先週から値段も三倍になっております」

「ま、どうせ人形の壜には氷がはいるまい」

オリファントが軽い調子で、まるでその発言が意味をなすかのように、

「さあて、マロリー博士、よく見ていてくださいよ。マッキ・コウアン氏は、たまたま薩《サッ》摩《マ》という大変進んだ地方からいらしているんですが、ちょうど日本の技術の驚異をお見せくださっていたところで——職人の名前は何とおっしゃったかな、マッキ氏……」

「これを造ったのはホソカワ一族の末裔《まつえい》です」

マッキ氏がその場で会釈しながら答え、

「我らが藩主——薩摩大名《サツマ・ダイミヨウ》——が寵遇《ちょうぐう》しております」

「マッキ氏にお任せしていいと想うよ、ブライ」

オリファントが言う。ブライがマッキ氏にウィスキイの壜を手渡す——マッキ氏が中身を、日本女性の右手にある優美な陶器の器に移す。女性は何の反応も示さない。マロリーは、この女性が病気か全身麻痺《まひ》に冒されているのではないかと想いはじめた。次にマッキ氏が器を、木が鋭く鳴るような音とともに女性の右手にはめこむ。氏が立ち上がって、鍍金《めっき》を施したクランク把手《とって》を取ってきた。その道具を女性の腰のあたりに差し込み、顔色ひとつ変えずに、それを回しはじめる。女性の体内から甲高く発条《ぜんまい》を巻く音が聞こえてくる。

「木偶《でく》だったんですか」

マロリーは声を上げてしまう。

「実際は操り人形に近い」とオリファント、「正確には〝自動人形《オートマトン》〟と言うはずだが」

マロリーは息を呑《の》んで、

「なるほど。ジャコー＝ドロの玩具や、ヴォーカンソンの有名なアヒルみたいなものですね……」

笑い声を上げる。今になってみれば、ちらりと見ただけで、優美な黒髪に半ば隠れたような仮面のような顔が、実は彫って塗りあげた木だということがわかる。

「殴られたお蔭《かげ》で、私の脳がどうかしていたに違いない。いやはや、何とも」

「鬘《かつら》の髪の毛一本一本まで、手で植えてあります」とオリファント、「王室への献上品でして、ブリテンの女王陛下へのものです。とはいえ、きっと夫君や、とりわけ幼いアルフレッドが、大いに気に入られることでしょうが」

自動人形が飲物を注ぎはじめた。衣の肘《ひじ》のところに蝶番《ちょうつがい》がひとつあり、二番目は手首のところだ――ウィスキイを、ケーブルのすべりと静かにカチカチいう木とで注《つ》いでいく。

「機関《エンジン》管理のモーズリー旋盤のような動きですね」とマロリー、「あの設計図を使ったのですか……」

「いや、これはすべて地元のものです」

オリファントが言う。マツキ氏がウィスキイのはいった小さな陶器の杯をテーブルの先へと手渡していく。

「中に金属は一切使われていません――すべて竹と、編んだ馬の毛、それに鯨骨《げいこつ》のスプリングです。日本人は昔から、こういう人形を造る術を知っていたのです――カラクリ、と呼んでいます」

マロリーはウィスキイを口に含んだ。スコッチのシングル・モルトだ。すでにオリファントのブランディで、多少ほろ酔い気分になっていた――今は、人形を見ていると、クリスマスのおとぎ芝居に迷いこんだような気がして、

「歩くんですか……。それとも笛を吹くとか……。何かそういうことはするんですか……」

「いいえ、ただ注ぐだけです」とオリファント、「ただし、どちらの手でも注げます」

マロリーは日本人たちの眼が自分に注がれているのを意識した。日本人たちにとって、この人形が格別驚くべきものではないのは明らかだ。ブリテン人としての自分が、どう想うかを知りたがっている。感心したかどうか知りたがっているのだ。

「大変感銘を受けました」

そう言ってから、こう口走ってしまう。

「とりわけ、アジアの未開の状態を考えますと」

「日本はアジアのブリテンですよ」とオリファント。

「これが大したものでないことはわかっています」

　ユキチ氏が、眼を光らせながら言う。

「いやいや、大変なものですよ、本当に」とマロリー、「もう、入場料が取れるほどです」

「ブリテンの偉大な機械にくらべたら、大したものでないことはわかっています。オリファント氏のおっしゃるとおり——この世界では、我々は皆さんの弟分なのです」

「我々は学びます」

　別の日本人が初めて口を開いた。たぶんアリノリと呼ばれた人物だろう。

「ブリテンには大いに恩義を覚えています。ブリテンが鉄の艦隊でもって、我々の門戸を開いてくれたのです。眼を醒《さ》まし、大いに教えを学びました。将軍《ショーグン》と遅れた幕府《バクフ》を倒しました。今はミカドに率いられ、大いに進歩の新時代です」

「我々は皆さん方の盟友です」

　ユキチ氏が堂々とそう言い、

「アジアのブリテンは、アジアの全人民に文明と啓蒙《けいもう》をもたらします」

「天晴《あっぱ》れなお言葉です」とマロリー、「ただ、ちょっと難事業ですぞ、文明、帝国建設。何世紀もかかると想いますが——」

「今はすべてを皆さんから学びます」

　アリノリ氏が言う。顔が赤らんでいる——ウィスキイと熱気が、心に炎を燃え上がらせたらしく、

「大いに学校も海軍も作ります、皆さんのように。長州《チョーシュー》には、機関《エンジン》があります。もっと機関《エンジン》を作ります。自分たちの機関《エンジン》を作ります」

マロリーは含み笑いを漏らした。この小柄で妙な外国人たちは、とても若く、とても理想主義的に想える――知性はあり、何より本気だ。みんながひどく気の毒になって、

「まあね。立派な夢ですよ、若々しく、それは名誉なことです。でも、単純なことじゃありません。いいですか、ブリテンの我々も、ああした機関《エンジン》には大変な努力を傾けたんです――我が国の中心目標と言ってもいい。我らの碩学《せきがく》は、もう何十年も機関術《エンジンリ》にとりかかっている。あなた方が、たかだか数年で、我々がなしとげたことをやろうとは――」

「必要とあれば、いかなる犠牲も払います」とユキチ氏が静かに言う。

「皆さんの民族の祖国をより良くするには、他の方法もあります」とマロリー、「でも、皆さんがなさろうとしていることは、まさに不可能だ」

「必要とあれば、いいいい、いかなる犠牲も払いいいいいます」

マロリーがオリファントに眼をやると、オリファントはこわばった笑みをうかべて座ったまま、発条娘《ぜんまいむすめ》が陶器の杯に注《つ》ぐさまをじっと見ている。空気中に漂う冷たいものは、マロリーの想像にすぎないのかもしれない。それにしても、自分が何かヘマをやってしまったような気がしている。

静寂が訪れ、カチカチいう自動人形だけがそれを破る。マロリーはずぎずきする頭で立ち上がり、

「御親切にありがとう、オリファントさん。それに、もちろん、お客様方の御助力にも感謝します。ただ、長居はできません。とても居心地が良いのですが、雑事がありまして——」

「どうしてもですか……」とオリファントが温かく言ってくれる。

「はい」

オリファントが声を大きくして、

「ブライ。コックの坊やを遣いにやって、マロリー博士に馬車をつかまえてくれ」

マロリーは汗みどろの疲れの中で夜を過ごした。混乱した夢の中では、〝咳男《せきおとこ》〟を相手に激変説を議論していたが、夢から醒《さ》めると、ドアで繰り返しノックの音がしている。

「ちょっと待って」

剝《む》き出しの脚をベッドから降ろし、ぐったりした気分で欠伸《あくび》をしてから、後頭部にそっと触ってみる。夜のあいだに傷口から少し出血したらしく、枕覆《まくらおお》いにピンクがかったしみが残っているけれど、腫《は》れは引いているし、熱っぽい感じもしない。恐らくは、オリファントの素晴らしい酒の治療効果に違いない。

汗ばんだ素肌にナイトシャツをはおり、ドレッシング＝ガウンに身を包むと、ドアを開ける。宮殿の管理人で、ケリイという名のアイルランド人が、むっつりした顔の掃除婦二人を連れて、廊下に立っていた。一同の装備は、モップと亜鉛鍍金《あえんめっき》のバケツと、黒ゴムの漏斗《じょうご》と、あとは栓をしたジェロボーアム壜がたくさん載った手押し車だ。

「何時なんだい、ケリイ……」

「九時になります」

ケリイが黄色い歯をねぶるようにしながら、はいってきた。女たちもそのあとから、手押し車ごとゴトゴトとはいってくる。派手な紙ラベルが、陶器壜それぞれの中身を〝コンディ専売特許過酸化脱臭剤、一帝国ガロン〟と示している。

「これはどういうことだい……」

「マンガン酸ソーダです。宮殿の配管に流すための。御不浄を全部、流す予定です。宮殿のパイプを綺麗《きれい》にして、下水本管まで落としてやります」

マロリーはローブのなりを整える。足も踵《かかと》も剥《む》き出しのままで、掃除婦の前にいることが気恥ずかしく、

「ケリイ、パイプを地獄まで流したとしても、何の役にも立たないぜ。ここはロンドン首都圏だし、どうしようもなく暑い夏なんだ。テムズ川すら臭《くさ》い」

「何かしない訳にはいきませんよ」とケリイ、「お客様からのご不満なんです、とても手厳しく。それも無理はありませんがね」

女たちが漏斗で、鮮やかな紫色の煎《せん》じ薬《ぐすり》を一壜《ひとびん》、マロリーの水洗便所の便器に流し込む。脱臭剤は鼻を衝くアンモニア臭を発し、そのほうが、ある意味では、部屋にしみこんだ汚臭より耐えがたい。二人がくしゃみをしながら、うんざりしたように磁器をこすり、それ

からケリイが、主人然とした仕草で水槽の鎖を引く。

そのあと一同が出て行くと、マロリーは着替えた。ノートブックを確かめる。午後の予定は詰まっているが、午前中には約束がひとつあるだけだ。ディズレイリがのろのろしているので、それに半日は見ておいたほうがいい、とマロリーはすでに承知している。運が良ければ、上着をフレンチ・クリーニングに出すなり、床屋に髪の血塊を切り取ってもらうなりする時間があるかもしれない。

食堂に降りていくと、遅く朝食を摂《と》った人たちが、他にも二人、お茶でお喋《しゃべ》りをしている。一人は内閣関係者で、ベルショーという名前だ。もう一人は博物館の職員で、スィデナムとかいう名前だったのではなかろうか。マロリーにははっきり想《おも》い出せない。

マロリーが食堂にはいると、ベルショーが眼を上げた。マロリーは礼儀正しく会釈する。ベルショーはかろうじて驚きを隠して、眼を剝《む》く。マロリーは二人のところを通り過ぎて、鍍金のガス・シャンデリアの下のいつもの席に着く。ベルショーとスィデナムとが、低く差し迫った声で話しはじめた。

マロリーは当惑してしまう。ベルショーに正式に紹介されたことはないが、簡単に会釈して怒らせてしまったのだろうか。今はスィデナムが、丸々肥えた顔を蒼白にして、横目でマロリーをチラチラ見ている。マロリーは自分のズボン前が開いているのだろうか、と気になった。開いていない。けれど、男たちは、明らかに本心から驚愕《きょうがく》した様子で眼を剝いている。傷口が開いてしまって、髪から首へと血が滴っているのだろうか。そうは想えないが――

マロリーはウェイターに朝食の注文を告げた――この使用人の顔もまた、こわばっている。まるで燻製鰊《くんせいにしん》と卵という選択が、とんでもなく不謹慎かのようだ。

マロリーは次第次第に困惑を深め、この件についてベルショーと対決する気になりはじめ、ささやかな言い分を練習してみる。けれど、ベルショーとスィデナムとは、お茶もそこそこに、いきなり立ち上がり、食堂を出て行ってしまった。マロリーは朝食を、断固ゆっくりと摂り、今の出来事などに狼狽《ろうばい》すまいと心に固く決める。

正面デスクに行って、郵便物のバスケットをもらった。いつものデスク係が出ていない――肺カタルで倒れた、と代わりの係員が言った。マロリーはバスケットをもって、図書室のいつもの席に移る。宮殿での同僚が五人いたが、部屋の片隅に集まって不安げに話し合っている。マロリーは眼を上げたとき、みんながこちらを見つめているような気になった――が、そんな莫迦《ばか》なことはあるまい。

マロリーは漫然たる興味で郵便物を仕分けしていく。頭がわずかに痛むし、心はすでにここにない。荷厄介なほど、職業上必要な通信があるし、例によってどっさりと、称賛の書状や物乞いの手紙もある。もしかしたら、個人秘書を雇うことは、実際に避けられないのかもしれない。

妙な着想が生まれて、マロリーは中央統計局の若きトバイアス君なら、そういう地位にぴったりなのではないか、と考えてみる。別の職場を提示してやれば、あの子もオフィスでもっと大胆になれるかもしれない。というのも、局にはマロリーが閲読してみたいものが、いろいろあるからだ。たとえば、レイディ・エイダについてのファイルなどという素晴らしい品があるものなら、それだ。それとも、いつも笑顔で、曖昧《あいまい》に安請け合いする、つかみどころのないオリファント氏だ。あるいは、斉一説陣営の碩学領袖《せきがくりょうしゅう》である、勲章たっぷりのチャールズ・ライエル卿。

以上三人の名士となると、マロリーの手は届かないかもしれない。けれど、ピーター・フォークについてのデータを少々捜し出すぐらいなら、できてもおかしくない——あの不気味な輩《やから》の内密の陰謀が、ますます歴然としてきているのだから。

何とかして、すべてを暴いてやる——マロリーはそう心を固めながら、郵便物バスケットをかきまわす。隠蔽《いんぺい》されている事実全体が、ゆっくりと姿を現してくるだろう。泥板岩の地層から削り出されてくる骨と同じことだ。マロリーは急進派エリートの秘密を垣間見《かいまみ》てしまった。今は、それにとりかかる時間と機会さえあれば、謎《なぞ》を丸ごと、母岩からひねり取ってやりたい。

きわめて不思議な小包に注意を引きつけられた。規格に合わない形であり、ずんぐりして四角ばっている。カラフルなフランスの速達切手がずらりと貼《は》ってある。象牙色《ぞうげいろ》の封筒は、驚くほどなめらかで固く、アイシングラスに似ているが、きわめて目新しい防水物質でできている。マロリーはシェフィールド・ナイフを取り出して、いくつかある刃《やいば》のうち、いちばん小さいのを選ぶと、封筒を開けた。

中にはフランスの機関《エンジン》カードが一枚はいっているだけだった。ナポレオン規格だ。マロリーは次第に不安になってきて、カードをテーブル面に振り落とした。それにも、ちょっと手間取る。封筒のなめらかな内側が奇妙に湿っているからだ。化学物質の湿りけで露が降りたようになっており、それが空気に触れるにつれて、ますます毒々しい悪臭を放つようになる。

カードは穴のあいていない未使用カードで、小さな黒い文字が、すべて大文字でびっしり並んでいた。**ロンドン、古生物学宮殿、エドワード・マロリー博士宛——貴殿はやましくも、エプソムで盗まれた物件を占有している。その物件は、完全に手つかずのまま、当方に返却するよう。その物件を当方が受け取るまで、〝ロンドン・デイリー・エクスプレス〟紙の個人広告欄で与える命令に従って、当方に返却するよう。その物件を当方が受け取るまで、貴殿は入念な罰をさまざま受け、必要となれば最後は、貴殿を徹底的かつ全面的に破滅させる。エドワード・マロリーよ——貴殿の番号も、正体も、履歴も、野望も、こちらにはわかっている——貴殿の弱点は隅々まで知り尽くしているのだ。抵抗は無駄だ——すぐさま全面的に服従する以外に、望みはない。キャプテン・スウィング**

マロリーがびっくりしたまま腰かけていると、ある記憶が生々しく甦《よみがえ》る。またワイオミングの記憶で、ある朝、キャンプ＝ベッドから起きてみたら、ガラガラ蛇がこちらの体温に温《ぬく》もって眠っていたのだ。深く眠っているあいだに、蛇が背中の下に這《は》いこんできたのは感じていたが、眠いまま無視したのだった。そうして、そのときになって眼の前に、鱗《うろこ》のついた証拠がいきなり現れた訳だ。

カードを取り上げて、詳しく調べてみる。樟脳処理セルロースであり、何やら刺激臭のあるもので濡《ぬ》れている――しかも、小さな黒文字が薄れはじめた。柔軟なカードが、指先に熱くなってきた。マロリーは驚きの叫びを圧《お》し殺しながら、すぐにカードを落とす。カードはテーブル面に落ちて反り返ってから、極薄の玉葱《たまねぎ》の皮よりも薄い層に剝《は》がれはじめ、同時に端から不気味に茶色になっていく。うっすらと黄ばんだ煙が立ち昇りはじめ、マロリーは、カードが炎を上げかけているのに気づいた。

バスケットに慌てて手をつっこんで、〝季刊地理学協会雑誌〟の分厚い灰色の最新号をつかむと、素早くカードに叩《たた》きつける。強く二度叩くと、カードは糸状にねじれた塊となり、火ぶくれになったテーブル面の素材と半ば混じりあう。

マロリーは物乞いの手紙をひとつ切り開け、中身は読みもせずに捨てると、地理学雑誌の背の鋭い角を使って、灰を封筒に落としこむ。テーブルには、それほどひどい跡は残していないようだ――

「マロリー博士でいらっしゃいますか……」

マロリーが罪悪感に怯《おび》え、びくりとして眼を上げると、見知らぬ人物の顔があった。その男は背が高く、綺麗《きれい》に髭《ひげ》をあたったロンドン人であり、きわめて質素な服装で、痩《や》せこけて、にこりともしない顔をし、図書室のテーブルをはさんでマロリーの向かい側にいる。片手に書類や手帳を持っていた。

「情けない状態ではありますがね」

マロリーは、即興でごまかせることが突然嬉《うれ》しくなって、そう答え、

「樟脳《しょうのう》に漬けてあるとは。恐るべき手法です」

封筒は畳んで、ポケットにすべりこませた。

見知らぬ男は黙って名刺《カルト・ド・ヴィジート》を差し出す。

エベニーザー・フレイザーの名刺には、名前と電信番号、それに小さく浮き彫りになって国璽《こくじ》がある。それきりだ。裏返してみると、点刻された肖像があり、その石のような顔の厳《いか》めしさが、この男の自然な表情らしい。

マロリーは立ち上がって手を差し出し、そこで自分の指が酸に染まっているのに気づいた。代わりに会釈して、すぐさま腰をおろし、慌ててズボンの後ろで手を拭う。拇指《おやゆび》と人差指の肌が、ホルマリンに浸したかのように干からびた感じだ。

「お元気だとよろしいんですが」

フレイザーがそう口ごもるように言って、テーブルの向かいに腰をおろし、

「昨日の襲撃からは回復なさいましたか……」

マロリーは図書室の反対側を見渡す。他の在室者たちは、今も部屋の反対の隅に寄り集まって、先ほどのおどけた身振りや、突然現れたフレイザーに好奇の念をいだいているようだ。

「多少は」マロリーは言葉を濁し、「誰《だれ》にでも起こることでしょう、ロンドンでは」

フレイザーが一方の眉《まゆ》を、ほんのわずかだけ上げる。

「私の災難のせいで、わざわざ御足労願うことになって、申し訳ない、フレイザー君」

「何の苦労でもありませんよ」

フレイザーが革装の手帳を開いて、質素でクェーカー風の上着から壺《つぼ》ペンを出すと、

「質問してよろしいですか……」

「正直に言って、今は時間がありませんで――」

フレイザーが平然とした表情で、それを黙らせ、

「ここで三時間、ご都合のいいときを待っていました」

マロリーはぶざまに詫《わ》びを言おうとする。

フレイザーはそれを無視して、

「外で実に奇妙なことを目撃しましてね、今朝六時のことなんですが。幼い新聞売りが、そこいらじゅうに聞こえるような声で、巨獣《レヴィヤタン》マロリーが殺人で逮捕された、と言っているんです」

「私ですか……、エドワード・マロリーが……」

フレイザーがうなずく。

「わかりませんね。どうして新聞売りが、そんな愚にもつかない嘘《うそ》を叫びたてるのか」

「ずいぶん新聞を売りさばいていました」フレイザーが素っ気なく言い、「私も一部買いましたがね」

「新聞には、私のことが何と書いてあるんです……」

「マロリーなる人物についてのニュースは、一言も」とフレイザー、「ご自分でご覧になるといい」

畳んだ新聞をテーブル面にほうりだす。〝ロンドン・デイリー・エクスプレス〟だ。

マロリーは新聞を慎重にバスケットの上に置き、

「たちの悪い悪戯《いたずら》だ」喉《のど》が渇ききった気分で、そう口に出してから、「この土地の浮浪児はふてぶてしく何でもやるから――」

「私がもう一度外に出てみると、餓鬼め、ずらかっておりました」とフレイザー、「けれど、かなりの数の御同僚が新聞売りがわめくのを聞きましたからな。午前中ずっと、宮殿の噂《うわさ》でした」

「なるほど」とマロリー、「それで説明がつくことが、いくつか――ま」

咳払《せきばら》いをする。

フレイザーがそれを無表情に見つめてから、

「これをご覧になったほうがよろしい」

手帳から、折り畳んだ書類を出して広げると、磨き上げられたマホガニーの上をすべらせてよこす。

機関《エンジン》印刷による銀板写真《ダゲレオタイプ》だった。死人が、平板に横たわっていて、リネンがわずかに腰に巻いてある。この写真は死体保管所《モルグ》で撮影したものだ。死体は、腹から胸骨まで、恐るべき一太刀で斬《き》り開かれている。胸や脚やふくれた腹の肌は大理石のように白っぽく、それが深く陽灼《ひや》けした手や赤らんだ顔と不気味な対照をなしている。

フランシス・ラドウィクだった。

写真の下には見出しがついている。**科学解剖**、とあり、〝バトレイキアン〟被験者は激変的切開によって、髄を抜かれ開かれた。シリーズその一。

「何たることだ」とマロリー。

「公式の警察死体保管所記録です」とフレイザー、「悪戯者の手に落ちたようですな」

マロリーは恐怖に襲われ、驚愕《きょうがく》の眼でそれを見つめながら、

「どういう意味があるんですか……」

フレイザーがペンを構えて、

「〝バトレイキアン〟とは何ですか……」

「ギリシャ語から来ていまして」

マロリーは思わずそう口に出し、

「〝バトラコス〟、両生類です。蛙とか、そういったものですね」

何とか言葉にしようとしながら、

「一度――何年も前ですが、討論で――私が言ったんです、あの説が――ラドウィクの地理学説のことですが――」

「その話は、今朝聞きましたよ。御同僚のあいだでは、よく知られていることらしいです

な」

フレイザーが手帳のページをめくり、

「ラドウィク氏に、こう言ったのでしょう、『進化の過程は、君の知性のバトレイキアン的鈍さには従わない』」

そこで間を置いてから、

「この人物は、ちょっと蛙に似ていたんじゃありませんか」

「ケンブリッジの公開討論会のことだった」

マロリーはのろのろとそう言い、

「二人とも激昂《げっこう》していて――」

「ラドウィクは、あなたを〝帽子屋のように狂っている〟と言ったとか」とフレイザー、

「あなたも、その発言に腹を立てられたようだ」

マロリーは顔を赤らめ、

「あんなことを言う権利はないんです、紳士気取りで――」

「お二人は敵同士だった」

「ええ、でも――」

マロリーは額を拭い、

「まさか、私がこういうことと関係があると想っているんじゃないでしょうね」

「ご自身の意向ではない、と想いますよ」とフレイザー、「しかし、確かサセックスの御

出身でしたね。ルーイスという町とか……」

「そうですが」

「この写真が何十枚も、ルーイス郵便局から郵送されているようなんです」

マロリーは啞然《あぜん》として、

「何、何十枚も……」

「王立協会の御同僚に、あまねく郵送されています。匿名で」

「何たることだ」とマロリー、「私を破滅させる気だ」

フレイザーは何も言わない。

マロリーは死体保管所写真を見つめる。いきなり、素朴に人間として、この光景が哀れになってきて、それが強烈だったので、

「ラドウィクの奴《やつ》も可哀そうに。何をされたか見るがいい」

フレイザーが礼儀正しく、それを見つめている。

「仲間だったんですよ」

マロリーは腹立たしさのあまり正直に、そう口に出し、

「理論家としては駄目だったけれど、骨を掘らせれば一流だった。ああ、気の毒な家族のことを考えてごらんなさい」

フレイザーが書き留めてから、

「家族——それは調べてみなくてはならない。恐らく、あなたに殺されたんだと言われて

ますな」

「でも、ラドウィクが殺されたとき、私はワイオミングにいたんですよ。誰《だれ》だって知っていることだ」

「裕福な人間なら、人を雇ってやらせることもできます」

「私は裕福なんかじゃない」

フレイザーは何も言わない。

「前は違った」とマロリー、「当時は――」

フレイザーがわざとらしく手帳をめくる。

「この金は賭《か》けで勝ったものです」

フレイザーがやや興味を示す。

「同僚たちは、私の遣いぶりに気がついたでしょう」

マロリーはそう結論を言い、ぞっとする感覚を味わいながら、

「だから、どこから出た金かと想っているはずです。だから、蔭《かげ》で私の噂《うわさ》をしているんでしょ……」

「妬《ねた》みは人の舌を軽くするものですよ」

マロリーはいきなり、眩暈《めまい》がするほど怖くなった。脅威がスズメバチの群れのように宙を満たしている。しばらくして、フレイザーが機転をきかせて黙っていてくれたあいだに、マロリーも気力を奮い起こした。ゆっくりとかぶりを振り、歯をくいしばる。まごついた

り追い詰められたりしてはならない。やるべき仕事がある。手許に証拠もある。マロリーは顔をしかめて身を乗り出し、写真を猛然と睨《にら》みつけて、

「〝シリーズその一〟とありますね。これは脅しですよ、フレイザー君。似たような殺人が、これからも起こるという意味だ。〝激変的切開〟。これは私たちの科学論争についてのことです――まるで、そのために殺されたかのように」

「碩学方《せきがくがた》は論争を真剣にお考えになるから」とフレイザー。

「こうおっしゃりたいんですか、同僚たちは私がこれを送りつけたと想っている、と。私がマキャヴェリのように暗殺者を雇った、と。自分の論敵を殺して、それを吹聴《ふいちょう》するような危険な狂人だと……」

フレイザーは何も言わない。

「まったくもう」とマロリー、「どうすればいいんだ……」

「私の上司たちは、この件を私の権限内としてくれました」

フレイザーがかしこまって、そう言い、

「私の判断を御信頼いただくよう、お願いできないでしょうか、マロリー博士」

「でも、私の評判についた傷は、どうしたらいいんだ……。この建物じゅうの人間のところに行って、失礼を詫《わ》びて言うのか――私が、凶悪な殺人鬼ではないと言うのか……」

「政府は、著名な碩学がこのような形で悩まされることなど、許しません」

フレイザーが静かな口調でマロリーを安心させ、

「明日、ボウ・ストリートでは、警視総監が王立協会に対して声明を発表し、あなたが不当な中傷の被害者であること、ラドウィック事件について嫌疑は一切ないことを断言します」

マロリーは口髭《くちひげ》をこすり、

「それで何かになると想いますか……」

「必要とあれば、日刊新聞にも公式声明を送りつけます」

「でも、そうやって公表されることで、かえって私に対する嫌疑を掻《か》き立てることになりませんか……」

フレイザーが図書室の椅子《いす》で、ちょっと居住まいを正し、

「マロリー博士。私の部局は陰謀を壊滅させるために存在しているんです。我々だって経験がない訳ではありません。力量がない訳でもありません。ケチな裏取引屋の一団に、手も足も出ないことなど、ありえません。こういう策謀家は、根こそぎ捕まえてやるつもりですし、博士が私に対して正直に、御存知のことをすべて教えてくだされば、それだけ早く捕まえることができるはずです」

マロリーは椅子で背を伸ばし、

「私は生まれつき正直な人間ですよ、フレイザー君。でも、これは邪悪でスキャンダルめいた話です」

「私の感受性については、お気遣い無用です」

マロリーは、マホガニーの書棚、合本にした雑誌、革装の書物や大判の地図類を見回す。疑惑が、燃える腐敗のように宙に漂っている。昨日、街頭で襲撃されたあとは、宮殿が安心できる砦《とりで》のように想えていたが、今はここすらもアナグマの逃げ場のように感じられる。

「お話しするのに、ここでは相応《ふさわ》しくありませんな」

マロリーは口ごもるように言う。

「さようですな」フレイザーも賛成し、「でも、博士はいつに変わらず、科学的な仕事にいそしまれるべきです。すべて何くわぬ顔でいらっしゃい。そうすれば、敵はきっと、自分たちの計略が失敗したと想うでしょう」

この助言がマロリーにはもっともだと想われた。少なくとも、それなら行動することになる。すぐさま立ち上がって、

「日常の業務にいそしめ、と……。ええ、それがいいでしょう。きわめて妥当です」

フレイザーも同様に立ち上がり、

「お許しがいただければ、私も同行いたします。厄介ごとに、きっぱり終止符を打ってやれるはずです」

「全体像をお知りになったら、そうは想えなくなるかもしれませんよ」

マロリーはそうぼやいた。

「オリファント氏から、その件について報せを受けています」

「どうですか」とマロリー、「あの人は最悪の部分に対しては眼をつぶってしまいました

から」

「私は政治屋などではありません」

　フレイザーが同じように穏やかな口調で、そう言い、

「では、出発いたしますか……」

　宮殿を出ると、ロンドンの空は黄色の靄《もや》が天蓋《てんがい》になっていた。陰鬱《いんうつ》な壮麗さで街にかかり、まるで何か、嵐《あらし》を肉としてゼリー状になったカツオノエボシ《マン＝オ＝ウオー》のようだ。その触腕にあたる、街の煙突から立ち昇る汚濁が、完全な静けさの中の蠟燭《ろうそく》の煙のように、ねじれ、縦溝を刻み、覆いかぶさる天井として睨《にら》みつけてくる雲に砕けかかる。眼に見えぬ太陽が、薄れて弱々しい光を投げかけていた。

　マロリーは周囲の街路を眺めた。ロンドンの夏の午前が、煤《すす》けた琥珀色《こはくいろ》の光の不気味な濃厚さによって、見慣れないものになっている。

「フレイザー君、生まれも育ちもロンドンの人間、とお見受けしますが」

「さようです」

「こういう空模様は見たことが、おありですか……」

　フレイザーが考えこんで、空に眼を細めながら、

「子供の時分《じぶん》からないことですな。そのころは、石炭の霧がひどかったんですが。でも、急進派が煙突を高くしましたからね。近頃《ちかごろ》では、田舎に吹き飛ばされています」

　間を置いてから、

「大半は、ね」

マロリーは平らな雲を、魅了された想《おも》いで見つめる。気力学の学説にもっと時間を割いておけば良かった。この鍋蓋《なべぶた》のように静止している雲は、不健康なほど自然の乱流を欠いている。まるで大気の力学的規則が、なぜか淀《よど》んでしまったかのようだ。悪臭を放つ地下鉄道、干上がって下水で濃くなっているテムズ川、そして今度はこれだ。

「昨日ほど暑くはないようですな」とマロリー。

「薄暗闇だからですよ」

道路は、ロンドンなればこその混雑を見せていた。乗合バス《オムニ》も二輪馬車《キャブリオレ》もすべて客を乗せ、交差点はどこもガタ馬車と軽馬車、悪態をつく御者と息を荒くして鼻孔を黒くした馬だらけだ。蒸気ガーニーが、シュッシュッのろのろと通り過ぎ、大半が糧食を積んだゴム＝タイアの荷車を牽《ひ》いている。どうやら紳士階級の夏のロンドンからの集団大移動が、大敗走になりかけているようだ。マロリーにも、その正しさはわかる。

フリート・ストリートへは、そしてディズレイリとの待ち合わせへは、長い歩きになる。鉄道に挑んで、悪臭に耐えてみるのが一番かもしれない。

けれども、ブリテン坑夫鉱夫組合が、グロースター・ロード駅の入口でストライキにはいっていた。舗道全体にピケと旗をめぐらしてあり、今は砂袋を積み上げている。まるで、占領軍だ。大群衆は眺めるだけで、秩序は守られている――ストライキ要員の大胆さに腹を立てるというより、好奇の念を抱き、あるいは怯《おび》えているようだ。もしかしたら、地下鉄道が閉鎖されたのを喜んでいるのかもしれないし、もっと考えられるのは、地下坑夫を怖がっているのかもしれない。ヘルメットをかぶったストライキ要員が、筋骨隆々たる地下鬼《コボルド》のように、地下作業場所から続々と上がってきた。

「この様子は気にいりませんな、フレイザー君」

「まったく」

「ちょっと話をしてみましょう」

マロリーは道路を横切る。ずんぐりして鼻に血管の浮いた地下坑夫をつかまえる。この男は群衆に向かって声を張り上げ、チラシを押しつけていた。

「どういう問題なのかね、坑夫兄弟」

地下坑夫が、マロリーを頭のてっぺんから爪先《つまさき》まで見てから、象牙《ぞうげ》の楊枝《ようじ》を中心に笑みをうかべる。その耳には大きな金鍍金《きんめつき》の環《わ》をつけている——あるいは、本物の金かもしれない。この組合は、たくさんの独創的な特許をもつ裕福な組合だからだ。

「そう御丁寧な物言いじゃあ、要点をかいつまんで話さないわけにゃいきやせんな。間抜けにも程があることに、空気鉄道のことでさあ。俺《おい》らはバベッジ卿《きょう》に嘆願書を出して、糞《くそ》トンネルがまともに空気を通さねえって言ったんでさ。ところが、どこぞの知恵足らずの碩学《せきがく》が出てきやがって、とんでもねえ説教を垂れやがる。そしたら、こん畜生、腐った小便みたいにまずいことになりやがった」

「それは深刻なことですぞ」

「そうともよ、旦那《だんな》」

「その顧問碩学の名前はわかるかね……」

地下坑夫は、この質問をヘルメット姿の仲間二人に繰り返した。

「ジェフリイズとかいう閣下でさ」

「ジェフリイズなら知っている」

びっくりしたマロリーは言い、

「ラドウィクの翼手龍《プテロダクテイル》が飛べないと言い張った男だ。自分の翼ではばたくこともできない〝愚鈍に滑空する爬虫類《はちゆうるい》〟と言い張った男だ。あいつは無能だ。欺瞞《ぎまん》を譴責《けんせき》してやるべきだ」

「旦那《だんな》も自身、碩学《せきがく》ですかい……」

「あいつの類《たぐい》とは違う」とマロリー。

「御友人の、このお巡りはどうなんす……」

地下坑夫が興奮したように耳の環《わ》をひっぱり、

「この話をみんな、忌々しい手帳に書きこむんじゃなかろうね」

「一切そういうことはない」

マロリーは自信たっぷりに言い切り、

「この一件の真相を知りたかっただけだ」

「糞忌々《くそいまいま》しい真相が知りたけりゃあね、碩学殿、この下に這いこんで、この臭《くせ》え糞を煉瓦《れんが》からバケツ一杯も掻《か》き取ってみりゃあいいんで。二十年からの経験の下水屋が、臭《にお》いに腸《はらわた》ひっくりかえしてらあ」

地下坑夫が動いていって、縞模様《しまもよう》のクリノリンの婦人に向かい、

「下にははいれねえぜ、姐《ねえ》さん、ロンドンじゃ鉄道は一台も走ってねえ――」

マロリーは先に進みながら、

「話がこれで済むわけじゃないぞ」

声に出して、どことなくフレイザーの方向にそうつぶやき、

「碩学《せきがく》が産業顧問を引き受けたときは、事実について確かめるべきだ」

「気候のせいですよ」とフレイザー。

「とんでもない。これは碩学倫理の問題です。私自身、そういう要請が来ることはあります――ヨークシャーの人間が、雷龍《ブロントサウルス》の脊柱《せきちゅう》や肋骨《ろっこつ》のパターンに基づいて、ガラスの温室を作りたがった。丸天井工法は、結構だし効率的だけれども、ガラスの継ぎ目が確実に漏る、と言ってやりましたよ。だから、仕事にはならないし、顧問料ももらえない――でも、学者としての私の評判には傷がつかないでしょ」

マロリーは油じみた空気を鼻から吸い込んで、咳払《せきばら》いし、溝に唾《つば》を吐いて、

「あの莫迦者《ばかもの》のジェフリイズなどが、バベッジ卿《きょう》に、それほどお粗末な助言をするとは、信じられませんよ」

「碩学が、地下坑夫ふぜいに、まともに口をきくのは見たこともありませんでしたな」

「それは、あなたがネッド・マロリーを御存知ないからだ。自分の仕事について熟知している、まともな人間なら、誰でも尊重することにしています」

フレイザーがそれについて考えこんだ。その変化のない表情から判断できるものなら、ちょっと疑わしげだが、

「危険な労働者階級の反乱者ですぞ、その地下坑夫というのは」

「立派な急進組合です。初期には、勇敢に党を支持してくれました。今もそうです」

「ずいぶん警官を殺したんですよ、〝騒乱の時代〟には」

「でも、それはウェリントンの警察でしょう」とマロリー。

フレイザーが陰気にうなずく。

ディズレイリのところまで、歩く以外に方法がなさそうだ。長い脚で、大股《おおまた》に軽やかに歩いて、マロリーの歩調に楽々とついてこられるフレイザーに不服はない。二人で引き返して、ハイド・パークにはいり、マロリーはましな空気が吸えるのではないかと期待した。けれども、ここでも夏の葉叢《はむら》が、油じみた無風状態に半ば萎《しお》れたようになっており、枝の下の緑がかった光の、息も詰まりそうな険悪さには驚くばかりだ。

空は煙をたたえた鉢のようになり、濁って厚みを増している。この異様な光景に、ロンドンの椋鳥《むくどり》もパニックを起こしたらしく、小鳥の大きな群れが公園の上空に舞い上がった。マロリーは歩きながら、感嘆して見つめる。群れをなす行動というのは、動的物理学のきわめてエレガントな教訓になっている。あれほどたくさんの小鳥が規則正しい相互作用で、

宙に巨大でエレガントな形を描けるというのは、実に驚くべきことだ——菱形《ひしがた》、次に切り取られたピラミッド形、それから平たい三日月形になり、それから中央で曲がって潮の波のようになる。この現象で、いい論文が書けそうだ。

マロリーは木の根につまずいた。フレイザーが腕を支えてくれて、

「あの」

「はい、フレイザー君……」

「できれば、お気をつけになっていてください。尾行されているやもしれません」

マロリーは見回してみる。大した役には立たない——公園は混《こ》み合っているし、〝咳《せき》男《おとこ》〟にせよ、ダービイ帽の相棒にせよ、姿は見えない。

ロトン・ロウには、小さな分遣隊のように、アマゾン騎馬隊が——新聞では、それが高級売春婦の婉曲語《えんきょくご》だものだから、〝美しき調馬師〟と呼ばれているが——仲間の一人のところに集まっている。栗毛の去勢馬の片鞍《かたくら》からほうりだされたものだ。マロリーとフレイザーが近づきながら見ると、馬も転んで、馬車道脇の湿った草地で倒れたまま泡を吹いて息を荒げている。乗り手は泥まみれにはなったものの、怪我《けが》はしていない。その女が、ロンドンを悪しざまに言い、淀《よど》んだ空気を、ギャロップしろとけしかけた女たちを、そして馬を買ってくれた男を呪《のろ》う。

フレイザーが礼儀正しく、見苦しい景観は無視するようにして、

「博士、私のような仕事をしていますと、野外を利用するようになるものなんです。今の

ところ、周囲には半開きのドアもなければ、鍵孔《かぎあな》もありません。よろしければ、問題について、ご自身が見聞なさったありのままに、ご自分なりの普通の言葉でお聞かせ願えませんか」

マロリーは黙ったまましばらく足を進め、それを心の中で弄《もてあそ》ぶ。フレイザーを信用してみたい気にはなっている——自分の問題について助けを求めるべき当局者の中でも、このしっかりした警察官だけが、果敢に問題の根幹に取り組むだけの支度が整っているように想える。とはいえ、そうして信用することには大いに危険が伴うし、それはマロリー自身だけのことではない。

「フレイザー君、この件には大変な貴婦人の令名がかかわっている。話をする前に、君から紳士として、その貴婦人の利害を傷つけないという言質《げんち》をもらわなくてはならない」

フレイザーが考えこむような雰囲気で歩きつづけ、背中で手を組んだまま、

「エイダ・バイロンですか……」

ややあって、そう尋ねてくる。

「そうだとも。オリファントから真相を聞いたのかね……」

フレイザーがゆっくりとかぶりを振って、

「オリファント氏はとても慎重な方ですから。でも、中央警察裁判所《ボウ・ストリート》の我々は、始終バイロン一族の問題について駆り出されて、口輪をはめなくてはならんのです。それを専門にしている、と言いたいほどです」

「でも、ほぼ即座にわかったようじゃないか、フレイザー君。それはどうしてなんだ……」

「悲しむべき経験ですよ。あなたの今のおっしゃり方は承知してます。あの畏敬《いけい》の念のこもった口調も知ってます――〝大変な貴婦人の利害〟とね」

フレイザーが陰鬱《いんうつ》な公園を眺めわたす。ティーク材と鉄との湾曲したベンチには、カラーを開けた男や、自分を扇《あお》ぐ上気した顔の女、悪臭たちこめる熱気に眼を赤くして、不機嫌になった街の子供たちのぐったりした群れが、集まっている。

「公爵夫人だろうと、伯爵夫人だろうと、気取った邸宅は〝騒乱の時代〟に焼き落とされました。急進貴族夫人も威張ってますが、誰《だれ》もそういう人たちを、ああいった昔ながらの言い方で呼びはしません。例外になるのは、女王陛下その方と、あとはいわゆる〝機関《エンジン》の女王〟です」

フレイザーが、小さくて羽毛に覆われた椋鳥《むくどり》の死骸《しがい》を、慎重に踏まないようにする。椋鳥は砂利道に落ちて息絶えており、翼を広げ、小さくて皺《しわ》が寄った鉤爪《かぎづめ》を空に向けている。数ヤード先から、二人は足取りをゆるめて、何十という死骸をよけていかなくてはならなくなった。

「最初の最初からお話しいただくのが、一番かと想いますな。今は亡きラドウィクさんと、それにかかわることから始めてください」

「承知した」

マロリーは顔から汗を拭《ぬぐ》う。カーチーフには点々と煤《すす》がついた。

「私は古生物学の博士だ。当然のこととして、忠実な党員でもある。私の一家はいささか貧しいが、急進党のお蔭《かげ》で優等で卒業でき、博士号も取得できた。私は政府をひたすら支持している」

「続けてください」とフレイザー。

「二年は南アメリカですごし、ラウドン卿《きょう》と一緒に骨掘りをしたが、自分自身が一流の碩《せき》学《がく》というわけではなかった。潤沢な資金を与えられて、自身の探検隊を率いるチャンスを示されたとき、それを受けた。そして、あとでわかったことだが、フランシス・ラドウィクも気の毒に、同じような理由から、同じことをしていた」

「お二人とも、王立協会の自由貿易委員会の金を受け取ったと」

「それが資金ばかりでなく、命令も受けていたんだ、フレイザー君。私は十五人の部下を率いて、アメリカの辺境を踏査した。もちろん骨も掘ったし、大発見もした。けれど、我我はまた、赤肌に銃を密輸して、ヤンキーを寄せつけないようにする手助けもしたんだ。我々はカナダから南下するルートの地図を作り、地勢の詳細を記録してきた。ブリテンとアメリカとのあいだに、いつか戦争でも勃発《ぼっぱつ》したら——」

マロリーはそこで間を置いてから、

「ま、アメリカでは、もう途方もない戦争が起こっているんだろう。我々は事実上、南部の連合国を支持している」

「そういう秘密の活動で、ラドウィクの身に危険が及ぶとは、お想いにならなかった……」

「危険……。もちろん危険はあったさ。でも、イングランドの祖国に戻《もど》ってきてとは——こっちでラドウィクが殺されたとき、私はワイオミングにいた。カナダでその記事を読むまでは、何ひとつ知らなかった。私にはショックだった——理論については、ラドウィクと猛烈に論争したし、あの男がメキシコに掘りに行ったのは知っていた。けれど、あいつと私が同じ秘密を抱えていたとは知らなかった。ラドウィクが委員会の裏取引屋とは知らなかった——ただわかっていたのは、我々の職業で、あいつが衆に抜きんでていたことだけだ」

マロリーは濁った空気で溜《た》め息《いき》をつく。自分の発言にびっくりした——今のようなことは、自分自身に対してすら完全には認めようとしなかったのだから。

「いくらかラドウィクを羨《うらや》んでいたかもしれない。あいつは私より、いくらか齢上《としうえ》で、バックランドの生徒だったし」

「バックランドとは……」

「我々の分野では、最高の人たちに属する。その人ももう亡くなった。でも、正直に言って、ラドウィクのことはよく知らなかった。不愉快な男で、人づきあいの上では横柄で冷淡だった。あいつは海外を探検して、上品な社会から充分に距離を置いているときが、一番だった」

なかった」

マロリーは首筋を拭い、

「安っぽい喧嘩《けんか》で命を落としたことを読んだとき、その死に方には、それほどびっくりしなかった」

「ラドウィクがエイダ・バイロンと知り合いだったかどうか、御存知ですか……」

「いいや」

びっくりしたマロリーはそう答え、

「知らないな。あいつにしろ私にしろ、碩学《せきがく》社会では、それほど高い地位にはなかった――レイディ・エイダのレヴェルじゃなかったのは確かだ。紹介ぐらいはされたかもしれないけれど、お気に入りになっていたら、私だってそのことは耳にしたはずだ」

「優秀だった、とおっしゃいましたね」

「でも、愛想がいいとは言ってない」

フレイザーが話題を変えて、

「ラドウィクはテキサス人に殺された、とオリファントは信じているようですが」

「私はテキサス人のことは何も知らない」

マロリーは腹が立ってきて、そう言い、

「誰《だれ》だってテキサス人なんて知らないよ。どうしようもない荒野だ。いくつも海や大陸を隔ててる。気の毒にラドウィクがテキサス人に殺されたとしたら、陛下の海軍が報復のためにそこの港に砲撃を加えてやるとか、何かそういうことをするべきだ」

マロリーはかぶりを振る。かつては、あれほど大胆で巧妙に想えたのに、あの汚い仕事全体が、今は恥ずべき邪《よこしま》なことに想え、卑劣な騙《だま》し討《う》ち同然に想えている。

「私たちは莫迦《ばか》だったよ、委員会の仕事に巻き込まれるなんて、ラドウィクも私も。何人かの金持ちの貴族が、内密にヤンキーをいたぶる陰謀をしていただけだ。ヤンキーの共和国同士が、すでに奴隷制だか州権だか、そういった莫迦げたことで共倒れになりかかっている。ラドウィクはそういうことのために死んだんだ。今も生きていて、驚くべきものを掘り当てていたかもしれないのに。恥ずべきことだよ」

「人によっては、あなたの愛国者としての義務だと言うかもしれません。イングランドの国益のためにやったことだ、と」

「そうかもしれない」

マロリーは身震いしながら、そう答え、

「でも、これだけ長いあいだ沈黙を守ってきたから、このことを口にできると、とてもほっとするよ」

フレイザーは、この話にそれほど感服した様子がない。マロリーが推測したところでは、特別公安部のフレイザー警部にとって、こんなのは古臭《ふるくさ》くて退屈なのかもしれないし、あるいは、より大掛かりで後ろ暗い悪事のごく一部なのかもしれない。けれど、フレイザーは政治がらみの件には深入りせず、犯罪の事実関係だけに的を絞って、

「あなた御自身が襲われた、最初のときのことを話してください」

「ダービイのときだった。貸し馬車にヴェールの婦人が乗っていて、男と女から、ひどい仕打ちを受けているのを目撃したんだ。その男女を、私は犯罪者だと見た――その女はフローレンス・ラッセル・バートレットだということがわかったけれど、君はもう知っているだろう……」

「ええ。我々としても、きわめて力をこめてバートレット夫人を捜しています」

「私には、夫人の男の連れをつきとめることができなかった。ただ、その男の名前は小耳にはさんだような気がする。〝スウィング〟とか〝キャプテン・スウィング〟とか」

フレイザーが、いささかびっくりした様子で、

「そのことはオリファント氏にお話しになりましたか……」

「いいや」

マロリーは薄氷《うすらひ》を踏む想いなので、それ以上は言わない。

「もしかしたら、それで良かったかもしれませんな」

フレイザーが、しばらく考えこんで、間を置いてからそう言い、

「オリファント氏は、ときどき空想にふけりすぎることがありますし、〝キャプテン・スウィング〟といえば、陰謀団ではきわめて有名な名前です――〝ネッド・ラッド〟とか〝ラッド将軍〟というのと同じように、神話的な人物です。スウィング団というのは、何年も前、地方でのラッダイトだったんです。大半は放火犯で、乾草に火をつけていました。けれど、〝騒乱の時代〟には、それが凶悪になって、地所持ちの紳士階級をずいぶん殺し

て、立派な屋敷を焼き落としました」

「ああ」とマロリー、「じゃあ、あの男はラッダイトだったと想うのかい……」

「ラッダイトなど、もはやいません」

フレイザーは静かにそう答え、

「あなたの恐竜と同じように、死に絶えてしまっていますよ。むしろ、悪い意味で懐古志向なのでしょう。その男の容貌《ようぼう》はわかっていますし、我々なりの捜査方法もあります――そいつをひっとらえたら、贋《にせ》の身分趣味について問い詰めてやりましょう」

「ま、あの男は確かに田舎の肉体労働者じゃなかった――フランス趣味の競馬場ダンディというふうだ。私が御婦人をかばったとき、錐刀《スティレト》で私を襲ってきた。脚に浅傷《あさで》を受けたよ。刃《やいば》に毒が塗ってなかったのは、幸運だったんだろうが」

「塗ってあったかもしれません」とフレイザー、「たいていの毒は、一般に考えられているほど効力のないものでして――」

「ま、私はそいつを殴り倒して、犠牲者から追い払った。そいつは二度も、私を殺してやると言った。〝破滅〟させてやる、という言葉を使っていた――そのあと、その貴婦人がレイディ・エイダ・バイロンでしかありえないことに気づいたんだ。婦人は、とても奇妙な口調で喋《しゃべ》りはじめた――一服盛られているか、気も動転するほど怯《おび》えているかだ。私に、王族席に同行してくれと頼んだくせに、ロイヤル・ボックスに近づくや、策を弄《ろう》して私から逃れた――私の骨折りに対して、一言の感謝もなく、ね」

マロリーはそこで言いやめ、ポケットの中身をいじりながら、

「たぶん、要点としては、以上だと想う。それから間もなく、友人が造った蒸気ガーニーに賭《か》けて、大金を手にした。友人がとても有益な情報をくれて、お蔭《かげ》で、一瞬にして質素な学者から財産家に変わることができた」

マロリーは口髭《くちひげ》をひっぱり、

「いくらその変化が大きかったとはいえ、そのときは大したこととも想えなかった」

「なるほど」

フレイザーが黙ったまま歩きつづける。

二人でナイツブリッジの狂乱の大混雑を横切るあいだ、マロリーはフレイザーが口を開くのを待ちつづけたけれど、警察官は何も言わない。グリーン・パークの背の高い鉄の門のところで、フレイザーが振り返って、しばらく二人の背後の道路を見つめてから、

「ホワイトホールは突っ切れます」

ようやくそう口を開き、

「裏道を知ってますから」

マロリーはうなずく。フレイザーの先導についていく。

バッキンガム宮殿では、衛兵が交代していた。王室一族は、慣例に従ってスコットランドで夏を過ごしているのだが、衛兵旅団は女王の不在中も日々の儀礼を執り行っている。宮殿づき兵士たちが、最新にして極めて効率的なブリテン軍装で、誇り高く行進していく。

灰褐色のクリミア戦闘服であり、科学的な斑点《はんてん》によって敵の眼を欺くようになっている。この巧妙な服装がロシア人を完璧《かんぺき》に混乱させた点、衆目の一致するところだ。行進の背後からは、砲兵隊の馬が巨大な軍用蒸気オルガン《キャリオープ》を牽《ひ》いてくる。その陽気な管楽と鼓舞するような低音部とは、風もなく臭《にお》う大気の中では、奇妙にわびしく気味悪く響く。

マロリーはフレイザーが結論に達するのを待っていたが、とうとう待ちきれなくなって、

「私がエイダ・バイロンに会ったということは信じてくれるんでしょうね、フレイザー君……」

フレイザーが咳払《せきばら》いして、慎《つつま》しやかに痰《たん》を吐いてから、

「ええ、信じます。その一件はあまり気に入りませんが、そういうことがあったというのは、驚くにはあたりません」

「そうなんですか……」

「ええ、根本のところは、かなりはっきりわかっている気がします。賭博《とばく》の問題なんです。レイディ・エイダは〝モーダス〟を持っているんです」

「〝モーダス〟……何ですか、それは……」

「賭《か》け事仲間では伝説になっているものですよ、マロリー博士。〝モーダス〟というのは賭けのシステムでしてね、数学的機関術《エンジンリ》の秘密の技で、胴元を負かすことができるんです。下心のあるクラッカーなら誰《だれ》だって、〝モーダス〟を欲しがるものです。連中にとっては、賢者の石であり、空気から黄金を生み出す手立てなんです」

「そんなことができるんですか……。そんな分析が可能なんですか……」

「可能なものなら、恐らくレイディ・エイダ・バイロンにはできることでしょう」

「バベッジの友」とマロリー、「うむ——それなら信じられる。なるほど、そうだ」

「ま、〝モーダス〟はあるのかもしれませんし、当人があると信じているだけかもしれません」とフレイザー、「私は数学者じゃありませんがね、うまくいく賭けのシステムなんて、あった例《ためし》がありません。どちらにせよ、レイディはまたも、まずいことに足をつっこんだわけだ」

フレイザーがうんざりしたように唸《うな》り声をあげ、

「あの女《かた》は、もう何年にもわたって、そのクラッカーの幻を追ってましてね、実に質《たち》の悪い手合いと交わっているんです——博徒、裏クラッカー、高利貸し、それ以下の手合いとも、ね。賭博《とばく》の負けがこんできて、公然たるスキャンダルになりかけているんです」

茫然《ぼうぜん》となったマロリーは、両手の拇指《おやゆび》をマネー・ベルトにひっかけ、

「ふうむ。もしエイダが本当に〝モーダス〟を見つけたとすれば、負けの借金も、そう長いことじゃあるまい」

フレイザーがマロリーに、初心《うぶ》さを憐《あわ》れむような眼を向け、

「〝本当のモーダス〟などというものがあったら、競馬そのものを破滅させてしまうんですよ。ああいった遊び人紳士たちの生計の道を閉ざしてしまうんです。——競馬場の群衆が、逃《ふ》げた胴元に押し寄せるのを見たことがありますか……。〝モーダス〟は、ああいう

騒動を引き起こしますよ。御贔屓《ごひいき》のエイダは大いに学才のある女性かもしれませんがね、蝿ほどにも常識の持ち合わせがない」

「あの女《かた》は、偉大な碩学だぞ、フレイザー君。偉大な天才だ。論文は読んだことがあるがね、あの華麗な数学ときたら――」

「レイディ・エイダ・バイロン、機関《エンジン》の女王」

そう言うフレイザーの単調な口振りには、軽蔑《けいべつ》というよりは疲労がにじみでていて、「勝気な女性だ。母上とよく似てますでしょ。緑色の眼鏡をかけて、難《むつか》しい本を書いて――世界をひっくりかえして、半球で賽《さい》を振りたがる。女というのは、どうしても引き際がわからない――」

マロリーは微笑《ほほえ》みを浮かべ、

「結婚なさってるのかね、フレイザー君……」

「いいえ」とフレイザー。

「私もさ、さしあたりは。それに、レイディ・エイダは一度も結婚していない。〝科学〟の花嫁だったからね」

「どんな女も、手綱を引いてくれる男が必要なんですよ」とフレイザー、「神様が、男と女の関係がそうなるようにお考えになったんだ」

マロリーは顔をしかめる。

フレイザーがその表情を見て、しばし考えなおし、

「人類にとって、進化の適応なんです」

と言い換えた。

マロリーはゆっくりとうなずく。

フレイザーは見るからにベンジャミン・ディズレイリに会うのが厭《いや》そうで、口早に、スパイがいないかどうか街路を見張る、とか言い訳をしたけれど、マロリーはむしろ、こういうことだろうと想った。つまり、フレイザーはディズレイリの風評を耳にしていて、あのジャーナリストの思慮に信用が置けないのだろう、と。それも無理はない。

マロリーはロンドンで遣《や》り手《て》と言われる人たちに大勢会ってきたが、〝ディズィ〟ディズレイリときたら、ロンドン人の中のロンドン人だ。マロリーとしては、ディズレイリをあまり尊敬する気にはなれないが、会っていて楽しい人物ではある。ディズレイリは本当に知っているのか、知っているふりをしているのかわからないが、あらゆる下院の裏取引にも、あらゆる出版社や学識社会の喧嘩《けんか》沙汰《ざた》にも、レイディ某《なにがし》やらレイディあれこれの、あらゆる夜会や文芸の火曜日にも通じている。そうした知識をほのめかす巧妙さときたら、魔法のようとすら言えそうだ。

たまたまマロリーも知っているのだが、ディズレイリは実際に紳士クラブ三、四か所から除名処分を受けている。それはもしかすると、自ら公言するとおりの立派な不可知論者であっても、ディズレイリがユダヤ系だからかもしれない。けれど、この男の流儀物腰を見ていると、どうした訳か、〝ディズィ〟を知らないようなロンドン人など、阿呆《あほう》か時代遅れではないか、という気分に猛烈に襲われる。この人物を取り巻いて謎《なぞ》のオーラか妖気《ようき》のようなものがあるようでもあり、マロリー自身、それを信じないわけにはいかなくなるときがある。

モブキャップにエプロン姿の下女がマロリーを招じいれてくれた。ディズレイリは起きて朝食を摂《と》っていた。強いブラック・コーヒーと鯖《さば》をジンでいためた臭《くさ》い料理だ。ディズレイリはスリッパとトルコ・ローブ、それに飾り房のついたヴェルヴェットのトルコ帽を身に着けている。

「おはよう、マロリー。とんでもない朝だ。耐えがたい」

「いや、まったく」

ディズレイリが鯖の最後のひときれを口に詰めこむと、この日最初のパイプを支度しはじめ、

「実は今日は、君こそ会いたい人物だったんだよ、マロリー。ある程度はクラッカーで、技術専門家だろう……」

「というと……」

「新しくも忌々しい代物でね、この水曜日に買ったばかりなんだ。店員が、これで必ず暮らしが楽になる、と言うんでね」

ディズレイリが先に立ってオフィスにはいる。中央統計局のウェイクフィールド氏のオ

フィスを彷彿《ほうふつ》とさせる部屋だが、スケールはあれほど大きくないし、パイプの喫《す》い残し屑《くず》や毒々しい雑誌や食べかけのサンドウィッチなどが散らばっている。床には、刻みこみのあるコルクの塊や、木を薄く細く割いた梱包材《こんぽうざい》が山をなしていた。

マロリーが見ると、ディズレイリはコルト&マクスウェルのタイピング機関《エンジン》を買って、何とか梱包から取り出し、湾曲した鉄の脚に立てるところまではやってのけたのだ。機械は人造皮革のオフィス用椅子を前にして、しみのついたオーク板の上に鎮座していた。

「大丈夫そうだが」とマロリー、「何がまずいんだい……」

「それが、踏み子を上下させることはできるし、ハンドルもまずまず操作できる」とディズレイリ、「小さな針を望む文字のところに動かすこともできる。でも、何も出てこないんだ」

マロリーは覆いの脇《わき》を開け、器用に穿孔《せんこう》テープを伝動スプールに通すと、送りこみシュートのファンフォールド紙を調べる。ディズレイリはスプロケットを、きちんと噛《か》ませていなかったのだ。マロリーはオフィス用椅子《いす》に腰かけて、足踏みでタイパーを定速まで上げ、クランク・ハンドルをつかむと、

「何と書こうか。何か口述してみてくれ」

「『知識は力なり』」

即座にディズレイリが言う。

マロリーはガラスの文字盤の奥のアルファベットの上をあちこちと、クランクで針を動

かす。穿孔テープが少しずつ出てきて、バネ仕掛けのスプールにきちんと巻き取られていき、回転式の印字輪が力強くポンポン騒ぐ。マロリーは、弾《はず》み車が止まるままにして、一枚目の紙をスロットの爪車《つめぐるま》から取る。**知識ははち力なり**、と書けていた。

「手が器用じゃないとな」

そう言いながら、マロリーはジャーナリストにそのページを手渡し、

「でも、慣れるよ」

「これより早く手書きできるぞ」

ディズレイリが不平をもらし、

「それにもっと綺麗《きれい》だよ、ずっと」

「うん」

マロリーは辛抱強く答え、

「でも、テープをもう一度載せるってことはできないだろ。ちょっと鋏《はさみ》と糊《のり》を使って自分のパンチ・テープをループにすれば、機械が、踏み車を押しつづけるかぎり何ページも何ページも吐き出してくれるんだ。好きなだけ同じものを、ね」

「魅力的だ」とディズレイリ。

「それに、もちろん自分が書いたものを改訂することもできる。単純に、テープを切り取って貼りなおせばいい」

「プロフェッショナルは絶対に改訂しないものなんだ」

ディズレイリが、不機嫌そうにそう言い、

「それに、たとえば何か優美で息の長いものを書こうとしてみたまえ。たとえば、こんな――」

ディズレイリが燻《くすぶ》るパイプを振りながら、

「『自然界の激変にも似て、すべてが無秩序となり混沌《こんとん》に帰ると想えるとき、心も乱れ騒ぐ――けれども多く、そうした大騒乱の中にも、自然界そのもののせめぎあい同様に、何か新しい秩序への原理あるいは何か新しい行為への衝動が自《おの》ずと現れ、絶望と壊滅しかないと想われた激情や自然力を支配し、調整し、調和のとれた結末へと導く』」

「なかなかいいね」とマロリー。

「気に入ったかい……。君の次の一章からだ。でも、洗濯婦みたいに押したり引いたりしていたら、どうやって修辞に専念しろって言うんだい」

「ま、何か間違いをしても、そのテープから新たにページを起こすことはできるわけだから」

「この機械で紙が節約できるって言われたぞ」

「腕のいい秘書を雇って、口述してもいい」

「金だって節約できるって言われた」

ディズレイリが、長い軸の海泡石《ミアシャム》パイプの琥珀《こはく》の喫口《すいくち》を吹かし、

「どうしようもないんだろうな。出版社が新機軸を押しつけてくる。もう〝イーヴニング

・スタンダード〟紙は全面的に機関《エンジン》体制になりはじめているし。政府もこれについちゃ大騒ぎだ。植字組合の件でね。でも、無駄話はもういいよ、マロリー。仕事にかかろうじゃないか。すまんが、急がなくちゃならん。今日じゅうに、少なくとも二章分は控えを書きつけておきたい」
「どうして……」

「ロンドンを出て、大陸に向かうことになっているんだ。友人グループと一緒にね」とディズレイリ、「スイス、ということになるかな。アルプスの高いところにある、どこか小さな州《カントン》で、陽気な物書きどもが、新鮮な空気を吸える、と」

「外はひどいからな」とマロリー、「とても不吉な空だ」

「どこのサロンも、その話でもちきりさ」

そう言いながら、ディズレイリがデスクに向かって腰かける。小抽斗《こひきだし》を漁《あさ》って、書付けの束を捜し、

「夏のロンドンはいつも臭《にお》うが、今年は〝大悪臭〟と呼ばれてる。紳士階級はみんな、旅行を計画中か、もう出かけてる。上流階級の人間は一人としてロンドンに残らないだろう。噂《うわさ》では、議会そのものも上流のハンプトン・コートに逃げるそうだし、王立裁判所はオクスフォードだそうだ」

「何と、本当かい……」

「ああ、本当だとも。緊急措置が検討されてる。もちろん、すべての計画は内密《サブ・ローザ》だよ、

愚民のパニックを防ぐために」

ディズレイリが椅子《いす》に腰かけたまま体をひねって、ウィンクしてよこし、

「でも、措置はとられるから、それは信じてもらって大丈夫」

「どんな措置になるんだい、ディズィ……」

「水の配給制、煙突とガス燈《とう》の閉鎖、そういったことさ」

ディズレイリは軽々と言ってのけ、

「能力貴族制の好き嫌いを言うのは勝手さ。でも、少なくともあれが、我が国の指導層が間抜けではない、という保証にはなっている」

書付けをデスク一杯に広げて、

「政府は高度に科学的な、不測の事態のための計画をもっているからね。侵略だろうと、大火だろうと、旱魃《かんばつ》だろうと疫病だろうと――」

拇指《おやゆび》を舐《な》めながら、書付けをめくっていき、

「人によっては、大災害のことを考えるのに眼がないから」

マロリーは、この雑談が信じられない想いで、

「そういう〝不測の事態のための計画〟には、厳密にはどういうことが含まれているんだい……」

「ありとあらゆることさ。疎開計画、もあるだろう」

「まさか、政府をロンドンから疎開させるつもりだと言うつもりじゃないだろうね」

ディズレイリが意地の悪い笑みをうかべ、

「議会の外のテムズ川の臭《にお》いを嗅《か》いでみれば、我らが立法者《ソロン》が逃げ出したくなるのも不思議がなかろう」

「それほどひどいのか……」

「テムズ川は腐敗しきって、疾病だらけの、潮で干満する下水だぞ」

ディズレイリがそう断言し、

「醸造所、ガス製造所、化学工場、鉱石工場などからの成分が濃縮されている。腐敗物がウェストミンスター橋の杭《くい》から、汚い海草のようにぶらさがっており、通りかかる蒸気船が一隻一隻、汚物の渦を起こすものだから、船員も悪臭に倒れかねん」

マロリーは微笑《ほほえ》んで、

「それについて論説を書いたね、さては」

「〝モーニング・クラリオン〟にね――」

ディズレイリが肩をすくめ、

「そりゃ、僕の修辞にいささか彩りが強いのは認めるがね。しかし、この夏は実に異常だし、その点では真実だ。たっぷりしたお湿りが何日かあれば、テムズ川も流し出されるし、この息の詰まるような妙な雲も切れるだろうし、すべて結構なんだがね。でも、こんな異常気象がまだ続くようなら、齢寄《としよ》りや胸の弱い人間は、ひどい病に苦しむことになる」

「そう想うかい、本当に……」

ディズレイリが声をひそめてから、

「ライムハウス地区で、またコレラが猖獗《しょうけつ》を極めているそうだ」

マロリーは背筋がぞっとするのを覚えて、

「誰がそんなことを言っている……」

「噂女史《うわさじょし》さ。でも、こんな状況じゃ、疑うなというほうが無理だ。これほどひどい夏では、命にかかわる伝染病を放散物や悪臭が広めないとも限らない」

ディズレイリがパイプを空けて、黒いトルコ刻《シャグ》みで一杯の、ゴム封の煙草加湿箱《ユーマドア》から詰めなおしはじめ、

「僕だって、この街は大好きだよ、マロリー、でも分別が愛着をしのぐときだってあるというものだ。君はサセックスに家族がいるよね。僕なら、すぐにここを発って家族のところに行くね」

「でも、講演をしなくちゃならないんだ。二日先に。雷龍《ブロントサウルス》について。キノトロープ上映つきで」

「講演なんてキャンセルしてしまえ」

ディズレイリが、連続マッチと格闘しながら言い、

「延期すればいい」

「できないよ。大切な場なんだから。仕事の面でも大衆向けの面でも、重要な出来事になる」

「マロリー、誰《だれ》も観《み》にこないぞ。とにかく重要な人間は誰もこない。声を出すだけ無駄になる」

「労働者はくるさ」

マロリーは頑固に言い、

「低い階級の人間には、ロンドンを離れる余裕なんてないんだから」

「ああ」

ディズレイリがうなずき、烟《けむり》を吐きながら、

「それは素晴らしい。安小説を読む類の連中だ。聴衆には僕からよろしく、と伝えてくれたまえ」

マロリーは頑固に顎《あご》をくいしばる。

ディズレイリが溜《た》め息《いき》をついて、

「仕事にかかろう。やることは、いくらでもある」

そう言って、棚から〝ファミリー・ミュージアム〟の最新号を取り、

「先週のエピソードはどう想った……」

「いいね。これまでで、いちばんいい」

「小難《こむずか》しい科学理論が多すぎる」とディズレイリ、「もっと感情に訴える部分が必要だよ」

「ちゃんとした理論なら、理論でも良かろう」

「爬虫類《はちゅうるい》の顎《あご》の蝶番圧力《ちょうつがいあつりょく》について読みたがるのはね、マロリー、専門家だけなんだよ。正直に言って、恐竜について大衆が本当に知りたいのは、ひとつだけ——どうして、奴《やつ》らがみんな死んでしまったか、さ」

「それは、最後までとっておくはずじゃなかったのかい」

「ああ、そうさ。結構なクライマックスになるからね。大彗星《だいすいせい》の激突、巨大な黒い砂塵《さじん》の嵐《あらし》が、あらゆる爬虫類を根絶やしにする、とか何とか。非常にドラマチックだし、非常に激変に満ちている。大衆が激変説を好きなのは、そこなんだよ、マロリー。激変説のほうが、斉一説の戯言《たわごと》より感じがいいんだ。地球が何十億年も古いなんて御託《ごたく》よりね。長ったらしくて退屈だ——どう考えたって退屈さ」

「庶民感情への魅力など、何の関係もない」

マロリーは激して、そう言い、

「証拠が僕の味方だ。月を見るがいい——彗星のクレーターで完璧《かんぺき》に覆われているじゃないか」

「そう」

ディズレイリが上の空で返事して、

「厳格な科学、ますます結構」

「どうして太陽が一千万年も燃えつづけられるのか、誰《だれ》も説明できない。どんな燃焼だって、そんなに続きはしない——物理学の基本法則に反しているんだ」

「そのことは、こっちに置いておこうよ。僕も、君の御友人のハクスリーに賛成でね、大衆の蒙《もう》を啓《ひら》いてやるべきだとは想う。でも、犬にだって、ときどきは骨を投げ与えなくちゃならないんだぜ。我らが読者は、人間巨獣《レヴィヤタン》マロリーについて知りたがってるんだ」

マロリーは不平の声をもらす。

「だからこそ、例のインディアン娘の件に戻《もど》らなくちゃならん」

マロリーはかぶりを振る。これを恐れていたからで、

「〝娘〟なんかじゃないよ。原住民の女性で――」

「君がまだ結婚していないことは、もう説明ずみだ」

ディズレイリが嚙《か》んで含めるように言い、

「イングランドに恋人がいるともしていない。そろそろ、そのインディアンの乙女《おとめ》を出す潮時なんだ。猥褻《わいせつ》にも生々しくもする必要はない。それについて多少の優しい言葉、男らしさを少々、軽いほのめかし。女性というのは、そういうのに眼がないんだよ、マロリー。それに男よりずっと読みこむ」

ディズレイリが壺《つぼ》ペンを取りあげて、

「まだ名前も聞いてないぜ」

マロリーは居住まいを正し、

「シャイアン族には、我々のような名前はない。女性にいたっては、なおさらだ」

「何とか呼ばれてはいただろう」

「ま、ときどきは〝赤毛布の後家〟と呼ばれていたし、ときどきは〝斑蛇《まだらへび》の母〟とか〝蹇馬《あしなえ》の母〟とか呼ばれていた。でも、どの名前にしても、本当を言うと確証はない。酔いどれの混血フランス人が通訳として付いていたんだけど、こいつがとんでもない嘘《うそ》つきだったから」

ディズレイリががっかりした様子で、

「じゃあ、直接に話をしたことはないのかい」

「どうかな。手話ではかなりうまく、やりとりできるまでいったんだけど。名前は、ワク＝スィ＝ニ＝ハ＝ワアだったか、ワク＝ニ＝スィ＝ワア＝ハだったか、そんな感じだった」

「それを〝草原の乙女〟と呼んだらどうだろう」

「ディズィ、後家さんだったんだぜ。大きくなった子供が二人もいたんだ。歯も何本か抜けていたし、狼《おおかみ》みたいに痩《や》せてた」

ディズレイリが溜《た》め息《いき》をついて、

「協力してくれないんだな、マロリー」

「わかったよ」

マロリーは口髭《くちひげ》を引っぱりながら、

「裁縫は上手だった、それは言える。その、友情を、勝ち取るのに、針を贈ったんだ。野牛の骨のかけらじゃなく、鉄の針をね。それに、もちろんガラスのビーズも。みんなガラスのビーズを欲しがるから」

『最初ははにかんでいた〝草原の花〟も、生まれつき女性らしい嗜《たしな》みを好むことから、心を動かされた』

そう言いながら、ディズレイリが書きつけていく。

ディズレイリが、その件について少しずつ話を引き出していくにつれ、マロリーは椅子《いす》に腰かけたままもじもじしてしまう。

真相とは大違いなのだ。真相は、品のいい雑誌にはとても書けたものではない。マロリーは、そういう浅ましいことは、うまく念頭から追い払っていた。けれども、本当に忘れたわけではない。ディズレイリがセンティメンタルな綺麗事《きれいごと》を書き綴《つづ》るあいだ、真相が荒荒しいほど生き生きと蘇《よみがえ》ってきた。

円錐形《えんすいけい》のテントの外では雪が降っており、シャイアン族は酔っていた。奇声をあげ、わめき、酔っぱらった大狂乱となったのも、その連中が酒というものをさっぱりわかっていなかったからだ――みんなにとって、酒は毒でもあり夢魔でもあった。気が触れたように跳ね回り、よろめき、何ひとつないアメリカの空めがけてライフルを発射し、凍《い》てついた大地に倒れこんで幻視に捉《とら》えられ、白眼しか見せなくなった。いったん始めると、何時間も続けるのだ。

マロリーは後家さんのところに行きたくなかった。何日も誘惑と戦ってきたのだが、とうとう、とにかく処理してしまったほうが魂に傷がつかないと想えるときがきてしまった。そこで、ウィスキイを罎《びん》から二インチ分飲んだ。ライフルと一緒に運んできた、安いバーミンガム粗悪酒を二インチだ。テントの中にはいっていくと、後家さんは毛布と革にくるまって、糞《ふん》の焚《た》き火《び》のそばにうずくまっていた。子供たち二人は出てゆき、風に、丸い茶色の顔を寒そうにしかめた。

マロリーは新しい針を見せ、両手で仕草をした。猥褻《わいせつ》な手真似だ。後家さんは、うなずきが外国語にあたる人間特有の大袈裟《おおげさ》な首振りでうなずき、皮革の寝床の中で後退《あとずさ》ると、仰向《あおむ》けに寝て両脚を広げ、両腕を上に伸ばした。マロリーはその上になって毛布の中にはいり、痛いほど硬くなった部分をズボンから引き出すと、両脚のあいだにつっこんだ。すぐに終わって、あまり恥ずかしい想いをしなくてすむと想っていたのだが、状況が、あまりに異様で混乱を誘うものでありすぎた。抽送が長いあいだ続き、とうとう後家さんが臆《おく》病《びょう》に不満げな眼を向けはじめて、不思議そうにマロリーの口髭《くちひげ》の毛を抜く。そうしてようやく、温かみと、心地良い摩擦と、相手の獣めいた異臭とで、マロリーの裡《うち》の何かが溶け、長く強く放った。そうするつもりではなかったのに、相手の中に放ってしまった。その後、後家さんを相手にしたことは三度あるけれど、引き抜いて、気の毒な相手を孕《はら》ませる危険を冒さないようにした。たとえ一度でも危険を冒したことが、とても申し訳なかった。けれど、一行が出発したとき、後家さんが孕んでいたとしたら、自分の子供ではなく、他の男たちの可能性がきわめて高い。

ようやくディズレイリが別の話題に移ってくれたので、気が楽になった。けれど、マロリーは、ディズレイリの家をあとにするときになっても、つらく混乱した気分だった。ディズレイリの華麗な文章が裡なる悪魔を眼醒《めざ》めさせてしまったわけではなく、自分自身の記憶の荒々しい力のせいだ。活力あふれるアニムスが、猛然と甦《よみがえ》ったのだ。こわばってきて、欲望に落ち着きをなくし、自分自身をどうしようもなくなっている。カナダ以来、女性を相手にしていないし、トロントのフランス娘は清潔とは言えそうもなかった。とてつもなく女性を必要としている。イングランドの女性がいい、どこかの田舎娘《いなかむすめ》で、しっかりした白い脚と、肉づき良く、そばかすの散った腕が――

マロリーはフリート・ストリートに戻《もど》った。外気に触れたとたん、眼がひりひりしはじめる。騒がしい雑踏にフレイザーの姿はない。日中だというのに、薄暗いことは驚くほどだ。まだ昼にもなっていないが、セント・ポール大寺院のドームが汚らしい靄《もや》に包まれている。大きくうねる脂じみた霧の塊が、ラドゲイト・ヒルの尖塔や大きな宣伝旗を隠していく。フリート・ストリートは高まる喧騒《けんそう》の混沌《こんとん》ぶりで、鞭《むち》がうなり、蒸気を吐き、吼鳴《どな》りあっていた。舗道の女性は、煤《すす》に汚れたパラソルの下で背をかがめ、半ば体を折り曲げて歩いていくし、男女ともにカーチーフを眼や鼻に圧《お》しあてている。男や少年は、家族のカーペット地の鞄《かばん》やゴム把手《とって》の旅行用スーツケースを運んでおり、陽気な藁《わら》カンカン帽がすでに塵《ちり》にまみれている。混雑した周遊列車が、ロンドン゠チャタム゠ドーヴァー鉄道の蜘蛛《くも》を想わせる高架鉄路を、シュッシュと進み、雲となった燃え殻まじりの排煙が汚濁の旗幟《はたのぼり》のように、淀《よど》んだ中空にかかる。

マロリーは空をじっと見た。細く水母《くらげ》のようにもつれて立ち昇っていた煙も今はなく、のしかかるように不透明な霧に呑《の》みこまれてしまっている。そこここで、灰色の小さな何かで、雪のようなものが、ひそやかにフリート・ストリートに降っている。マロリーは自分の上衣《うわぎ》の袖《そで》に降りたそれを観察してみた。結晶化した塵の、奇妙なスラグ状の薄片だ。触れると弾《はじ》けて、細かな灰になった。

フレイザーが通りの反対側のガス燈柱《とうばしら》の下から、こちらに向かって大声をはりあげていた。

「マロリー博士ぇ」

フレイザーが手招きしているが、その様子がフレイザーにしては驚くほど元気がいい。マロリーも遅まきながら気づいたが、フレイザーはしばらく前から大声を上げていたのかもしれない。

マロリーは、辻馬車《つじばしゃ》、荷馬車、メエメエゼイゼイいう羊のよろつく大きな群れ、といった交通にぶつかり、避けながら道を渡っていく。そうして奮闘したら、喘《あえ》ぐほどになってしまった。

ガス燈柱の下では、フレイザーと一緒に、見知らぬ男が二人おり、どちらも顔に白いカーチーフをきつく巻きつけていた。背が高いほうの男はしばらく前からカーチーフごしに息をしていたらしく、鼻の下の布地が黄ばんだ茶色に汚れている。

「それを取れ、お前たち」

フレイザーが命じた。不承不承、見知らぬ二人が顎《あご》の下からカーチーフを引っぱる。

「〝咳男《せきおとこ》〟だ」

マロリーは茫然《ぼうぜん》として、そう言う。

「失礼して」

フレイザーが皮肉まじりにそう言い、

「こちらはJ・C・テイト氏、それからこちらが同僚のジョージ・ヴェラスコ氏。二人とも極秘調査員とか何とか自称している」

フレイザーの唇が一層薄くなり、微笑《ほほえ》みとも想えそうな口許《くちもと》になって、

「御両人とも、エドワード・マロリー博士にお会いしたことがあるはずだが」

「知ってるとも」

テイトが言う。テイトの顎の脇には紫色になって腫《は》れた痕《あと》がある。今までカーチーフに隠れていたらしく、

「とんでもねえやつだぜ。凶暴な狂犬野郎だ、瘋癲院《ベドラム》送りが似合いだ」

「テイト氏は、我ら首都警察の一員だったんですが」

そう言って、フレイザーが鈍い視線でテイトを睨《ね》めつけ、

「そのうち失職しまして」

「辞職したんだ」とテイト、「主義に従って辞めたんだよ。ロンドンの公益警察では正義が行えっこないからだ。そのことは、あんたもよく知ってるはずだぞ、エベニーザー・フレイザー」

「ヴェラスコ氏のほうはと言えば、いわゆる闇取引屋ということで」

フレイザーが穏やかに言い、

「父親はスペイン王党派の難民としてロンドンにやってきましたが、我らが若きジョージ君は何にでも手を染める方で——偽造パスポート、鍵穴《かぎあな》のぞき、街路では高名な碩学《せきがく》をブラックジャックで襲う——」

「俺《おれ》は生粋のブリテン市民だよ」

浅黒い小柄の混血男が、険悪な表情でマロリーを睨みつけながら言う。

「お高くとまるんじゃねえよ、フレイザー」とテイト、「俺と同じようにお巡りがやってきて、今は大物の偉いさんだといったって、政府の汚いスキャンダルを揉《も》み消すだけのことじゃねえか。俺たちにお縄をかけてみろよ、フレイザー。引ったててみるがいい。思いきりやれ。俺にだって友だちがいるんだからな」

「マロリー博士に殴らせるようなことはしないよ、テイト。心配するな。でも、なぜ博士を尾《つ》けていたのか教えてもらいたい」

「職業上の秘密だよ」

テイトがそう言い返し、

「お客様を密告する訳にはいかない」

「莫迦《ばか》なことを言うな」とフレイザー。

「ここの、あんたの紳士殿は、殺人鬼なんだぞ。手前のライヴァルを魚みたいに切り裂きやがったんだ」

「そんなことはしていない」とマロリー、「私は王立協会の学者であって、いかがわしい陰謀家ではない」

テイトとヴェラスコが、びっくりして疑わしげな視線を交わす。ヴェラスコが、どうしようもなくなったらしく、せせら笑う。

「何がそんなに面白い……」とマロリー。

「この男たちを雇ったのは、あなたの同僚なんですよ」とフレイザー、「これは王立協会の中の陰謀なんです。そうではないかね、テイト君……」

「何も言わないって言ったろ」とテイト。

「自由貿易委員会かね……」

マロリーが訊《き》く。返事がないので、

「チャールズ・ライエルか……」

テイトが煙で赤くなった眼を回して見せ、ヴェラスコの肋《あばら》を小突いて、

「雪のように潔白らしいぜ、このマロリー先生はさ。フレイザー、あんたの言うとおりだ」

汚れたカーチーフで顔を拭い、

「とんでもないことになったもんだよ、まったく。ロンドンは、地獄もかくやと臭《にお》うし、国を握った学のある狂人どもときたら、金はありあまっているくせに、心は石のよう」

マロリーは、この不遜《ふそん》なゴロツキに鋭い拳《こぶし》をもう一発、味わわせてやりたいという強い衝動を覚えたが、素早く意志の力で無益な本能を抑えつけた。学者らしい仕草で口髭《くちひげ》を撫《な》ぜてから、テイトに、考え抜いた冷たい微笑みを向け、

「君の雇い主が誰《だれ》にせよ」とマロリー、「フレイザー君と私が君たちに気づいてしまったことを、喜びはすまい」

テイトは、マロリーの底意を探ろうとするかのように見つめ、口を開かない。ヴェラスコは両手をポケットにつっこみ、いつでも消え去りそうな様子だ。

「確かに我々は殴りあうこともあったが」とマロリー、「私の誇りとするところは、野蛮な怒りを乗り越えて、我々の状況を客観的に眺められることだ。君たちも、私を尾行してきた化けの皮が剝《は》がれてしまった以上、雇い主にとって、何の役にも立たないことになる。そうではないかね……」

「だったら、どうなんだ……」とテイト。

「君たち御二方はまだ、ネッド・マロリーなる人間にとっては、かなり役に立つかもしれない。どれぐらい払っているんだね、その念のいった雇い主とやらは……」

「気をつけたほうがいい、マロリー」とフレイザーが警告する。

「それほど私を監視していたなら、私が気前のいい男だということは気づいているはずだ」

さらにマロリーはそう言う。

「一日五シリング」とテイトがつぶやく。

「一人につき」

ヴェラスコが、そう口をはさみ、

「それに経費別」

「こいつら、嘘《うそ》をついてる」とフレイザー。

「君たちのために、ギニー金貨五枚を、今週末、古生物学宮殿の私の部屋に用意しておこう」とマロリー、「その金額と引換えに、君たちの以前の雇い主に対して、私にやったのと同じことをしてもらいたい――まさしく詩的正義、とでも言うところか。どこへ行こうと、内密に尾《つ》け回し、行状をすべて私に報告してくれたまえ。そのために雇われたんだろう……」

「まあね」とテイト、「考えてみてもいいがね、旦那《だんな》、その金をこの場でもらえるんなら、だ」

「金の一部なら渡してもいい」

マロリーも妥協し、

「ただし、それなら、この場で情報をもらいたいな」

ヴェラスコとテイトが、互いにじっと見つめあってから、

「ちょっと相談させてくれ」

私立探偵二人が舗道の雑踏を抜けて離れて行き、鉄柵《てっさく》に囲われた方尖塔《オベリスク》が作ってくれる

隙間《すきま》にはいりこんだ。

「あの二人など、一年かけても五ギニーの値打ちはありませんよ」とフレイザー。

「たぶん、あの二人は質の悪いゴロツキだろうけど」とマロリー、「でも、何者であろうと、あまり関係はないんだよ、フレイザー。あの二人が知っていることさえわかればね」

ようやくテイトが、またカーチーフで顔を覆って戻《もど》ってきて、

「ピーター・フォークって名前の男だよ」

そう、くぐもった声で言い、

「言わないつもりだった――荒馬にだって引き出されやしない――けど、野郎、お高くとまりやがって、糞《くそ》ったれ貴族みたいに、俺《おれ》たちにあれこれ言いやがるからさ。こっちの誠意は信じない。自分の利害のために働いてるってのも信じない。俺たちだって手前《てめえ》らの仕事ぐらいわかってるのに、そう想ってないみたいで」

「あんな奴、くたばりゃいい」

ヴェラスコが言う。カーチーフとダービイ帽のひさしとの間から、頬《ほお》になでつけた巻き毛を脂を塗った翼のように突き出して、

「ヴェラスコとテイトは、ピーター・糞ったれ・フォークなんぞのために、公安に逆らったりしねえ」

マロリーは札入れからパリパリの一ポンド紙幣を出して、テイトに渡す。テイトはそれを眺めわたすと、カード詐欺師《さぎし》のような器用さで指のあいだに折りこみ、消して見せてか

ら、

「そいつをもう一枚、こちらの友人に。それで契約成立ってことで」

「ずっとフォークじゃないか、とは想っていたが」とマロリー。

「じゃあ、旦那がまだ知らないこともありますぜ」とテイト、「旦那を尾《つ》けているのは、俺たちだけじゃないんで。旦那が独り言を言いながら、象みたくうろついてるあいだ、派手な野郎とかみさんとが、後にひっついてたんでさ。この五日のうち三日まで」

フレイザーがいきなり口をはさんできて、

「でも、今日はいないんだな……」

テイトがカーチーフの奥でくすくす笑って、

「あんたを見たんで、ずらかったんだろうよ、フレイザー。その難しい御面相じゃ、連中だって身を隠すってもんだ。猫みたいにびくびくしてやがったから、その二人とも」

「お前たちに見られたのは、気づいていたか……」とフレイザー。

「あっちだって、莫迦《ばか》じゃないんだぜ、フレイザー。目端が効いてるよ。男が競馬場ゴロじゃなけりゃ、俺の見当が狂ったか、女は売女だな。姐《ねえ》ちゃんのほうが、このヴェラスコに、うまいこと言い寄ってきて、誰《だれ》が俺たちを雇ったのか知ろうとしたんだ」

そこでテイトが間を置いてから、

「俺たちは言わなかった」

「自分たちについて、何と言っていた……」

フレイザーが鋭く尋ねる。

「女のほうは、フランシス・ラドウィクの妹だと言った」とヴェラスコ、「兄貴の殺人を調べてるって。こっちが訊《き》きもしないのに、すぐに言ったぜ」

「もちろん、こっちはそんな間の抜けた言い分は信じなかった」とテイト、「ちっともラドウィクに似ていなかったしな。でも、なかなかの女ぶりだぜ。優しい顔に、赤髪で、ラドウィクの情婦《いろ》だというなら話もわかるけど」

「その女は殺人鬼なんだ」とマロリー。

「妙なもんだね、旦那。あの女も旦那についてそう言ったよ」

「どこに行けば見つかるか、わかるか……」とフレイザー。

テイトがかぶりを振る。

「調べることはできる」

そうヴェラスコが言い出す。

「フォークを尾行するあいだ、それもやってみてくれないか」

着想がほとばしる中、マロリーはそう言い、

「みんな、どこかで結託しているような気がする」

「フォークはブライトンに行っちまってますよ」とテイト、「〝悪臭〟に耐えられねえって――感受性が強いらしくて。だから、俺たちもブライトンに行くとなると、ヴェラスコも俺も汽車賃がほしいもんですね――経費ってことで」

「領収書もつけてな」

「請求してくれ」

マロリーは言って、ヴェラスコに一ポンド紙幣を渡す。フレイザー、

「マロリー博士への請求には明細が必要だぞ」とフレイザー、「領収書もつけてな」

「合点承知でさ、旦那《だんな》」

テイトが言う。警官流の敬礼で帽子のひさしに触れ、

「お国の利益のために、お役に立てて光栄です」

「それに、言葉に気をつけろよ、テイト」

テイトはそれを無視して、マロリーに薄ら笑いを見せ、

「ご連絡しますぜ、旦那」

フレイザーとマロリーは二人が立ち去るのを見守った。

「たぶん二ポンドは丸損ですぞ」とフレイザー、「あの二人、二度と現れんでしょう」

「それなら安いものかもしれない」とマロリー。

「とんでもない。もっと安上がりの手だってあります」

「少なくとも、もう後ろから殴りかかられることはないわけだ」

「ええ、あいつらからは、ね」

マロリーとフレイザーは、ガラス張りの調理屋台で買ったターキーとベーコンの砂まじりのサンドウィッチを食べた。二人は今度も二輪馬車《キャブリオレ》を拾うことができなかった。街路に

一台も見当たらないのだ。地下鉄道駅はすべて閉鎖され、怒り狂った坑夫のピケ隊員が通行人を口汚く罵《ののし》っている。

ジャーミン・ストリートでの、この日ふたつ目の約束で、マロリーは大いに失望させられた。講演について打ち合わせるつもりで博物館までやってきたのに、王立協会のキノトロピストたるキーツ氏は電報で、病状が重いと伝えてよこしていたし、ハクスリーは、この緊急事態を討議するための碩学《せきがく》貴族たちの会合に連れ去られていた。マロリーには、ディズレイリに勧められたように講演をキャンセルすることもできない。トレナム・リークス氏が、ハクスリーの許可なしにそういう決定はできないと言い張るし、ハクスリーその人は行き先の住所も電信番号も残していかなかったからだ。

傷口に塩をなすりつけるかのように、実用地質学博物館にはあまり人気がなく、学童や博物学愛好家の陽気な参観者がいなくなった代わり、数少ない不機嫌そうで哀れな連中がいるばかり。この連中は明らかに、多少なりとも澄んだ空気と、熱気からの逃避を求めて来ている。聳《そび》え立つ巨獣《レヴィヤタン》の骨格の下で、ぐったりとうろつくさまは、あたかも壮大な骨を割って骨髄をすすろうとしているかのようだ。

他にどうしようもないので、歩いて古生物学宮殿に戻《もど》り、不可知論青年会《YMAA》との今夜の晩《ばん》餐《さん》の支度をするしかない。YMAAというのは、碩学をめざす学生グループだ。マロリーは、今夜の花形として、晩餐のあとで多少話をすることになっている。これについては、ずいぶん楽しみにしてきた。というのも、YMAAは、立派な名称から考えられるほど大《おお》袈裟《げさ》なものではなく、陽気な集まりであり、全員が男性という一座だから、若い独身者たちにふさわしい、くだけた冗談も言える。そういう冗談で、実によくできたものを、マロリーは〝ディズィ〟ディズレイリからいくつも聞いている。ただ、今になってみると考えこまざるを得ない。これまで招待してくれていた人間のうち、何人がロンドンに残っているのだろう。あるいは、今も集まるつもりだとして、若者たちはどうやったら集まることができるだろう。さらに悪いことを考えれば、ブラック・フライアー・パブの二階での晩餐はどんなことになるだろう。なにしろ、そこはブラック・フライアーズ橋のそばで、テムズの川風が吹くところなのだ。

街路からは、眼に見えて人気がなくなっていく。どの店もこの店も、**閉店**の掲示を出している。マロリーは髪と髭《ひげ》を刈り込んでくれる理髪店を見つけるつもりでいたのだが、そうはいかなかった。ロンドン市民は逃げ出したか、ぴったり閉ざした窓の奥にこもってしまっている。煙が地表まで降りてきて、悪臭の霧と混じり合い、黄色のスープ状の濃霧となったそれが至るところに広がり、道路の端まで見通すのも難しい。たまに見掛ける通行人は、朦朧《もうろう》とした中から、まるで身なりのいい幽霊のように現れてくる。フレイザーが不平も言わず迷うこともなく先導してくれるので、マロリーはこう想う。この老練警官なら目隠ししてでも、同じように楽々とロンドンの街路を案内できるだろう、と。今は二人ともカーチーフで顔を覆っている。理にかなった予防措置だとは想えるのだが、フレイザーが寡黙なばかりでなく、口を封じられたように想えるのが、マロリーにはちょっと気にかかる。

「キノトロープというのが問題になりそうだ」

二人で、科学宮殿の尖塔《せんとう》が悪臭に圧倒されているブロンプトン・ロードを進みながら、マロリーはそう意見を述べ、

「私がイングランドを出る前には、こんなことはなかった。二年前には、あんなものはこれほど一般的じゃなかったから。ところが今は、それなしでは大衆向けの講演ひとつできない」と咳《せ》き込み、「さっき、フリート・ストリートで、〝イーヴニング・テレグラフ〟の前に掲示されていた長いパネルを見て、仰天したね。群衆の頭の上で、猛烈にカタカタやっていただろう。『坑夫ストで鉄道閉鎖』とか、『議会、テムズの状態を慨嘆』」

「何かまずいことでも……」とフレイザー。

「何も言っていないのと同じだろう」とマロリー、「議会の誰だ……。正確にはテムズのどういう状態だ……。議会がそれについて何と言ったんだ……。賢明なことか、莫迦《ばか》なことか……」

フレイザーがうなり声で応ずる。

「情報を得たような気に、うまくさせられる。でも、本当はそんなことはないんだ。単なるスローガン、空虚な題目だ。議論も聞けなければ、証拠も吟味されることはない。あんなのはニュースでも何でもなく、不精者の楽しみにしかなっていない」

「不精者が何も知らないよりは、多少でも知っているほうがいい、とする人もいるかもし

れませんよ」

「だとしたら、その人は大莫迦者だよ、フレイザー。こういうキノ＝スローガン宣伝というのは、金の裏付けもなしに紙幣を印刷するとか、空の口座から小切手を振り出すのと同じだ。もしそれが一般大衆にとっての理性的言論のレヴェルだとしたら、貴族院の権威に万歳三唱するしかないね」

　消防ガーニーがシュッシュいいながら、二人の横をのろのろと走っていく。疲れきった消防士たちが踏み板に乗り、服も顔も仕事で真っ黒になっている。それともロンドンの大気自体のせいだろうか。あるいは、ガーニーの煙突そのものからの、蒸気まじりで悪臭を放つ煤《すす》のせいだろうか。マロリーの眼には、消防ガーニーが赤熱した石炭の山の働きで前進していることは、奇妙に皮肉なことに想える。けれども、やはりこれには意義があるのだろう。何しろ、こんな天候では、馬を連ねても一ブロックをギャロップさせるのは至難の技だろうから。

　マロリーは痛む喉《のど》をハックル＝バフで癒《いや》したくてたまらないが、古生物学宮殿の中は外よりも煙っているようだ。焦げたリネンのような、鼻を突く臭《にお》いがある。もしや、ケリイの何帝国ガロンにも及ぶマンガン酸ソーダが、パイプを腐食させて穴をあけてしまったのだろうか。何にせよ、この悪臭で、とうとう宮殿の客たちも退散してしまったようだ。ロビイには人っ子ひとり見当たらないし、食堂からもつぶやきひとつ聞こえない。

マロリーは、漆塗《うるしぬ》りの衝立《ついたて》や赤い絹張りの内装のサルーンで給仕してもらえるのを楽しみにしていたのだが、他ならぬケリイが現れて、緊張し、意を決した顔つきで、

「マロリー博士……」

「何だね、ケリイ」

「悪いお知らせがあります。悲しいことが起こりました。火事だったのです」

マロリーはフレイザーに眼をやる。

「そうなのです」と管理人、「今日、お出かけになるとき、もしやお洋服をガスの炎のそばに残されましたか……。あるいは葉巻がまだ、くすぶっていたとか……」

「まさか、私の部屋で火事があったんじゃあるまいね」

「残念ながら」

「火は大きくなったのかい……」

「お客様がたは、そうお想いのようです。それは消防士も同じでした」

ケリイは宮殿のスタッフの気分までは言わなかったが、表情で気持ちは明らかだ。

「私はガスは必ず消すよ」

マロリーは思わずそう口に出してから、

「正確には想い出せない――でも、必ずガスは消すんだ」

「ドアには錠がおりておりまして、消防士が叩《たた》き壊しました」

「見てみたいものだな」

フレイザーが穏やかに言った。

マロリーの部屋のドアは斧《おの》で開けられ、反った床は砂と水に溢《あふ》れていた。マロリーの雑誌や手紙の山が猛烈に燃えたらしく、デスクと大きく黒ずんだカーペットの一部を完全に焼きつくしていた。デスクの奥の壁とその上の天井には、大きく焦げた穴があき、剝《む》き出《だ》しになった梁《はり》や垂木《たるき》が炭化しており、さらに、ロンドンの美服で一杯だったマロリーの衣《い》裳簞笥《しょうだんす》は、燃え殻になった襤褸《ぼろ》と砕けた鏡だけになっている。マロリーは怒りと、不吉な恥の意識とで気も狂わんばかりだ。

「ドアに錠はおろしましたか……」とフレイザー。

「必ずかける。必ずだ」

「鍵《かぎ》を拝見できますか……」

マロリーはフレイザーにキイ・チェーンを手渡した。フレイザーは黙ったまま、ずたずたになったドア枠のそばに跪《ひざまず》く。鍵穴を子細に調べ、それから立ち上がって、

「怪しげな人物が廊下にいた、という報告はあるかね」

フレイザーがケリイにそう尋ねる。

ケリイがむっとした様子で、

「そういう質問をなさるとは、どなたですか……」

「フレイザー警部だ。中央《ボウ・》警察《ストリート》裁判所の」

「いいえ、警部」

ケリイが歯を舐《な》めるようにしながら答え、

「怪しげな人物はおりません。私が個人的に知っている限りでは」

「このことは、内密にしておいてもらいたい、ケリイ君。他所《よそ》の王立協会の施設と同じように、ここも公認の碩学《せきがく》しか宿泊客として受け容《い》れないのだろう……」

「それを確固たる方針にしております、警部」

「でも、客のところへの訪問は許されているはずだ」

「男性の訪問客です。正式な付添いのある御婦人か――スキャンダラスなことは一切ありません」

「身なりのいいホテル押し込みか」

フレイザーはそう結論づけ、

「それに放火犯と。押し込みの腕ほど放火の腕は良くない。デスクや衣裳箪笥の下にあして紙を山積みにするあたり、ややぎこちないからな。奴《やつ》はこのタンブラー錠に合う合鍵のバー＝キイをもっていた。ちょっと、あちこち引っ掻《か》いたけれど、たぶん丸五分とはかかっていないだろう」

「信じられない」とマロリー。

ケリイは泣きださんばかりで、

「碩学のお客様が部屋から焼け出されるとは。何と申し上げたらいいやら。これほど凶悪な事件はラッドの時代以来、聞いたこともありません。面目ございません、マロリー博士——ひどい不面目です」

マロリーはかぶりを振って、

「これは前もって言っておくべきだったんだ、ケリイ君。私には恐るべき敵がいるんだ」

ケリイがぐっと唾《つば》を呑《の》み、

「存じております。そのことはスタッフのあいだでも、ずいぶん噂《うわさ》になっておりますから」

フレイザーはデスクの残骸《ざんがい》を調べていた。箪笥からの歪《ゆが》んだ真鍮《しんちゆう》のハンガー棒で屑《くず》をつつきまわしていたが、

「獣脂だ」と言う。

「保険にはいっておりますからね、マロリー博士」

ケリイが望みをかけるかのように、そう言い、

「私どもの契約が、この種のことをどの程度まで保証しているのか存じませんが、御損害の償いはできるものと想います。私の衷心からのお詫《わ》びをお聞きください」

「私は半殺しにあった」

マロリーは惨状を見渡しながら、そう言い、

「でも、向こうが望んだほどの痛手は受けていない。最重要の書類はすべて宮殿の貴重品ボックスに預けてある。それに、もちろん現金はここには残さないし」

間を置いてから、

「宮殿の金庫は強奪にあっていないんだろうね、ケリイ君」

「もちろんです」とケリイ、「と申しますか——ただちに確認してまいります」

辞儀をしながら、出ていった。

「あなたの友人の、ダービイの錐刀男《スティレト》ですが」とフレイザー、「今日は尾《つ》け回さなかった代わり、私らが出かけるや、忍び上がってきてドアの錠を破り、積み上げた書類の中に蠟燭《ろうそく》をともした。警報が響くころには、とうに逃げ去っていたと」

「私のスケジュールについて、相当知っているに違いない」とマロリー、「私については何でも知っていると言うべきか。私の番号を盗んだ。私を阿呆《あほう》扱いしている」

「いわば、ですな」

フレイザーが真鍮の棒を投げ捨てて、

「急拵《きゅうごしら》えの素人《しろうと》です。熟練した放火犯なら、流動パラフィンを使う。それ自体も触れたものも燃えつきてしまいますから」

「今夜の不可知論者たちとの晩餐《ばんさん》には行けないよ、フレイザー。着て行くものがない」

フレイザーはじっと立ちつくしたまま、

「拝見していると、不運に対して勇敢に立ち向かわれてますな——学者にふさわしく、紳士にふさわしいですな、マロリー博士」

「ありがとう」

マロリーは答える。やや沈黙があってから、

「フレイザー、一杯やらなくてはいられないよ」

フレイザーがゆっくりとうなずく。

「頼むからさ、フレイザー、どこか本気で下品に貧乏たらしく呑《の》める場所に行こう。誤魔化しの安っぽいピカピカが何にでもまぶしてある場所じゃなく。一流の宮殿なんか離れて、着たきり雀の男でも構わず入れてくれる店に行こう」

マロリーは箪笥《たんす》の残骸《ざんがい》を蹴《け》飛《と》ばした。

「必要とされているものは、わかりますよ」

フレイザーがなだめるように言い、

「ガス抜きができるような陽気な店でしょう――飲物とダンスと元気な女性のいるような」

マロリーはワイオミングでの軍用コートの真鍮《しんちゅう》トグルが黒ずんでいるのを見つけた。それを見たとたん、心がひどく痛んで、

「僕を子供扱いしてるんじゃあるまいね、フレイザー。オリファントからは、子供扱いするように言われていることだろう。それは間違いだと想う。厄介事を歓迎したい気分なんだよ、フレイザー」

「あなたを間違って見てはいませんよ。ひどくむごい一日でした。とはいえ、まだクレーン・ガーデンズをご覧になっていないわけで」

「今見たいのは、ただひとつ、バッファロー・ライフルの照準にはいった錐刀男《スティレト》の姿だけさ」

「その御気持ちは実によくわかりますとも」

マロリーは銀の葉巻ケースを開け——少なくとも、この品だけはまだ持っていた——最後の極上ハヴァナに火をつける。強く喫《す》いつけるうち、良質煙草による落ち着きが血を鎮めてくれたので、

「とは言いながら」

ややあってそう言い、

「君の言うクレマーン・ガーデンズも、急場とあって役立ってくれるかもしれない」

フレイザーが先に立って、クロムウェル・レインをずっと進み、白っぽい煉瓦《れんが》の大建築を通り過ぎる。ここは〝患胸病院〟であり、今夜は悪夢のように恐ろしい場所だ、とマロリーは想わずにはいられない。

医学にまつわる薄気味悪さが、ぼんやりとマロリーの心につきまとい、それがひどかったので、二人で手近のパブリック・ハウスに立ち寄ることにした。この店でマロリーは、驚くほどきちんとしたウィスキイを四杯か、せいぜい五杯呑《の》んだ。このパブはニュー・ブロンプトンの地元民で賑《にぎ》わっており、客は居心地良く立て籠《こ》もった感じで、きわめて陽気そうなのだが、ピアノ《タ》に二ペンス貨を入れつづけ、『亭《あずまや》においで』を奏でつづける。マ

ロリーが大嫌いな曲なのだ。ここでは気持ちが休まらない。どのみち、ここはクレマーン・ガーデンズではない。

二人が、本当の騒動の最初の兆候に出くわしたのは、ニュー・ブロンプトン・ロードを数ブロック進んだ先の、ベネット＆ハーパー特許床敷製造所だった。広々とした工場の門のところに、制服の男たちが荒々しく群がっている。何かの工場争議だろう。

しばらくたってフレイザーやマロリーにもわかったが、群衆の大半は警察官だった。ベネット＆ハーパー社は、バーラップや粉砕コルクや石炭派生物から、派手な模様の防水用品を作っており、これは中産階級の台所やバスルームで裁断し貼《は》りこむのにぴったりなのだ。ここはまた、大量の煤煙《ばいえん》を六本の煙突から出してもおり、こちらは明らかに、さしあたって街にとっては無いほうがいいものだ。最初に現場に来た官僚は——少なくとも本人たちは、その名誉を言いたてているが——王立特許庁からの視察官グループで、政府の非常時計画によって緊急産業義務に迫られていた。ところが、ベネットおよびハーパーの両氏は、一日の生産量に損失を受けまいと、特許役人に工場を閉鎖する法的権利があるのかと異議を申立てた。両氏はじきに、王立協会産業委員会からの視察官二人とも対決することになり、今度は先例を言いたてられた。この騒ぎに地元巡査が引きつけられ、それに続いてボウ・ストリート首都警察の特別機動隊が、徴発した蒸気バスで到着した。今や大半のバスは政府によって抑えられており、それは街の辻馬車《つじばしゃ》全体も同じ。非常時対策に従い、鉄道ストライキに対処するためだ。

警察はただちに煙突を閉鎖した。立派な仕事ぶりだし、政府の意のあるところはわかるけれど、製造所の労働者はまだ敷地内におり、することもなく、きわめて反抗的になっている。だれも有給休日とは言ってくれないが、当人たちには、こういう状況である以上それが当然と想えているからだ。さらにわからないのは、ベネットとハーパー両氏の資産を守るのは誰《だれ》の責任か、そして、ボイラーを再開する正式命令を出すのは誰の責任か、ということだ。

何よりまずいことに、警察の電報機能にひどい問題が起こっている――おそらくウェストミンスターの中央統計局ピラミッドを経由しているのだろう。〝悪臭〟によって、あそこでも問題があるのに違いない、とマロリーは推測した。

「君も特別公安部だろう、フレイザー君」とマロリー、「あのウスノロどもに活を入れてやったらどうだね……」

「洒落《しゃれ》にもなりませんな」とフレイザー。

「どうして街頭をパトロールする警官を見かけないのかと想っていたんだ。ロンドンじゅうの工場敷地でひっかかっていたのか」

「こういうのが、ひどく嬉《うれ》しそうですな」とフレイザー。

「官僚どもめ」

マロリーは陽気になって嘲《あざけ》り、

「ちゃんと激変説を学んでいれば、こういうことになるとわかっていたはずだ。相互共同作用の連鎖で――システム全体が周期倍加で混沌《こんとん》に向かっているんだ」

「それはどういう意味ですか……」

「本質的には」

カーチーフの奥で微笑《ほほえ》みながら、マロリーは言い、

「素人《しろうと》言葉で言うなら、すべては二倍早く、二倍悪くなり、やがて何もかも、完全に駄目になる、ということさ」

「それは碩学《せきがく》方の論議でしょう。まさか、このロンドンの現実の事態とそれが関係すると言うのじゃないでしょうね」

「大変興味深い質問だ」

マロリーはうなずき、

「深い形而上学的な根をもつ。もし私に、ある現象を正確にモデル化できたとしたら、それは私に理解できたということだろうか。それとも、単なる偶然か、あるいは技法の産物だろうか。もちろん、熱烈なるシミュレーション信奉者の私自身としては、機関《エンジン》モデリングに大いに信念をもっている。が、原理に疑問をいだくことはできるし、その点に疑いの余地はない。難問だぞ、フレイザー。かつてヒュームやバークレー司教が得意としていた類《たぐい》のことだ」

「酔っぱらってらっしゃるんじゃありますまいな」

「ちょっとだけ気分が高揚しているのさ」とマロリー、「ほろ酔い、と言ってもいい」

二人は先へと進み、賢明にも警察の争いはあとにした。

マロリーはいきなり、あの懐かしいワイオミングのトグル＝コートについて喪失感を覚えた。水筒も、小型望遠鏡も、背中に収まってごつごつしたライフルの感触も懐かしい。生命は充分に生きられ、死が素早くて掛け値なしだった。冷たく清潔な野性の地平線の景観。ロンドンを出て、また探検に出ていたらいいのに。契約はすべてキャンセルにしてもいい。王立協会に出資を仰いでもいいし、もっといいのは地理学協会だろう。イングランドなんか出てしまおう。

「そうなさる必要はありませんよ」とフレイザー、「逆に事態を悪化させるかもしれませんし」

「声に出して喋《しゃべ》っていたかい……」

「ちょっとね。はい」

「この街で、第一等の狩猟ライフルを手にいれるとしたら、どこかなあ、フレイザー」

二人は今やチェルシー・パークの裏手の、カメラ・スクエアと言われるところにいる。店々が凝った光学機器を売っているところだ――沃化銀写真機《トールボタイプ》、幻燈機《げんとうき》、素人天文学者向けの望遠鏡。我が家の少年碩学のための、玩具顕微鏡もある。少年というのは、池の水でのたうつ極微動物に強い興味をもつものだからだ。小生物には、現実的な重要性はないものの、そういうものを研究するところから、本当の科学の原理へと幼い心を導くことができるかもしれない。感傷に襲われて、マロリーはそうした顕微鏡を展示しているウィンドウの前で足を止める。そういう物を見ていると、老マンテル卿《きょう》のことが、懐かしく想い出される。ルーイス博物館で初めて整理の仕事をくれた人だ。そのあと、骨や鳥の卵のカタログ化へと進み、ついには本当にケンブリッジへの奨学金まで受けられた。齢老《としお》いた卿は、樺《かば》の鞭打《むちう》ちにいささか熱心すぎたきらいがあるけれど、いま想《おも》い返してみれば、マロリーのほうにもそれに見合うだけの悪戯《いたずら》があったのだろう。

妙に風を切るような音が、舗道の先から聞こえてきた。マロリーがそちらの方向に眼をやると、変な具合に腰をかがめた幽霊のような姿が霧の中から現れた。服はスピードのためにはためき、細身のステッキを二本、腋《わき》の下にたくしこんでいる。

マロリーがぎりぎりの瞬間に跳びのくと、その少年が長く尾を引く叫び声とともにかすめすぎていく。十三歳かそこらのロンドン少年で、ゴム車輪のついたブーツをはいていた。少年は素早く向きを変え、横すべりしながら見事に止まると、ステッキをついて舗道を登りはじめる。たちまち、少年たちの集団がマロリーとフレイザーを取り囲んでしまい、威勢よく歓声をあげながら跳びはねる。他には誰も車輪つきのブーツを履いていないが、ほぼ全員が、中央統計局の事務員が機関《エンジン》の手入れをするとき着けていた、小さな四角い布マスクをつけていた。

「おい、坊やたち」フレイザーが大声を出し、「そのマスクはどうしたんだ……」

子供たちは、それを無視して、

「物凄《ものすご》い早業ッ」と一人が叫び、「もう一回やってよ、ビル」

別の子が、妙に儀式めいた動きで片脚を三回振り、それから宙高く跳び上がって、わめく。

「やったあ」

周囲の子が笑ってはやしたてる。

「静まれえ」とフレイザーが命じる。

「渋っ面ぁ」

質《たち》の悪い子が、そう嘲《あざけ》り、

「とんでもない悪玉ぁ」

全員が耳障りな哄笑《こうしょう》になる。

「親御さんたちはどこだ……」とフレイザー、「こんな天候のときに、走り回るものじゃないぞ」

「金玉拳固」

車輪つきの靴の少年が、そう嘲るように言い、

「前進だ、仲間の諸君。パンサー・ビルの命令だ」

ステッキで下をぐいと突いて、滑りだした。残りの少年たちも、奇声歓声とともにそれに従う。

「浮浪児にしては、服装が整いすぎているし」とマロリーは言う。

少年たちが少し先まで走っていって、人間鞭の体勢をとりはじめた。少年たちが素早く

腕をつないでいって鎖になる。その端に車輪の少年がとりついた。

「芳しからざる雰囲気だな」とマロリーはつぶやく。

鎖状になった少年たちが、カメラ・スクエアじゅうに振れて、一人一人の環《わ》ごとに勢いをつけ、いきなり車輪靴の少年がパチンコから放たれた小石のように飛びだした。威勢のいい歓声とともに滑ってゆき、舗道の途切れ目に当たって、頭から板ガラスに倒れこむ。

店頭からガラスの破片が飛び散り、ギロチンの刃のように落ちかかった。

パンサー・ビル君は舗道に倒れており、見たところ気絶したか死んだかのようだ。一瞬、ショックによる恐るべき沈黙になった。

「宝物だあ」

少年たちの一人が金切り声をあげた。狂ったような歓声とともに、集団が、壊れた店頭に殺到して、眼の前に陳列してある商品をつかみはじめる。――望遠鏡、三脚、化学実験用ガラス器――

「止まれ」とフレイザーが叫び、「警察だ」

上衣《うわぎ》の内側に手を入れ、カーチーフを引きおろすと、ニッケル張りの警察呼び子を鋭く三回吹き鳴らす。

少年たちは、すぐさま逃げた。何人かは略奪品を落としたが、その他の子は獲物をしっかりつかんでバーバリ・エイプのように走る。フレイザーが追うように歩いていき、マロリーもそれに従う。パンサー・ビルが倒れたままになっている店頭までやってきた。二人が近づくと、少年は片肘《かたひじ》をついて体を起こし、血の出ているかぶりを振る。

「君、怪我《けが》をしているぞ」とマロリーは言う。

「大丈夫だい」

パンサー・ビルがのろのろと言う。頭皮が骨まで切れており、両耳に血が流れ落ちるままに、

「手をどけろよ、覆面強盗」

遅まきながら、マロリーもカーチーフをおろし、少年に微笑《ほほえ》みかけようとしながら、

「怪我をしているんだよ。助けがいる」

フレイザーと一緒に少年にかがみこむ。

「助けてくれえ」

少年が金切り声をあげ、

「みんなぁ、助けてくれ」

マロリーは振り返ってみた。誰《だれ》か他の子を、助けを呼びにやれるかもしれない。

きらきらした三角形のガラスの破片が、霧の中から投げつけられ、フレイザーの背中にまともに当たった。警察官が眼を丸くし、獣めいたショックの表情で、びくりと体を起こす。

パンサー・ビルが両手両膝で逃れ、滑る足で飛び起きる。近くの別の店頭からも、大きく叩《たた》き壊される音と、ガラスが音楽的に飛び散る音、そして嬉《うれ》しそうな叫び声が聞こえて

くる。

ガラスの破片が、ぞっとするような形でフレイザーの背中から突き出している。食い込んでいるのだ。

「このままだと殺されるぞ」

マロリーはそう叫んで、フレイザーの腕を引いていく。二人の背後では、ガラスが爆弾のように破裂して、一部は無闇《むやみ》に壁に投げつけられて砕け、一部は店頭の縦仕切りから滝と落ちる。

「何たることだ――」フレイザーがつぶやく。

パンサー・ビルの叫び声が霧を通して響き渡り、

「宝物だぞ、みんなぁ。宝物だあ」

「歯をくいしばって」

マロリーは言う。カーチーフを畳んで手を傷つけないようにしながら、破片をフレイザーの背中から引き抜いた。大いにほっとしたことに、砕けることなく抜けた。フレイザーが身震いする。

マロリーは手を貸すようにして、そっとフレイザーの上衣を脱がせる。血糊《ちのり》がフレイザーのシャツに筋を描いて、腰にまで達しているが、懸念したほどはひどくない。ガラスの破片は、フレイザーがずんぐりした小型連発銃《ペパボクス》を収めたショルダー＝ホルスターのセーム革の留め帯に刺さったのだ。

「ホルスターが大半は食い止めてくれた」とマロリー、「傷はあるけれど、深くないし、肋骨《ろっこつ》を突き抜けてもいない。出血を止めないと――」

「警察署だ」とフレイザーがうなずき、「キングズ・ロード」

ひどく蒼褪《あおざ》めている。

新たに叩き割られて降り注ぐガラスの音が、二人の背後で遠くに反響した。

二人は足早に歩き、フレイザーが一歩ごとに顔をゆがめて、

「私と一緒にいたほうがいい。今夜は警察署に泊まりなさい。ひどいことになってきた」

「まったく」とマロリー、「かまってくれなくても大丈夫」

「本気で言ってるんだよ、マロリー」

「もちろんだとも」

二時間後、マロリーはクレマーン・ガーデンズにいた。

分析中の文書はホログラフの手紙だ。レターヘッドは取り去られており、紙は乱暴に畳んである。日付はないが、ホログラフ分析によって確定したところによれば、これは間違いなくエドワード・マロリーの筆跡であり、急いで、しかもいささか筋肉運動の協調を欠いた状態で書かれている。

紙質は質素なもので、歳月によってひどく黄ばんでおり、一八五〇年代半ばに官庁で普通に使われていた種類のものだ。恐らく、これの出所はキングズ・ロード警察署であろう。

ようである。

長く使われて擦り減ったペン先と、ひどく薄れたインクで書かれた文書内容は、以下の

奥様。誰《だれ》にも話しておりません。しかし、誰かには話さなくてはなりません。あなた様にこそ秘密を打ち明けることにいたしました。他《ほか》にはいないからです。

あなた様の品物をお預かりして保管いたしました。私は自由意志でそうさせていただきました。あなた様のご依頼は、勅命同様に尊重いたしますし、あなた様の敵は、もちろん私の敵でもあります。あなた様の僕《しもべ》として行動できますことは、我が人生でも最高の栄誉です。

私の身の安全については、ご心配くださいますな。お願いですから、私のために御自身の身を危険にさらすようなことはなさらないでください。この闘いにおいて、いかなる危険がありましょうとも、私は喜んでそれを引き受けますが、確かに危険は存在します。私が最悪の事態に陥った場合、あなた様の品物が二度と取り返せないことが考えられます。

私なりにカードを調べてみました。使途について、いささか考えるところはありますが、私などのささやかな機関術技能《エンジンリ》を遥《はる》かに越えております。これが出すぎた真似でしたら、ご寛恕《かんじょ》願います。

カードは清潔なリネンにしっかりとくるみ、密閉された石膏《せっこう》容器に手ずから収めました。その容器とは、ジャーミン・ストリートなる実用地質学博物館の雷《ブロントサウルス》龍の頭蓋骨《ずがいこつ》です。

あなた様の品物は、今や地上三十フィートばかりの完璧《かんぺき》に安全な場所に休んでおります。

このことを知る人間は、あなた様および、

令婦人の忠実な僕たる、

エドワード・マロリー、F.R.S.、F.R.G.S.

解説

伊藤計劃&円城塔

私は定義が大嫌いだ
——ベンジャミン・ディズレイリ
『ヴィヴィアン・グレイ』

ごく単純な確認から始めよう。

私は貴方ではなく、私である。たとえば伊藤計劃は円城塔ではなく伊藤計劃であり、円城塔は伊藤計劃ではなく円城塔である。ここに二つの限界がある。まず第一に、文法的な一つの限界。Aは非AではなくAである。第二に、私はAの位置に代入されない。私にはAであるという記憶がない。にもかかわらず、私が我々ではなく私であること。そこでは何か途方もない詐術が働いている。

一九九〇年、ウィリアム・ギブスンとブルース・スターリングが共謀して一つの私を立ち上げる。一九九一年、ロンドン科学博物館がもう一つの私を再建する。技術的な障害の取り払われたこの時代、今やちょっとした手間さえ惜しまなければ、私はどこにでも再現されうる。

ディファレンス・エンジン。

一八二二年、チャールズ・バベッジによって考案された巨大な算盤《さんばん》。歯車を回して、機械的に計算を実行する。歯車は記号の群を無造作に嚙み砕き、埃を嚙んで演算の遅滞に見舞われる。精度と予算の不足に苦しんだ想像の機械は、想像に留まったが故にかえって巨大な権能を発揮することになる。この計算機科学的恐竜に戦慄したフランスが威信をかけて開発したのが、史上最大の計算機、グラン・ナポレオン。歴史はこうして分岐を始める。

餌を食べ、排泄までを行う機械製《ヴォーカンソン》の家鴨《あひる》がただの家鴨でしかないのと同じなりゆきで、私はシナプスの放つ青い炎の流れであり、無数の電光からなる枝であり、細胞の寄せ集めであるにすぎず、網目状に配置された器官であり、食餌を行い排泄をする。鋼鉄の家鴨がただの死体と見なされるなら、私も一つの死体であるにすぎない。状態から機能を抽出することが前提なしには叶わぬように、ここで宣言される私も、それ自体では私ではない。だからそこから一足飛びに、全ての私小説なるものは、私の状態に関する小説ではなく、私の機能に関する小説であると定義されることになる。私はそこにあるのではなく、それと指さされることで聞かれ始める。貴方はこの小説を、巨大な私小説として読む。読んだ。読むだろう。読んでいる。まさか読まなかったとでも。

歯車によって刻まれる一つの歴史。差分《ディファレンス》を元に補間を行い、誤差を追い込み、切り詰めることを目的とする一つの機械。離散化された方程式。繰り返し《イテレーション》によって演算を進め、計算ステップを一歩一歩踏みしめていく。第一の反復。第二の反復。第三の反復。第四の反復。第五の反復。記号たちは流れの中で離れ、集い、記憶され捨てられ、干渉しあって、エントロピーを増大しながら一つの演算を織り上げていく。連続的な歴史を解くための一つの近似。連続体そのものに触れることは、例外的な事象を除いて叶わないから。この近似は、本体への接近を本質的に禁じられている。

原理的に不可避の差異から、読み手の不定に至るまで、歯車の間に挟まる埃から登場人物の造形を経て世界全体に至るまで、あらゆるスケールにおける細かなずれが折り重なって紡ぎ出す過大な差異。周期倍分岐《バイファケーション》を経てカオスへ通じる無数の道。そこで近似は語義を失う。離散化されてしまった記号、断片化された歴史をいかに精緻化しようとも、それはもはや近似としては成り立たない。初期の誤差、経過の誤差、全ての誤差を少し縮めてみせることは、今や別の野放図へと繋がる結果をしか導かないから。

それでは、その計算は誤りなのか。ここで、継続される演算そのものには間違いがありえないことには注意が要る。文章がそれ自体では正しくも誤りでもないのと変わらず、歴史がそれ自体では間違いようもないことと同様である。

ここにもう一つの停止することのない歴史が稼働している。

結局、計算機が停止するのかしないのかを事前に判定することができない事情は、演算がループに落ち込むかどうかを事前に判定する方法がないという点に存する。その意味で、決定できない命題について、今更多言を費やす必要は存在しない。それ自体では、現象としてありふれている。計算機の演算は、停止状態によって達成される。それゆえに、停止することのない歴史は、同じことだがエンジンは、停止状態を目指すのではなく、ループを避けて稼働することに身命を賭す。すなわち演算結果は到来しない。ループなす安定状態を不安定化し、周期倍分岐を抜けて登場するのは、一直線に続く周期無限のループではない。カオス。あるいは激変。これは一本の軌道に関する言明ではなく、無数の軌道の絡み合いに関する相転移を指す。緩やかな交代は退けられ、秩序の全体的な変転として出現する。

全てのものが、何かの指標によって張られた空間に存在し、本の形で照応を構成できる以上、それらもまた歴史的存在であることからは逃れられない。ここに登場するオーガスタ・エイダ・バイロンにせよ、エドワード・マロリーにせよ、シビル・ジェラード、福沢諭吉や森有礼にしても同じであり、翻弄される軌道の成分として、我々と変わるところが何もない。離散化された記号によって意を通じ、語られることによって継承され、そうすることでしか存在できず、我らを証す他の方策は存在しない。

こちらとあちらを隔てる差分、一九九〇年と一八五五年を隔てる差分、物語の書かれた時代と、そこに書き出される時代。そして私と貴方を隔てる差分。全ての差分が、二点間の情報として、速度を産み出す。ディファレンス・エンジンは、この二点の繋がりを任意の精度で補間する。人物により、習俗により、風俗により、地形により、地政により、商品により、貨幣により、言葉により、技術により、計算により。補間であるから、両端においては何の変化も見出されない。ではそこから未だ続く、そこから先の出来事は。一八五五年に分かれた二つの歴史は、一九九〇年において交叉し、離れ、遠ざかる。一瞬一瞬において交叉する、別様に離散化されて進展する歴史、あるいは進化。

目標なき進化の行方は、停止による絶滅を回避し続ける。激変の中、うち大半が淘汰の憂き目に遭うことは、バージェス頁岩の有様を眺めるだけで明らかだ。頁状に積もる、見知らぬ記号を埋め果てた岩。

「歴史は激変によって支配されている。世の中の仕組みであって、今も過去もこれからも、それしかない。歴史なんてない。——偶発性があるだけなんだ」

　私は既に、歴史が偶発性のみによって構成されるのではないことを知っている。一見無秩序に見える挙動が規則に従い、途方もなく入り組んだものが単純な仕組みから際限なく産み出され続けることを知っているからだ。私の支配権は、物語ることの力を巡る争奪戦の形をとり、淘汰の名を持つ偶発性によって選択される。よってここで戦われるのは、ただ単に離散化された記号の流れであり、抗争の行方は、冒頭の拘束へと差し戻される。即ち、私は常に物語としてしか存在しえず、語られうるという留保によってしか機能しえない。そこで改めて私を宣言し直すことの意味は薄い。この本は物語として存在を始めた時点で、既に某《なにがし》かの私であって、我々に挑む機能として現れてしまっているからだ。

ディファレンス・エンジンにおいて機能する私とは、私と同様、歴史とそこに登場する人物たちを演算の諸要素とする私でもある。全ての登場人物と全ての出来事が、私の機能に貢献する。それゆえ、私は私の位置には収まりきらない。我々は常に、既に何かの演算の結果として此処に在り、諸要素の一つとして、軌道の成分として、そして軌道の全体を語ろうと試み続ける。

だからそこに立ち上がるのは、自意識を得た歴史。あるいは自意識を得た進化。人類全てを内包し、人類に内包されている私の物語ということになる。

ディファレンス・エンジンは常に勝利する。

たとえこのディファレンス・エンジンが、これから先に、余分に付け加えられた自意識によって選択を誤ることがあったとしても。計画途上で放棄されたエンジン、一つの歴史として語られたエンジン、再建されたエンジン。それらの中の、より強い語りが、他の語《かた》りを圧倒する。あらゆる差分を糧として繰り返され、常に異なるものでありながら私と騙り続ける無数のエンジン。

私はこうしてここにあり、こうして語り継がれている。私は今、とある街角で貴方の手に取られるのを待っている。この街の中心では、あるものが育つ。生命に似た自己触媒作用の木であり、思考の根を通して、おのが棄てたイメージの豊穣な腐敗を養分としながら、無数の電光の枝へと分岐し、上へ、上へ、幻視の隠された光を目指す。

死にかけて、やがて生まれる。
光が強烈だ。
光は澄んでいる。
〝眼〟はとうとう、
それ自身を見なくてはならない。
私自身——
私にはわかる……
私にはわかる、
私にはわかる
私
！

フィリップ・K・ディック

アンドロイドは電気羊の夢を見るか?
浅倉久志訳

火星から逃亡したアンドロイド狩りがはじまった……映画『ブレードランナー』の原作。

偶然世界
小尾芙佐訳

くじ引きで選ばれる九惑星系の最高権力者をめぐる恐るべき陰謀を描く、著者の第一長篇

ユービック
浅倉久志訳

予知超能力者狩りのため月に結集した反予知能力者たちを待ちうけていた時間退行とは?

〈ヒューゴー賞受賞〉
高い城の男
浅倉久志訳

日独が勝利した第二次世界大戦後、現実とは逆の世界を描く小説が密かに読まれていた!

〈キャンベル記念賞受賞〉
流れよわが涙、と警官は言った
友枝康子訳

ある朝を境に〝無名の人〟になっていたスーパースター、タヴァナーのたどる悪夢の旅。

ジョン・スコルジー

老人と宇宙《そら》

内田昌之訳

妻を亡くし、人生の目的を失ったジョンは、宇宙軍に入隊し、熾烈な戦いに身を投じた！

遠すぎた星　老人と宇宙《そら》2

内田昌之訳

勇猛果敢なことで知られるゴースト部隊の一員、ディラックの苛烈な戦いの日々とは……

最後の星戦　老人と宇宙《そら》3

内田昌之訳

コロニー宇宙軍を退役したペリーは、愛するジェーンとともに新たな試練に立ち向かう！

ゾーイの物語　老人と宇宙《そら》4

内田昌之訳

ジョンとジェーンの養女、ゾーイの目から見た異星人との壮絶な戦いを描いた戦争ＳＦ。

アンドロイドの夢の羊

内田昌之訳

凄腕ハッカーの元兵士が、異星人との外交問題解決のため、特別な羊探しをするはめに！

アーサー・C・クラーク

海底牧場
高橋泰邦訳

不治の広所恐怖症のため、海で新たな人生を送ると決めた宇宙飛行士の姿を描く海洋SF

渇きの海
深町眞理子訳

月面上で地球からの観光客を満載したまま、砂塵の海ふかく沈没した遊航船を救出せよ！

幼年期の終り
福島正実訳

突如地球に現われ、人類を管理した宇宙人の目的とは？　新たな道を歩む人類を描く傑作

白鹿亭綺譚
平井イサク訳

ロンドンのパブに集まる男たちが語る、荒唐無稽で奇怪千万な物語。巨匠のユーモアSF

天の向こう側
山高　昭訳

宇宙ステーションで働く人々の哀歓を謳いあげた表題作ほか、SFの神髄を伝える作品集

カート・ヴォネガット

タイタンの妖女
浅倉久志訳

富も記憶も奪われ、太陽系を流浪させられるコンスタントと人類の究極の運命とは……?

プレイヤー・ピアノ
浅倉久志訳

すべての生産手段が自動化された世界を舞台に、現代文明の行方を描きだす傑作処女長篇

母なる夜
飛田茂雄訳

巨匠が自伝形式で描く、第二次大戦中にヒトラーを擁護した一人の知識人の内なる肖像。

猫のゆりかご
伊藤典夫訳

シニカルなユーモアにみちた文章で描かれる奇妙な登場人物たちが綾なす世界の終末劇。

ローズウォーターさん、あなたに神のお恵みを
浅倉久志訳

隣人愛にとり憑かれた一人の大富豪があなたに贈る、暖かくもほろ苦い愛のメッセージ!

訳者略歴　1951年生，1993年没，1975年東京大学法学部卒，英米文学翻訳家　訳書『ニューロマンサー』『カウント・ゼロ』『モナリザ・オーヴァドライヴ』ギブスン（以上早川書房刊）他多数

HM=Hayakawa Mystery
SF=Science Fiction
JA=Japanese Author
NV=Novel
NF=Nonfiction
FT=Fantasy

ディファレンス・エンジン
〔上〕

〈SF1677〉

二〇〇八年九月十五日　発行
二〇一四年七月十五日　二刷

（定価はカバーに表示してあります）

著者　ウィリアム・ギブスン
　　　ブルース・スターリング
訳者　黒《くろ》丸《ま》尚《ひさし》
発行者　早川　浩
発行所　株式会社　早川書房

郵便番号　一〇一 - 〇〇四六
東京都千代田区神田多町二ノ二
電話　〇三 - 三二五二 - 三一一一（大代表）
振替　〇〇一六〇 - 三 - 四七七九九
http://www.hayakawa-online.co.jp

乱丁・落丁本は小社制作部宛お送り下さい。
送料小社負担にてお取りかえいたします。

印刷・精文堂印刷株式会社　製本・株式会社フォーネット社
Printed and bound in Japan
ISBN978-4-15-011677-4 C0197